中國文學識小錄

ZHONGGUO WENXUE SHIXIAOLU

任聰穎 著

山西出版传媒集团
山西经济出版社

图书在版编目（ＣＩＰ） 数据

中国文学识小录 / 任聪颖著. — 太原：山西经济出版社， 2018.2（2018.11重印）

ISBN 978-7-80767-817-5

Ⅰ.①中… Ⅱ.①任… Ⅲ.①中国文学—古典文学研究—文集 Ⅳ.①I206.2-53

中国版本图书馆CIP数据核字（2018）第034347号

中国文学识小录

著　　　者：	任聪颖
出 版 人：	孙志勇
责任编辑：	李春梅
装帧设计：	华胜文化
出 版 者：	山西出版传媒集团·山西经济出版社
社　　　址：	太原市建设南路21号
邮　　　编：	030012
电　　　话：	0351-4922133（市场部）
	0351-4922085（总编室）
E-mail：	scb@sxjjcb.com（市场部）
	zbs@sxjjcb.com（总编室）
网　　　址：	www.sxjjcb.com
经 销 者：	山西出版传媒集团·山西经济出版社
承 印 者：	山西省美术印务有限责任公司
开　　　本：	787mm×1092mm　　1/16
印　　　张：	11.5
字　　　数：	180千字
版　　　次：	2018年3月　第1版
印　　　次：	2018年11月　第2次印刷
书　　　号：	ISBN 978-7-80767-817-5
定　　　价：	39.00元

唐國子祭酒上護軍曲阜縣開國子孔穎達　奉

勅撰。

周南關雎詁訓傳第一　陸德明音義曰周南者代

名其地在禹貢雍州之域岐

山之陽於漢屬扶風美陽縣南者言周之德化自北而

被南方故序云化自北而南也漢廣序又云文王之道被於

南國是也○關雎七胥反依字且音疽又音子餘反或作

鳥故訓舊本多作詁音古又音嗜反或

為故訓舊本多作詁今或作詁音古又音旨隨

詁故皆是古義所以兩行然前儒多作詁本皆為釋詁

郭景純注爾雅則作釋詁等爾雅本皆為釋詁

本不煩改字。○

【疏】正義曰關雎者詩篇之名既以關雎

關雎為一卷之目金縢云公乃為詩以貽王名之

之曰鴟鴞然則篇名皆作者所自名也名篇之

先作詩後為名者詩乃云作此詩既成乃云鴟取一則或緣取一

或偏舉兩字或全取一句偏舉則或上或下全取則或

餘亦有捨其篇首撮章中之一言或復都遣見文假外理以

王輕雲詩詞筆札並擅其長如姬聰慧姿色冠於一時每當

花晨月夕諸姬鼓琴吹簫吟詩作字以為樂又皆殉節禦侮

不負所主奇女子也 參詩繫舊志帥時

柳是字如是自號河東君本姓楊名愛小字蘼蕪柳其寓姓也 繇錂巷詩小序

丰姿逸麗工詩長於七言近體分題步韻頃刻立就作書得

褚薛法年二十餘歸虞山蒙叟錢宗伯而名始著先是有徐

佛居盛澤歸家院能琴善詩畫婁東張西銘訪之佛他適其

弟子楊愛色美於徐綺談雅什亦過之西銘一見傾心愛於

是自負謂非良耦不以委身閻陳卧子為雲間繡虎以刺調

之陳觀其名紙稱女弟不悅而虞山宗伯與陳齊望愛昌言

於人曰天下惟錢學士始可言才我非才如學士者不嫁適

呈

無錫秦澹如先生選定

同治辛未

第一集長至後一日飲江氏夢花草堂即事

梅振宗

今雨舊雨衝寒來欲放未放官閣梅凍雲壓簷月無色

彩筆出懷花自開畫師不讓三絕鄭詞客亦媲七發枚

相逢痛飲且須醉莫管更鼓街頭催

江順詒

嶺雲海日樓詩鈔卷一 <small>乙未稿</small>

南武山人丘逢甲倉海著

同懷弟<small>瑞甲</small><small>兆甲</small>編輯

鮀江秋意

鮀江即今汕頭舊設鮀埔司

鮀浦秋痕上客衫

海上瀛洲已怕譚浩然離思滿天南西風一夜蘆花雪

潮州舟次

舟人驅鱷話文公九秋急警傳風鶴萬里愁痕過雪鴻

抱江城郭夕陽紅百口初還五嶺東關吏釣鰲疑海客

獨倚柁樓無限恨故山回首亂雲中

QIAN 前 言 YAN

　　中国的文学传统源远流长，在长达三千年的发展过程中，形成了独特的民族品格。这一品格，简而言之，即文学与文化、文学与时代、文学与作家的心灵世界有着密不可分的关系。虽然文学必然从文化的母体中孕育萌芽，最后脱胎而出，无论何地何国，概莫能外，但是中国文学与中国文化的关系尤为密切。它从来不是一种超脱的、个体化的表述，也不完全是社会、政治的镜子，它带有时代投射而来的影迹，归结于文人心灵世界的呈现。因此它是亲切而崇高、写实而风雅的。我们在研究中国文学时，无论是采取文献学的方法，还是采取文艺学的视角，甚至在中外文学比较的视域下，都不应、亦不可能忽略中国文学这些固有的特点。

　　在这个大前提下研究中国文学，会遇到很多具体的问题。笔者一直从文学的时空因素、雅俗问题，作家的结社交游、文化心灵等角度进行思索，提出了一些疑问：从时代变革的维度来看，文学与时代的关系如何？文学是否与时代变化同步？进而论之，"一代有一代之文学"的文学进化论是否是颠扑不破的真理？从文学的体裁来看，是否有某些文学样式最能体现中国文学的民族特点？如何看待文学内容与体裁的雅俗之分？从文学的创作主体来看，作家通过创作，展现何种维度的心灵世界？在文学社团与流派中，作家间的交互影响是怎样的？地域特点和家族风气对作家个体的创作发生着怎样的作用？中国古代的性别文学，特别是女性作家的创作情况，亦多有不足与待完善之处。提出疑问，便尝试着回应与解决。经过思考与梳理，于是有了这本小书的撰结。

首先，文学与时代的关系并非截然而分，文学的演变也不是随着时代的变革亦步亦趋。其实作家作为社会中的存在主体，在时代变革之际，其心灵直接受到震荡，尔后将所历所感行之笔端，发之吟咏，才会形成文风的转移。时代对文学的影响，当经过"时代变革——作家心灵——文风转移"这样的图式，因此文风变化与时代相比会有滞后的表现。在文学史中，无论是建安风骨向正始玄风转变时士大夫心理经历的阵痛，还是宫体诗向盛唐气象演进时诗人们做出的自赎，无论唐宋诗转型后延续数百年的诗歌风尚之争，还是新旧迭代之后遗民借文学表现对往昔文化的坚守，都显豁地呈示着文学、文化心灵的独立价值。同时，文学对时代亦有着积极的回应意义，譬如晚清近代的中国积贫积弱，时时面临着被列强瓜分豆剖的危机，有志之士愤然而起，意在救亡图存。他们举起了"诗界革命""文界革命""小说界革命"的旗帜，将文学作为抨击丑恶、裨补时弊的武器，文学与时代又走得如此之近。二者关系不能简单道尽，确需在实际情形下具体进行分疏。

其次，一代有一代之文学，汉赋、唐诗、宋词、元曲、明清小说之间存在递嬗的关系，这种说法是简单化的、经不起推敲的。这个问题是延续这文学与时代关系而来，是其中的一个子命题。笔者的看法是，随着时代的发展，文学样式肯定越来越丰富，但新体裁的产生并不意味着旧体裁被边缘化，新体裁的兴盛也不代表着旧体裁的衰亡。譬如古今体诗歌并不是宋代以前文坛的专利，诗歌同样是宋代文学的主要体裁之一，这就与一般人们所认知的宋代以词为主流不尽相同。其实诗歌在宋代比称为"诗馀"的词地位更高，成就更大，并取得了与唐诗双峰并峙的地位。再如戏曲小说极度繁荣的明清时代，其他体裁的文学形态也呈现出百花齐放的态势，不唯诗词比肩唐宋，辞赋亦再度繁荣。因此以"一代有一代之文学"的文学进化论不可倚凭。意欲把握文学发展的主脉，仍在于对创作主体的文化心灵进行深入细致的分析。就体裁来说，作为典雅文学代表的诗歌应是研究的重点。不仅由于诗的创作较之小说戏曲等体裁往往更为严肃，还在于诗是直接与创作主体的心灵世界相通的，是最能表现我国文学的抒情传统的一种体裁。

　　第三，宋代以后文坛呈现出三个重要特点：一是文学结社蔚为风气；二是地域文学、家族文学逐渐兴起；三是大量女性作家投入文学创作中，明清之际尤盛。这些需要从社会经济的发展、上下阶层沟通壁垒的打破、士大夫阶层的扩大、典雅文化的下行与普及等历史学命题中寻找答案。从文学的角度探究则需要注意一个重要的新现象：不管是文学社团、文学世家，还是女性作家的创作态势，江南都要比其他地域繁盛、活跃得多。随着历史进程的前行，这个趋势表现得愈发明显。毫无疑问，从宋代开始，江南便成为中国文化的中心、文学书写的重心。对于江南，已经不能用地域文学的视野来看待，其影响力是辐射全国的。这个事实，在进行文学研究时不容回避。当我们审视江南文学时，江南风物、江南文化对士大夫心灵的煦育作用是不应忽视的。

　　上述这些思考在这本小书里有所表现。本书的主体内容是对传统诗学的讨论，也兼及小说等体裁；这体现出雅俗相兼，以雅文学为主的倾向。本书的结构分两部分：古代编，近代编；这是以新旧之交时代断裂为出发点的。在每一编的内部，时代对文学的影响，文学对时代的回应也是贯穿前后的线索。

　　古代编分四个板块：

　　一、中国传统文化发轫时期，即西方历史学所谓的"轴心突破"时期，中国文学展现出的风貌，重点讨论原始儒家与道家思想对文学心灵的影响，《诗经》《楚辞》是主要依托的材料。

　　二、魏晋六朝文学的新变，侧重点在讨论士大夫精神的异变对文学产生的影响。如汉魏易代之际、魏晋递禅之时，文学创作的主体即士大夫的心路历程如何，以及这种心态的衍变对山水文学的发展产生了何种积极的意义。这部分的研究主要依托《世说新语》《后汉书》等文献展开。

　　三、研讨唐宋诗之争这个重要的文学命题。对于这个问题，前辈学人如陈衍、钱锺书等早有高屋建瓴的论述，笔者是从细部用力，以唐宋诗歌的个案研究及唐宋诗学的比较为切入点，比如唐诗中的"月"意象、李白和杜甫的文学心态、唐宋诗中共有的原型母题、诗风转型时诗人的情感因素等，都是笔者讨论的内容，意图达到见微知著的效果。

四、明清时代的文学新貌。明清易代是关键事件，处在时代漩涡中的士大夫如何书写沧桑巨变，如何完成心灵的救赎，较有研究的意义。这一阶段女性文学、小说戏曲等俗文学也很繁荣。笔者考察了柳如是的交游情况、《儒林外史》的思想倾向，用力点仍在于对创作主体内心世界的开掘。当时处于传统社会发生裂变的前夕，新思潮的萌芽也在文学中有所表现。

近代编主要讨论文学潮流的新变。比如时代巨变之际诗人的文化心态、文学结社活动的兴盛、晚清民初之际的爱国主义思潮、西方文学对小说的影响等，种种现象如万花筒般多姿多彩。笔者对此的讨论也较为具体，以甲午之后、晚清民初为主要的时间节点，分析文化遗民、爱国诗人的创作和成就、探究清代小说思想的新创之处。内容虽然驳杂，却折射出当时文坛的真实风貌。

总体来看，这本小书以商周时代的文明突破、魏晋六朝的士风转移、唐韵宋调的递相争胜、新旧更替时的遗民心态为关键点，结合种种文学现象，意图在时代变革的大背景下揭示担荷文化精神的士人的心灵世界，彰显我民族在时代危机下生生不息的刚健精神。这些都是关系民族品格、文化传统、文明构建的绝大命题，笔者限于学养和能力，研究尚不深入，书中各篇章亦未形成一个完备的学理系统。这都很觉抱憾与惭愧，热切希望得到方家的批评指正。

最后值得一提的是，新文化运动后中国文学彻底完成了转型，新文学占据了主导地位，以抒情为传统的典雅文学日益边缘化。但传统文学并未消亡，而是经历了由衰亡到渐渐复苏的过程。怀有传统文化理想的士人如何守先待后，负重前行，完成传统文学重振的使命，确实是一个极有意义的研究主题。笔者对此掌握的材料尚少，本书涉及的也不充分，有待后续做更为扎实的探究。

MU 目 LU

古 代 编

▌周汉时代《诗经》思想文化意义之浅析

　　殷周鼎革之际，中国政治、文化发生重大变化。正如王国维所言："殷、周间政治与文物之变革，自其表言之，不过一姓一家之兴亡与都邑之转移；自其里言之，则旧制度废而新制度兴、旧文化废而新文化兴。"（《殷周制度论》，见王国维著《观堂集林》）武王灭商，初创分封制，旋即逝世，天下承平未久而纷乱又起。周公奉成王命出师东进，三年后平叛，将周朝的势力扩展到东海之滨，并重新分封建国，《荀子·儒效》有载，周公"立七十一国，姬姓独居五十三人"。封立诸侯以为王室屏障。又筑洛邑，是为成周，扼东西交通之要。为谋求周王室之长治久安，周公制作礼乐，确立了以"亲亲""尊尊""长长"和"男女有别"（《殷周制度论》）为纲领的宗法制。宗法制度与封建制度并为周王朝两大立国基石。①其后周公还政于成王，是他对立嫡之制这一宗法首义的自觉践行。

　　周公不仅是周王朝政治体制、礼乐制度的缔造者，同时也是《诗经》中雅、颂、南、豳的编订者。钱穆《读诗经》（见钱穆著《中国学术思想史论丛（一）》）之《四始》《生民之什》《豳诗七月》诸节对此称述甚详。周公作雅、颂、二南，意在绾结天下人心，悉向周室。豳诗则以陈述先王创业之艰、美誉周公平定管蔡之功为内容，其创作之期则更在雅、颂、二南之前。周公所制之诗，是其礼乐体系的

---

① 钱穆《国史大纲》称："西周三百年历史，最重要者为封建政体之创兴。"王国维《殷周制度论》谓："殷人兄终弟及，周人父子相传，封建制从父子相传制来。"钱氏对王氏之论有异见，批驳曰："此说嫌看史事太松弛，不见力量，只把天下试依着家庭的私关系随宜分割，无当于周初建国之严重局势，只是一种隔绝史实之空想而已。"

必要补充。这些篇什在祭祀、宴会等场合中被频繁使用，自有其重要的政治功利目的："盖清庙文王，所以明天人之际，定君臣之分也。小雅鹿鸣，所以通上下之情。而风之关雎，则所以正闺房之内，立人道之大伦也。"

以雅颂之诗襄辅政教，周公可谓用心良苦。然而幽厉以降，至于平王东迁，治平不复，王权日衰，政教渐息，礼崩乐坏。社会、文教之变更甚于殷周易代之际。就诗而言，雅、颂之音寝灭而变雅、变风继起。当此之时，王室衰微，等于列国，自不能行采诗于藩属之举。而列国之风诗，实多出于士大夫之手，有感而发，应激而作，迥非上呈朝廷之颂赞篇什也。诚如钱穆所言："当周公之制作，为王政之用而有诗，则未有所谓诗人也。逮于诗之变而诗人作焉。彼诗人者，因前之有诗而承袭为之，在彼特有感而发，不必为王政之用而作也。故谓之雅者，其实不必为朝廷之用。谓之风，亦不必为乡人与房中之乐。"（《读诗经》）诚为诗内容与主旨之一大转捩点。不唯宗庙、祭祀、先祖、燕飨等严正主题换为山川、佳人、花鸟、思慕、爱恋等生动内容，其颂美王室、景慕先祖的肃穆基调亦为讽喻当道、讥刺恶政、怨恨行役等较为激烈的情愫所取代。就创作主体而论，服务于王室之诗乐集团即已式微，散落于列国的士大夫即以诗人之身份崛起。诗道大行于列国，诵诗乃贵族士夫所必备之基本素养。诗篇之只言片语，竟可成为绝妙之外交辞令。及至儒学兴起，《诗》《书》并为孔门两大要典。至此，诗身兼美刺、讽喻、教化、抒情等多项职能，远超周公当年制雅颂以裨补政教之初衷矣。

有周一代，《诗》已获尊崇之地位，逮及炎汉儒术独尊后，更被奉为五经之一，成为人文教化之基石。研讨《诗经》之著作可谓汗牛充栋，《诗大序》全面论述了诗之本质、功用等多项问题，实为秦汉诗学研究之翘楚。《诗大序》的特别之处在于提出"诗言志"的文学主张，"诗者，志之所之也，在心为志，发言为诗"。直指诗的艺术本质。不唯言志，诗亦是"吟咏情性"的，"情动于中而形于言，言之不足故嗟叹之，嗟叹之不足故永歌之，永歌之不足，不知手之舞之足之蹈之也"。此论是对先秦以来久已盛行的诗、乐、舞三位一体理念的继承，同时也表现出汉人对诗人之创作冲动有不同层次的认知。而"情"与"志"之关系，《诗大序》

并无论述，寻绎文意，二者实为一体之二名，情志一也。①《诗大序》亦着重强调了诗之"化下刺上"的社会教化功用。"风，风也，教也。风以动之，教以化之。""正得失，动天地，感鬼神，莫近于诗。先王以是经夫妇，成孝敬，厚人伦，美教化，移风俗。""上以风化下，下以风刺上。"均是此意。"上以风化下"，乃王风教化沾溉万民，四荒沐化，如风之偃草。"下以风刺上"，则是在上政有失之情况下，下臣以诗讽喻君上，其方式须"主文谲谏"，以达到"言之者无罪，闻之者足以戒"之目的。质而言之，此乃两全之进谏策略。讽君王之失而存其尊严，陈己之正见而不触君怒，自保其身。此说于汉朝君权强化后，更有其重要意义。在汉儒看来，《诗》既是教化之具，其与政治之关系亦不可隔绝。《诗大序》认为诗是可以反映时代、政治的："治世之音安以乐，其政和。乱世之音怨以怒，其政乖。亡国之音哀以思，其民困。"此种声随世变之反映论，说明诗篇可以反映时代风貌，而时代政局之兴衰亦影响着诗人的情志，进而奠定了诗作的情感基调。《诗大序》指出了时局与文学作品间存在双向互动之关系，实属难能可贵。除此之外，《诗大序》标举诗之"六义"——"风、赋、比、兴、雅、颂"，对"风""雅"的诠释堪称别具慧眼："以一国之事，系一人之本，谓之风。言天下之事，形四方之风，谓之雅。"孔颖达正义曰："风之与雅，各是一人所为。风言一国之事系一人，雅亦天下之事系一人。雅言天下之事，谓一人言天下之事。风

---

① 孔颖达正义曰："诗者，人志意之所之适也；虽有所适，犹未发口，蕴藏在心，谓之为志；发见于言，乃名为诗。言作诗者，所以舒心志愤懑，而卒成于歌咏，故《虞书》谓之'诗言志'也。包管万虑，其名曰心；感物而动，乃呼为志。志之所适，外物感焉。言悦豫之志则和乐而颂声作，忧愁之志则哀伤起而怨次生。《艺文志》云：'哀乐之情感，歌咏之声发'，此之谓也。"又曰："情谓哀乐之情。"由此可见，志分忧愁、悦豫，与情无异。儒学大师马一浮在"诗言志"的基础上，提出"诗以感为体"的主张，是对《诗大序》理论的长足发展："诗以道志，志之所至者，感也。自感为体，感人为用。""诗以道志而主言，在心为志，发言为诗。凡以达哀乐之感，类万物之情，而出以至诚恻怛，不为肤泛伪饰之辞，皆诗之事也。""诗以感为体，必有真情实感，然后下笔，诗味自有不同。"（马一浮著，丁敬涵编：《马一浮诗话》，安徽教育出版社，2000，第1—3页。）从情志之中，拈出"感"字，是其创见。感者，诗人创作之动因，因事所感，真情流露，而形之吟咏；感者，蕴含哀乐感情之诗歌意象，真诚不伪，遂为诗歌本体；感者，因起诗歌受众情感共鸣之效用，作者与读者之心灵，因诗互感而发生沟通，此诗之大用也。

亦一人言一国之事。"一人者，诗人也。诗人作诗以系邦国、天下之事，此谓之风雅。虽仍属文学反映时世之论调，倡言诗之政治功利作用，然诗人与诗作之地位得以空前提升。汉人有此理念，亦是文学之幸。魏文帝《典论·论文》曰："盖文章，经国之大业，不朽之盛事。"岂非此之嗣响而变本加厉耶？

诗草创于殷周易代之际，周公以之颂美先祖、敦睦邦交，推行礼乐政教也。幽厉以降，迨至春秋，王令不行也久，列国各自为政。诗以变风之名，行讽喻之效，下臣哀感之思，士女怨怼之意，均得以抒发。其应用范围较之西周扩展甚巨。秦火虽炽，诗篇免于大难，汉兴以后，遂成经典。《诗大序》论其言志抒情、化下风上、四始六义等特质与效用甚为详备，可窥知汉人对诗之认知早已迈越前代，且开启后世论诗之无数法门，继往开来，实为《诗序》伟大意义之所在。

"轴心时代"的仁学四题

德国哲学家雅思贝斯在1949年出版的《历史的起源与目标》一书中，提出一个重要的概念——"轴心时代"。所谓"轴心时代"，是指公元前800年至公元前200年之间，位于北纬30度附近的古代希腊、古代以色列、古代印度和古代中国，人类文明发生巨大突破的历史时期。就中国而言，"轴心时代"恰好与春秋战国时期大致相当。为何中国文明会在春秋战国时期发生突飞猛进式的发展？余英时的回答是："我断定，正是由于政治、社会制度的普遍崩坏，特别是礼乐传统的崩坏，才引致轴心突破在中国的出现。"（《轴心突破与礼乐传统》）孔子缔造的儒学是这个时期最早出现的学派，[①]这一学派虽然以"复礼"为职志，但却自觉而理性地追问何为礼乐实践的精神基础，而这正是儒学能在"轴心时代"取得突破的根本动因。余英时尝言："孔子的突破基本就是在于对当时的礼乐实践做出哲学上的重新阐释。"那么在孔子看来，礼的精神基础到底是什么呢？

子曰："人而不仁，如礼何？人而不仁，如乐何？"（《论语·八佾》）颜渊问仁。子曰："克己复礼为仁。一日克己复礼，天下归仁焉。为仁由己，而由人乎哉？"（《论语·颜渊》）

显然，礼是建立在仁的基础上的。正如钱穆所言："孔子言礼，重在礼之本，礼之本即仁。""礼者，仁道之节文，无仁即礼不兴，无礼则仁道亦不见，故仁道必以复礼为重。"（《论语新解》）仁与礼的关系宛如"灵魂与肉体的关系。"（《轴心突破与礼乐传统》）毋庸置疑，仁是儒家思想

---

① 或曰：老子年辈早于孔子，其哲学体系亦较儒学为先，道家思想应早于儒家思想发生。梁启超则认为，《老子》成书，最早不能在孔子以前，最晚不能在庄子以后。今采信其说。详见梁启超著《先秦政治思想史》。

的核心命题。据统计，"仁"在《论语》中凡109见，含义非常宽泛，细审《论语》文本可以发现，情感是形成仁的源泉，刚健勇毅是仁者所必备的人格精神，生死论是儒家仁礼观的主要内容，言行关系是仁学实践理性的题中之意。①通过分析情感、刚健、生死、言行这四项内容，我们可以对"仁"的内涵理解得更为深入。

首先，仁产生的基础是一种情感——"爱人"。《论语·颜渊》有言："樊迟问仁。子曰：'爱人。'"这谈得比较宽泛。实际上，儒家所讲的爱，是一种推己及人的、有等差的情感："子曰：'弟子入则孝，出则弟，谨而信，泛爱众，而亲仁。'"（《论语·学而》）仁的初源，是对亲人的孝悌之情（即李泽厚所称的"血缘基础"）："有子曰：'其为人也孝弟，而好犯上者鲜矣；不好犯上，而好作乱者，未之有也。君子务本，本立而道生，孝弟也者，其为仁之本欤！'"（《论语·学而》）孟子也称："仁之实，事亲是也。"（《孟子·离娄上》）由血亲之情推而广之，"老吾老以及人之老，幼吾幼以及人之幼。"（《孟子·梁惠王上》）由对父辈的孝、对兄弟的悌推广到"泛爱众"，仁的范畴得到了延展。同时这种感情也是"仁者"所抱有的一种悲天悯人的情怀，他们将这种关怀施予从事的事业，施予民众，如孔子不仅怀有"老者安之，朋友信之，少者怀之"（《论语·公冶长》）的理想，也有反对"使民战栗"（《论语·八佾》）的言论，主张"养民也惠"（《论语·公冶长》），使老百姓过上安定富足的生活。这些主张均表现出一种淳朴的人道精神。这也是"仁"学能够超越道德、政治藩篱、成为中华民族文化基因的缘由所在。

其次，仁依靠坚强勇毅者进行弘扬。②《论语·子路》有言："刚、毅、木、讷，近仁。"据钱穆解释，"刚，强志不屈挠，毅是果敢。"

① 李泽厚在《孔子再评价》一文中指出，构成仁学结构的四因素分别为：血缘基础、心理原则、人道主义、个体人格，其整体特征则是实践理性。笔者以为，血缘基础、心理原则、人道主义是仁形成的基础，可与情感相对应。仁者应该具有"知其不可而为之""勇者不惧"的个体人格，可与"刚健"相对应。而所谓"实践理性"，是一种理性精神、理性态度，又非常重视现实实践，与死亡意识、言行关系亦有某种程度的对应关系。

② 胡适撰《说儒》一文，认为周朝的儒是殷商的移民，以教士为职业，具有一种柔驯的亡国遗民的人生观。而孔子的贡献即在于把柔懦的儒改变为刚毅进取的儒。钱穆并不主张初儒都是殷遗民，亡国遗民也并不抱有柔懦的人生观。他在《驳胡适之说儒》之一二两节，对此论说甚详。

（《论语新解》）拥有刚毅品格的人是与仁为邻的。这样的人可称为勇者，与知者、仁者一道受到孔子的推崇："知者不惑，仁者不忧，勇者不惧。"（《论语·子罕》）钱穆认为："勇者见义勇为，志道直前"，又称"勇以行之。"（《论语新解》）意谓勇者可以承担起弘道行仁的重任。正如曾子所言："士不可以不弘毅：任重而道远。仁以为己任，不亦重乎？死而后已，不亦远乎？"（《论语·泰伯》）胡适解释说："'仁以为己任'，就是把整个人类看作自己的责任。"（《说儒》）无宏大坚毅之道德的人，如何能担负起造福全人类的大任呢？况且实现此种理想的道路是非常辽远的，勇者唯有前行不止，至死方休。这就引出勇者的另一种美德：在逆境中坚持的精神，孔子以"岁寒，然后知松柏之后凋也"（《论语·子罕》）喻之。所谓："道之将废，虽圣贤不能回天而易命，然能守道，不与时俗同流，则其绪有传，其风有继。"（《论语新解》）孔子虽然被视为"知其不可而为之者"（《论语·宪问》），但他并不主张一味刚强，偏执一端，"好勇不好学，其弊也乱。好刚不好学，其弊也狂。""君子有勇而无义为乱，小人有勇而无义为盗。"（《论语·阳货》）认为勇毅之人应勤于学习，自觉接受礼义的节制，使其暴戾之气得以收敛，以达到"威而不猛"（《论语·尧曰》）、"望之俨然"（《论语·子张》）的境界。

第三，孔子论仁，亦往往谈及生死，而这一话题又与儒家所重视的丧祭之礼有着密切的关系。面对死亡、神怪等玄秘的话题，孔子的言论表现出超越时代的理性精神："敬鬼神而远之"（《论语·雍也》）、"不语怪力乱神"（《论语·述而》）、"未知生，焉知死？"（《论语·先进》）他不能解释生死的缘由，也不能确定鬼神是否存在，只得存而阙疑。然而儒家所重，在"民食、丧、祭"（《论语·尧曰》）。丧祭不纯是一种流于形式的礼节仪式，它饱含着生者对亡者真诚的追悼之情。"丧，与其易也，宁戚。"（《论语·八佾》）可见在孔子看来，对亡者的悲哀胜于衣衾棺椁的操办。父母之丧期为三年，子女居丧，"食旨不甘，闻乐不乐，居处不安。"（《论语·阳货》）只因出于对父母的深爱与追思。曾子曰："慎终追远，民德归厚矣。"（《论语·学而》）钱穆对此做了这样的诠释："生人相处，易杂功利计较心，而人与人之间所应有之深情厚谊，常掩抑不易见。唯对死者，始是仅有情意，更无报酬。乃益见其情意之深厚。故丧祭之礼能尽其哀与诚，可以激发人心，使人道民德日趋于敦厚。"（《论语新解》）重丧葬之礼，正是儒家仁礼统一观的重要表现。另外，儒家对死亡的意义与价值也提出了相应的看法。孔子说："朝闻道，夕死可矣。"（《论语·里仁》）生命的价值就在于求道，如果朝闻道，一日之生亦不为枉活。道即是仁。孔子又主张"志士仁人，无求生以害仁，有杀身以成仁"。（《论语·卫灵公》）若能用生命换取仁之达成，也可谓死得其所，永生不朽了。

第四，仁之实践方式是重行轻言的。徐复观指出："《论语》的基点就是与'言'相关相对的'行'。""'载之空言'，是希腊系统哲学家的思想表达方式。'见之于行事'，是孔子思想的主要表达方式。"（《向孔子的思想性格回归》，见李维武编《中国人文精神之阐扬——徐复观新儒学论著辑要》）《论语》中"先行其言而后从之"（《论语·为政》）、"君子欲讷于言而敏于行"（《论语·里仁》）、"古者言之不出，耻躬之不逮也"（《论语·里仁》）等言辞都是主张行先言后的。《中庸》也提出"力行近乎仁"的观点。孔子认为"刚、毅、木、讷，近仁"。（《论语·子路》）据钱穆解释："木是质朴，讷是钝于言。"（《论语新解》）在孔子看来，刚强、坚毅、质朴而不善言辞的人是天资近于仁的。又言"仁者其言也切"。（《论语·颜渊》）切，有钝、难之义，与木讷类似。相应地，孔子以巧言令色为耻，认为只知言辞虚巧而无真情善意的人是不能达到仁的境界的。他说："巧言令色，鲜矣仁。"（《论语·学而》）"巧言令色足恭，左丘明耻之，丘亦耻之。"（《论语·公冶长》）他这样赞美不善言辞的仲弓："雍也，仁而不佞。"（《论语·公冶长》）我们应该注意到，孔子主张行先言后，并不是要否定语言。孔子反对的是无真性情的"佞言"，并非把语言的功用全部抹杀。他曾提出："有德者必有言。"（《论语·宪问》）可见真正好的、美的言辞是德的衍生物。他也意识到了言行之间存在着辩证的关系，言也可影响行："《志》有之，言以足志，文以足言；不言，谁知其志！言之不文，行而不远。"（《左传·襄公二十五年》）由此可见，孔子对言行关系的认知是比较全面的。

在"轴心时代"的儒家看来，礼的精神基础是仁。情感、刚健、生死、言行等命题均与仁密切相关。仁的生成以"爱人"为起点，仁者需有刚健勇毅的精神品格，仁的实现需要仁者勇于担当，以行为先。作为一种道德规范和情感结构，仁的意义重于生命。

老子美学观简论

　　刘笑敢教授苦心孤诣，历时十年撰成的《老子古今》，可谓体大思精。其主旨在"回归历史，面对现实"。他不仅对《老子》不同版本的文本做了详尽的校勘（原文对照、对勘举要），还就《老子》所蕴含的哲学义理进行了深广的阐发（析评引论）。用余英时先生的话讲，其"析评引论"部分"所涉及的范围极为广阔，古今中外无所不包"。（《老子古今序》）同时刘笑敢教授之创见也屡屡闪现于"析评引论"之中，他借助老子的智慧对现实问题、人类生存困境的反思尤为精彩。然而，这毕竟是一部哲学巨著，对老子的美学主张评述较少。即使如此，书中对"美""艺术"的诠释也足以启发我们就这些问题做进一步深入的探讨。

　　《老子·第二章》有言："天下皆知美之为美，斯恶已；皆知善之为善，斯不善已。"《老子古今》这样解释："大家趋之若鹜的盲从是对美的毁灭，是伪善和假善而售奸的开始。"那么老子追求的真善、真美又是怎样的呢？《老子古今》这样回答："虽美而不自以为美，虽善而不自我标榜。这样的美和善是自然的美，自然的善。"由此可见，自然是美的本质属性。自然，是本来如此，自然而然的意思。任何矫揉造作、僭越过度、盲从跟风的行为都是不自然的，也是不美的。原本美的事物，如果它的美被无限放大、不断累积，就违背了自然的原则，走向了美的反面。《老子古今》一针见血地指出了老子所主张的美的本质，可谓要言不烦。可惜该书并未对老子的美学观做更多的论述。实际上，除了何为美的本质之外，《老子》五千言还辨明了美感与快感的区别，提出了什么是正确的审美方式等问题。这些都是老子美学观的有机组成部分。

　　《老子·第十二章》有言："五色令人目盲，五音令人耳聋，五味令人口爽，驰骋田猎令人心发狂，难得之货令人行妨。"就这段话的本意来说，"五色""五音""五味""田猎""难得之货"等都是淫佚的物事，能乱圣人之心志，而不利于他清静无为地治民。"五音""五色"实际上具有艺术的特征。如果它们令人"耳聋""目盲"而应予以摒弃，那么是不是可以推导出老子反艺术的结论？答案是否定的。老子反对的是令人心志昏乱，难以保持虚静的感官享受，这是一种恣意放纵的快感，不符合自然的原则，不是真实的美。老子所推崇的艺术是"大音希声，大象无形"（《老子·第四十一章》），这是一种全美的艺术境界。最完善的音乐听上去是杳无声响的，最美好的形象看上去是难寻形迹的。它们都与自然融为一体，聆听它们，观察它们，就需要超乎凡俗的耳目。"大音""大象"或可拟之庄子所说的"天籁""天乐"，它们"听之不闻其声，视之不见其形，充满天地，苞裹六极"。（《庄子·天地》），达到至美的境界。"大音希声，大象无形"的下文是"道隐无名"。三者并列，说明"大音""大象"是与"道"相类的，艺术之美可通于道，道又是万物之始。这样真正的美就与令人目盲耳聋的感官刺激判若云泥了。可见真美也是浸润了人文自然的哲学智慧的。

那么发现美、欣赏美又需要怎样的心境与态度呢？老子说："虚其心，实其腹，弱其志，强其骨。"（《老子·第三章》）这些言辞的初始含义是论述圣人无为而治的。然而仔细寻绎其中的奥妙，我们就会发现这也是领悟世间大美真美的关键所在。"虚其心"是指排除杂念，使心胸空灵纯净，可以接纳更多有益的东西。"实其腹"是指"饱食终日"，无口腹之虞，连温饱都解决不了，汲汲于生计的人，恐无暇顾及身边所存在之美。"弱其志"是指弱化人们功利性的追求，减少不合自然的欲望。"强其骨"是指人要有强健的体魄，身体健康，精神才可专注而不涣散。这四者都是领略真美所必备的条件，"虚其心"尤为重要。当这种"虚心"达到清空意识的境地，进入虚静的状态，最佳的审美心境也就呼之欲出了。老子说："静胜躁，寒胜热，清静为天下正。"（《老子·第四十五章》）又言："致虚极，守静笃，万物并作，吾以观其复。"（《老子·第十六章》）守虚静之心，方可不为外物所扰动，才能在"万物并作"的纷乱情况下观照事物的本根，本根即道。"大音""大象"之真美亦是道。葆有空灵宁谧的虚静之心乃是审美的最佳状态。庄子哲学中的"心斋""坐忘"之说正是对老子"致虚守静"思想的继承。何谓"心斋"？庄子托孔子之口说道："若一志，无听之以耳而听之以心，无听之以心而听之以气！耳止于听，心止于符。气也者，虚而待物者也。唯道集虚，虚者，心斋也。"（《庄子·人间世》）何谓"坐忘"？庄子又借颜回之言曰："堕肢体，黜聪明，离形去知，同于大通，此谓坐忘。"（《庄子·大宗师》）二者同是一种空明澄澈的静观境界。此种审美观照也可名为"涤除玄鉴"（《老子·第十章》）。"涤除"就是清汰杂念，"玄鉴"是把空明的心灵比作幽静的镜子。"涤除玄鉴"与"虚其心"大体相似，所不同之处在于"虚心静观"是欣赏者主动发起的审美体验，"涤除玄鉴"则更多蕴含着审美客体被动投影的意味。不着瘢疵的"玄鉴"似乎比"虚一而静"的胸怀更能客观地反映道，因而更符合老子自然无为的理念。

老子所推崇的美，不是放纵刺激的感官享受，而是符合道的原则，具有自然品质的真美。对美的品味与欣赏，需要在虚静的心境中进行。审美者只有以涤除杂念的心为"玄鉴"，才能体悟与道为邻的大美之妙。

庄子的精神家园
——从"浑沌之死"说起

      "浑沌之死"是一个异类的创世神话，是对盘古开辟鸿蒙之壮举的解构和反讽。在庄子心目中，万物浑同、天人一如的混沌世界无疑是"黄金时代"。其时宇宙未分，阴阳未判，天地未生，机巧诡诈之心未作，和谐、自然、无为、圆融，是一个最符合道也最能体现道的存在。庄子将这种状态拟人化地称为"中央之帝"。他是有德的，对待南海之帝儵和北海之帝忽都很和善。儵、忽倒也知恩图报，以为中央之帝浑无面目，不能视听食息，竟然仿人类之七窍而为浑沌凿之，"七日而浑沌死"。①（《应帝王》）淳朴自然的"黄金时代"就这样荒诞地结束了。继之而起的是纷乱多欲、机心四起、杀伐横生、天道隐灭的"黑暗时代"。人人有事功之心，无静朴之思。庄子是自然的赤子，他悲悯地指出世间存在的不祥："今之大冶铸金，金踊跃曰：'我且必为镆铘'，大冶必以为不祥之金。今一犯人之形，而曰'人耳人耳'，夫造化必以为不祥之人。"（《大宗师》）人心之自觉有如镆铘之发硎，万物和谐的自然局面恐难再得。而庄子孜孜以求的，就是摆脱人间世俗的罗网，重返静谧无为、自然浑融的净土，求得生命的绝对自由。虽在现实中不可得，亦必返之于心灵。私以为庄子思想的要义，大致在此。

      毫无疑问，庄子是不满于现实的。人生犹如一张巨大的刑网。"游于羿之彀中，中央者，中地也；然而不中者，命也。"（《德充符》）遭遇灾祸，那是常态，侥幸得免，却是命运的眷顾。个人命运既已如此，更遑论"窃钩者诛，窃国者诸侯"（《胠箧》）的荒诞时代。现实是不理解庄子

---

① 据陈鼓应之意："'儵'，有疾速意；'忽'，亦借为速。"笔者以为"儵""忽"隐喻浑沌破灭之速。

的，庄子也不求获得世人的仰视。"非梧桐不止，非练实不食，非醴泉不饮"的鹓鶵自不会与鸱鸮争腐鼠之肉，当然会将鸱的仰天而吓付之蔑如。（《秋水》）现世的生活只是庄子流寓的所在，那真正的归宿又在何处呢？"天下万物生于有，有生于无。"（《老子·第四十章》）闻一多指出："庄子仿佛说，那'无'处，便是我们真正的故乡。他苦的是不能忘情于他的故乡。"（《闻一多全集》第二册《庄子》）我们是不是可以这样理解：庄子的故乡就是那业已消散的原初之混沌？就是那无为无形、物我合一的自然？庄子以此为精神家园，现世的仁义事功、蝇营狗苟，便如空如幻，不萦于怀。臧谷亡羊，读书而亡也好，博塞而亡也好，俱亡其羊则一。夷齐死名也好，盗跖死利也好，俱失其性则一。（《骈拇》）现世的行为不管冠以何种名号，都是伤损自然之举。庄子的精神家园实与道德功利无涉。

现实虽已不再是自然的原貌，而人毕竟是从自然走来，内心的喜怒哀惧仍与自然息息相关。女商以《诗》《书》《礼》《乐》《金板六弢》说魏武侯，其君"未尝启齿"，徐无鬼语之以相狗、相马之术，武侯便"大悦而笑"。这是何故？皮相言之，当是讽刺魏武侯昏聩失道，耽于享乐。徐无鬼以"越之流人"的寓言告于女商，便揭示出深层的原因："子不闻夫越之流人乎？去国数日，见其所知而喜；去国旬月，见所尝见于国中者喜；及期年也，见似人者而喜矣；不亦去人滋久，思人滋深乎？……久矣夫，莫以真人之言謦欬吾君之侧乎！"（《徐无鬼》）魏武侯虽贵为一国之君，却整日周旋于礼乐、政事之间，寻求快乐、安逸的本性欲求久遭压抑，他的自然之人格是被世间俗务所"异化"的。女商的言辞当然难以唤起他本心的共鸣，而相狗、相马等悠闲快意之道却能切中魏武侯孤寂已久的心弦。魏武侯是真心久泯的俗人，却也喜闻"真人之言"。温伯雪子是大贤，本心能贴近自然，孔子对他很是仰慕，认为他能"目击而道存"，但他也困于"明乎礼义而陋乎知人心"者苦口婆心的谏告和开导，不能获得本性之自适。（《田子方》）贤与不肖，都不能突破现实的困境而登入自然逍遥的堂奥，《庄子》便有了指点迷津的意义。

欲获得本性之自适，忘却羁绊与物我融合是必要的步骤。"泉涸，鱼相与处于陆，相呴以湿，相濡以沫，不如相忘于江湖。"（《大宗师》）在凶险困厄的环境中，与朋友或爱人倾心尽力相帮扶，也难逃运命的裁决，反不如忘情忘我，与大化同流，在自然万化中求生命之安顿。妻子去世，庄子箕踞鼓盆而歌，是为忘情。（《至乐》）庄子辞世，"以天地为棺椁，日月为连璧，星辰为珠玑，万物为送赍"，不欲以世俗礼厚葬，是为忘我。（《列御寇》）然而，"忘却"谈何容易！庄子毕竟是个性情中人，惠子的仙游，他便不能超然面对。过惠子墓时，庄子颇感慨地讲了一个"郢人运斤"的故事，并喟叹道："自夫子之死也，吾无以为质矣，吾无与言之矣。"（《徐无鬼》）流露出的尽是丧失知音、吾谁与言的悲伤与怅惘。虽曰不忘情，但此情无比真挚，发自本心，不违自然，正是庄子心灵的歌哭之声。

物我融合，或曰"物化"是有层次的。第一层次是为改造客观世界，主体对客体特性的揣摩与模拟。梓庆削木为鐻，技艺出神入化，为何能达到这种境界？他说："必斋以静心。"不怀庆赏爵禄之心，不起非誉巧拙之念，"辄然忘吾有四肢形体也……然后入林，观天性"，这样乐器才能应手而成。（《达生》）可见创造主体通过静心凝神，潜心观摩对象的特征，达到物我天性合一的境界，才能顺物之性，最好地改造客观世界。然而，有创造就有机心。这样的物我合一，还称不上完全意义的"物化"。物我融合的第二个层次，是主体能与客体本心相通，情感交融，但主体对客体只存一种静观的态度，而不横加干涉。"庄子与惠子游于濠梁之上。庄子曰：'儵鱼出游从容，是鱼之乐也。'惠子曰：'子非鱼，安知鱼之乐？'庄子曰：'子非我，安知我不知鱼之乐？'"（《秋水》）庄子知鱼之乐，是指鱼儿从容自由地嬉戏于水，顺乎鱼之天性。惠子称庄子不知鱼之乐，乃是不明庄子物我合一之真谛，二者思想迥不相侔。"物化"的第三个层次，是主体与客体完全交融，难以区分，不知何者为我，何者为物，重返浑融之境。"昔者庄周梦为胡蝶，栩栩然胡蝶也，自喻适志欤！不知周也。俄然觉，则蘧蘧然周也。不知周之梦为胡蝶与，胡蝶之梦为周欤？周与胡蝶，则必有分矣。此之谓'物化'。"（《齐物论》）在这一层次中，"忘我"是必由之径。破除我执，扬弃所有世俗之念，以我之真心本性，近物之真心本性，蘧然融合，身心俱化。物之为物，并有淳厚朴美之性，与人异，与自然迩。我之为物，无机心奢欲，亦与自然近。

从忘情忘我走向物我合一，无己、无功、无名的庄子早已长出鲲鹏的云翼，可逍遥无待地飞往无何有的精神家园。世人无识，直以庄子之思想为"谬悠之说，荒唐之言，无端崖之辞"（《天下》），直以庄子为狂狷之人，遁世之徒。庄子不求知于当时、后世，只以一部寓言十九的著作疏通世人之本心，引导世人想望那终极的归宿。若将《庄子》比作精神之巨馔，恐怕任公子以"大钩巨缁，五十犗以为饵"，期年而获之大鱼，虽餍于"制河以东，苍梧以北"的百姓（《外物》），亦会作燕雀鸿鹄之叹吧！

▌灵氛与巫咸

　　1994年，汤炳正先生在《文学遗产》发表《从包山楚简看〈离骚〉的艺术构思与意象表现》一文。他根据包山楚简所记载的有关占卜的内容，总结出楚地卜筮的程序，认为《离骚》中有关卜筮的环节与这一程序存在对应关系，屈原对《离骚》的艺术构思深受卜筮的影响。这诚然是解读《离骚》的一种新方法，但欲求得文学作品与宗教仪式之间一一对应的关系，其结果往往是不无附会之嫌的。本文将屈原求卜降神的行为纳入一个既定的框架中，不甚自然。根据包山楚简所记，卜筮有六个主要程序："①记卜筮的年月日；②记卜筮人及为谁卜筮；③记所占何事；④记占卜的答案；⑤记为趋吉避凶进行祈祷；⑥卜筮人再占卜。"以《离骚》原文与之相对照，《离骚》中缺失的卜筮环节有二，与寻常卜筮相左的内容有二。

　　首先，《离骚》没有记载占卜的时间。汤先生也意识到这个问题，解释说："这是简文的纪实与诗篇的抒情之间的区别。故简文纪日月，诗篇纪情怀。"他既认识到简文与诗篇的区别，仍将二者进行比附，不顾二者的凿枘之处。这不仅不能解释《离骚》无占卜时间的问题，反倒自摇立论之基。

　　其次，屈原在"理弱媒拙"，求美不得之后，向灵氛问卜，灵氛告之曰："两美其必合兮，孰信修而慕之？思九州之博大兮，岂惟是其有女？"又云："勉远逝而无狐疑兮，孰求美而释女？何所独无芳草兮，尔何怀乎故宇？"劝屈原去楚求合。虽曰"吉占"，但浑不似占卜之言，一如智者的理性分析。夏大霖论曰："氛之言全不占，第据事理以断，劝以去国为是也。"（见游国恩主编《离骚纂义》）确系笃论。灵氛劝而不占，自与卜筮的第四个环节不符。

　　其三，屈子聆听灵氛劝言后，确有降神之举。就卜筮程序而言，汤先生说："凡卜筮得到答案，为了趋吉避凶，必祭祷神灵以求福佑。"而屈子降神的目的显然不是为了求福佑，避凶灾。"欲从灵氛之吉占兮，心犹豫而狐疑。巫咸将夕降兮，怀椒糈而要之。"诗人欲遵灵氛之言离开楚国，寻求理想的君主，心中又怀恋故土，忠爱宗国，彷徨不定，不能自决，而求之于巫咸。这种动机与祈福避凶何涉？可见屈子的降神，与卜筮的第五个环节貌合而神离。而巫咸替屈子做出的决断，竟是留楚求合。"皇剡剡其扬灵兮，告余以吉故。"所谓"吉故"并非灵氛之"吉占"。龚景瀚云："故者，已然之迹也。下文传说，吕望等是也。吉故，前事之吉者也。"（《离骚纂义》）巫咸建议诗人留在故国，等待机会："勉升降以上下兮，求矩矱之所同。"游国恩先生解释道："升降与上下，其意一耳。勉升降以上下者，犹云姑且俯仰沉浮，忍而暂留于此，不必皇皇焉远逝而求合也；尤非劝其过都越国，上下求索之谓也。其意与灵氛绝不同。"（《离骚纂义》）下文俱是君臣遇合的佳例：咎繇遇禹，伊挚遇汤，傅说遇武丁，吕望遇文王，宁戚遇桓文，这些贤人都未曾去国远求，而终遇明主。君臣遇合的条件，游国恩先生说得明白："盖贤者自修其德，则积中发外，自不假于干要，必有一朝之遇。而明君在上，亦必不使有遗贤在下也。"（《离骚纂义》）这也是巫咸对诗人与楚君的要求。汤炳正先生认为巫咸之言是对灵氛占辞的肯定："神灵列举古代的汤、禹、武丁、周文王、齐桓公诸史事，以证明及时远逝以求贤君，必能达到君臣相得的理想。"与游国恩先生的主张恰恰相反，是与《离骚》本义有违的。诗人闻灵氛之言后再求巫咸，就是为去留问题做一抉择，不是趋吉避凶的祷告。

最后，灵氛并未就诗人去留的问题再次占卜。所谓"灵氛既告余以吉占兮，历吉日吾将行"仍是重申上文灵氛劝导诗人之言。退一步讲，就算灵氛为诗人再占吉凶，巫咸却不希望诗人去国求君。灵氛之占与巫咸之言不合，又如何谈得上是"吉占"呢？况且这种神明反对巫觋占卜结论的情形在巫觋掌握占卜仪式的情况下，恐怕非常鲜见吧？屈子身为楚人，必深谙楚地占卜之道，在他的作品中为何会出现与常规相逆反的占卜内容呢？更何况此内容与诗人彷徨犹豫、是去是留的重大心事息息相关。

可见屈子求巫降神是展现内心矛盾冲突的艺术化表现形式。虽然有着楚地卜筮仪式的影子，但不必将二事进行比附，甚至等同起来。笔者以为唯有破除卜筮程序对《离骚》的束缚，才能自由而贴切地体悟屈子的心灵，进而真正理解求巫、降神之事在诗篇中的确切含义。

灵氛和巫咸在《离骚》的玄想体系中占有重要地位。他们是诗人内心苦闷与矛盾的外化，也是南北方异质文化交融与碰撞的表征。胡晓明教授有言："屈子为自己设计了三条道路，一是逗留、等候；二是远适他国；三是妄行违道（同流合污），三点他都做不到。"（《屈子之自沉心事及其文化意蕴》，见胡晓明著《诗与文化心灵》）屈子非常自尊自爱，而且志行高洁。与世沉浮、同流合污之事，他深恶痛绝，不能妄行违道是容易理解的。那灵氛劝他去楚求合，巫咸留他静候机遇，他为何也做不到呢？这就需要结合楚国的时政，从诗人的志趣与文学精神入手进行考量。

王静安先生把我国春秋以前政治道德思想分为两派：帝王派、非帝王派。"前者入世派，后者遁世派也。前者热情派，后者冷性派也。前者国家派，后者个人派也。前者大成于孔子、墨子，而后者大成于老子。故前者北方派，后者南方派也。"（王国维《屈子文学之精神》，见胡晓明主编《楚辞二十讲》）屈子是楚人，其宗国文化本是冷性的，崇尚个人自由，有着遁世的特色。但春秋战国以来，楚国与中原各国交流日密，渐渐吸收来自北方的文化，也逐渐转变为诸夏集团的一员，南北文化在楚国成功交融。屈子是楚国贵族，虽然血液里有着冷性派的基因，思想上却服膺热情而积极用世的中原文化。他敢于担当国家兴亡的重任，胸怀革新政治、振兴楚国的理想。胡晓明教授将这种精神概括为"国身通一"，这种精神深刻地影响着屈子的思想和行为。

诗人怀抱美政理想，欲辅佐楚王"及前王之踵武"，但国君昏聩，反而听信党人之谗言，将诗人放逐。诗人曾滋兰树蕙，欲提拔同志，奖掖后进，以夹辅王室，谁料"众芳"化为"芜秽"，昔之贤良化为今之党人。诗人欲觅可通君侧之人为己进言，故有求美之行，可也求之不得。在屡遭挫败之后，诗人难免心生颓丧，冷性派的思想于是渐渐泛起。表现在诗篇中，就是诗人向灵氛问卜，灵氛劝他去国远行。此行并不是幽居避世，而是另觅有道明主，以期君臣遇合，实现诗人的美政理想。这种抉择也是完全符合儒家道义的。楚国先贤如伍子胥、范蠡、文种不都是在异国他邦成就一番伟业的吗？诗人身处困境，灵氛之言，或曰发自诗人潜意识的声音，无疑对他有着巨大的诱惑力。

然而屈子不仅有"极高寒的理想"，也有着"极热烈的感情"。（梁启超《屈原研究》，见胡晓明主编《楚辞二十讲》）他一面怀抱理想，欲有所作为，一面爱国恋宗，不忍离去。在他"犹豫而狐疑"之际，内心深处又响起巫咸的声音，让他留在楚国，静候明主的出现。在楚国也有实现抱负的机会，报效祖国，戮力王室，不是更好吗？只是这个心声落不到实处。诗人清楚地知道楚国政局弊病丛生，谗谄蔽明，邪曲害公，已难再起色。但他是"南方学派的叛逆者"，"背叛、放弃了南方学派中冷性的、避世的人生态度，而以一种炽热的生命气质，酷爱自己的宗族祖国。"（《屈子之自沉心事及其文化意蕴》）对祖国，他不忍离去；对理想，又不忍放弃，诗人的内心交战不歇，巫咸的忠告也只能是一种强自宽慰的言语了。至于国政大坏，留之无益。"时缤纷其变易兮，又何可以淹留？""灵氛既告余以吉占兮，历吉日吾将行。"诗人去国远游，周流上下的行为也只存在于想象之中。他虽作神游之想，但最后临睨旧乡，而仆悲马怀，局顾难行。走不得，留不得，千回百折，都是诗人内心矛盾的写照。

屈子将这种苦闷与彷徨附丽于求卜降神。楚地风俗掩盖下的是诗人对南方学派的修正与对北方学派的皈依。灵氛之吉占，象征着南方学派中个人意识、隐逸观念等冷性品质对诗人的召唤；巫咸的忠告则象征着北方学派中家国观念、宗族情感等热性品质对诗人的熏染。屈子的选择是后者。他希望看到一个君圣臣贤、政治清明的祖国，希望自己的美政理想得以实现。当远望破灭，国运衰颓之势难以挽回时，诗人内心之交战也便有了结果——"吾将从彭咸之所居"。这是舍生取义的大节，也是屈子"国身通一"精神的终极表现。

▌建安、正始士人的名教观和生死观

魏晋与汉末在时代序次上是相接相继的，但时代特点大不相同，这与当时的政治秩序、经济结构毋庸说存在着密切的关系，但更明显地体现在士大夫的生存模式、心理状态与精神风貌等面向的差异上。赅而言之，便是"建安风骨"与"正始之音"的分疏。这两个时代的士大夫在对待名教与生命的态度尤其值得学界认真审视，因为其背后存有着文化异变、哲学重构的理路。

一、儒学衰微导致的心理波澜

魏晋时代的士大夫，大多出身豪门贵族，是拥有巨大田园，豢养庄客、奴婢的士族阶层。他们经济上可以自给，政治上相对独立，与汉代依附王权以求仕进的知识分子有异。相反，魏晋政权的巩固却须依赖士族的支持。士大夫的地位较之汉代有极大的提升，这使得他们能将关注的目光从君主身上转移一部分而及于自身。对本阶层甚至本人处境与命运的审视，激发了个性意识的产生和深化。而汉末以来儒学的衰微，又迫使他们必须从他处寻找思想的归宿和精神的寄托。难以想象，儒学作为400多年来唯一正确的"绝对"真理在丧失其神圣地位时对士大夫的心灵产生了多大的震撼。真理的缺位使他们感受到前所未有的、莫名的空虚。为摆脱这种虚无感乃至恐惧感，服药者有之，纵酒者有之，放浪形骸者有之，求佛问道者有之。丧失了道德约束的自由感和消散了道德皈依的失落感交织在一起，窃以为这才是魏晋士族真实的心理感受。他们旷达潇洒的行为在很大程度上是喜惧参半心态的掩护。当然也有很多人志于构建新的价值标准。玄学的产生与发展，佛教的传播与盛行，无不是他们重树思想道德范式的注脚。韩昌黎所谓不入于老，则入于佛也。据《世说新语·言语》所载：

范宁作豫章，八日请佛有板。众僧疑，或欲作答。有小沙弥在坐末曰：

"世尊默然，则为许可。"众从其义。（余嘉锡按语："范武子湛深经术，粹然儒者。尝深疾虚浮……其高识矣。而亦拜佛讲经，皈依彼法。盖南北朝人，风气如此。"）

可见时人精神皈依的情状。随着新的道德轨范与行为范式的形成，魏晋六朝士大夫的人生理想也有了新变，他们并不抛弃儒学，而是将儒学与其他学说等量视之，并以"通"作为最高的标准。诚如日本汉学家吉川忠夫所言："六朝人的理想的通，更超越'通儒'，而以通于经学及其外一切事象的人，即'通人'为目标。"［吉川忠夫《六朝士大夫的精神生活》，见《日本学者研究中国史论著选译（第七卷思想宗教）》］这标志着一种全新的、更具包容性的价值观的形成。与之相应地，生活方式也更为健全、更为活泼、更为自由。这一转型还需从汉——魏——晋的政权更替说起。

二、名教的权术化与儒家仁爱精神的缺位

汉魏、魏晋易代之际，是中国政治、文化产生重大危机，并走向嬗变的时代。陈寅恪先生认为这一变化源于东汉中后期统治阶层的分化："东汉中晚之世，其统治阶级可分为两类人群。一为内廷之阉宦，一为外廷之士大夫。……魏为东汉内廷阉宦阶级之代表，晋则外廷士大夫阶级之代表。故魏、晋之兴亡递嬗乃东汉晚年两统治阶级之竞争胜败问题。"（《书世说新语文学类钟会撰四本论始毕条后》，见陈寅恪《金明馆丛稿初编》）曹氏与东汉闺阁之臣的关系是不需多言的。曹操不仅在军事上击溃士大夫阶层的武装（官渡之战破袁绍），在政治上挟天子以令诸侯，还从思想上"摧破其劲敌士大夫阶级精神上之堡垒，即汉代传统之儒家思想"。（求才三令之颁布，网罗有智术之徒，而非唯德是举）这就为曹魏政权奠定了以法术立国的基础。而晋之代魏，陈先生认为是汉末以来外廷士大夫的胜利："尽复东汉时代士大夫阶级统治全盛之局。"这是让人难以理解的。司马氏代魏与曹氏篡汉的手段别无二致："（仲达）坚忍阴毒，有迥出汉末同时儒家迂缓无能之上者。"在思想上也未恢复两汉士大夫奉行的儒术。西晋50余年，几乎无一日可称平治，战乱频仍，民不聊生。而上层奢华斗富，士大夫悠游清谈，全无修齐治平之志，整顿乾坤之行。这与儒家理想大相径庭。窃以为不可把晋之代魏与恢复两汉的士大夫统治等同起来。魏晋易代的实质，胡晓明先生讲得非常准确："代表东汉儒家大族的司马氏集团，并非真的信仰于儒家思想价值，而是借其'传家'的名教为武器，摧毁其劲敌曹魏集团思想上的价值堡垒（法术）。"（《阮籍：文化危机与诗人》，见胡晓明著《诗与文化心灵》）司马氏集团对儒家思想的利用和曹魏政权对儒家思想的鄙弃一样，都证明了魏晋以来儒术的衰落。定于一尊的价值观念的破产解放了士大夫久被禁锢的心灵，促进了他们多元化精神面貌的形成。

汉魏、魏晋之交的士大夫共同面临着传统价值观无所依凭的困境，但二者的处境和心态还是互有异同的。简而言之，就是建安风骨和正始之风的同异。汉末以降，儒学内圣外王、忠恕仁爱等本质内容隐而不彰，其礼教形式却先后被曹氏、司马氏集团所利用，钳制士人。对此，建安、正始时代的士大夫都非常反感。身为建安七子之一的孔融便以离经叛道之语加以讥刺："父之于子，当有何亲？论其本意，实为情欲发耳。子之于母，亦复奚为？譬如物寄瓶中，出则离矣。"（《后汉书·孔融传》）他向曹操推荐的祢衡，敢于裸衣击鼓，侮慢权贵，挑战礼教的权威。孔、祢二人终难免戕害。正始年间的礼教更加虚伪，何晏便空谈服药，阮籍便饮酒无度、居丧无礼，据《世说新语·任诞》所载：

阮籍遭母丧，在晋文王坐进酒肉。司隶何曾亦在坐，曰："明公方以孝治天下，而阮籍以重丧显于公坐饮酒食肉，宜流之海外，以正风教。"文王曰："嗣宗毁顿如此，君不能共忧之，何谓！且有疾而饮酒食肉，固丧礼也！"籍饮啖不辍，神色自若。

嵇康更是"非汤武而薄周孔"（《与山巨源绝交书》）。他们反对名教的结局也是十分悲壮的。何晏、嵇康被收见戮，阮籍变得"言皆玄远，未尝臧否人物"。（《世说新语·德行》）建安、正始士人对名教的反叛，实在是因为他们抱有更加热忱的理想，即真正的儒学精神的恢复。鲁迅先生有言："魏晋时代，崇奉礼教看来似乎很不错，而实在是毁坏礼教，不信礼教的。表面上毁坏礼教者，实则倒是承认礼教，太相信礼教。因为魏晋时代所谓崇奉礼教，是用以自利，……老实人以为如此利用，亵渎了礼教，不平之极，无计可施，激而变成不谈礼教，不信礼教，甚至于反对礼教。"（《魏晋风度及文章与药及酒之关系》）此论可谓切中肯綮，直击魏晋士人的心灵。相较之下，似乎建安士人更有卫道的勇气，而正始名士则更多地从哲学上辩论礼教之伪。孔融敢于上书曹操，将曹丕纳袁熙妻甄氏喻为"武王伐纣，以妲己赐周公"。（《后汉书·孔融传》）敢于奏请汉献帝，"宜准古王畿之制，千里寰内，不以封建诸侯"。（《后汉书·孔融传》）以此充实王权，虽膺曹操之怒而不退缩。正始名士便惮于威权，无此锋芒。这虽是司马氏政治高压所致，终不及建安士人悲凉慷慨的豪迈气概。

三、人生如寄与生死泰然——生命价值的自觉发现

如果说儒家精神的衰微是汉末魏晋士大夫群体共同面临的文化危机，那么对人生短暂、生命脆弱、命运不可把控、如何获得延续而永久的精神价值等问题的思考，则是当时每个士人都需面对的终极拷问。可以说生命价值的自觉发现是魏晋士人最为显著的心态特征之一。对人生苦短的太息古来有之："子在川上曰'逝者如斯夫，不舍昼夜'。"（《论语·子罕》）就是千百年来文人感慨时光流逝的滥觞。魏晋士人对生死的关注导源于东汉。《古诗十九首》中很多诗句都表现出东汉人对生之留恋与死之无奈，及时行乐的思想也贯穿其中。如：

人生寄一世，奄忽若飙尘。何不策高足，先据要路津。

人生非金石，岂能长寿考。奄忽随物化，荣名以为宝。

驱车上东门，遥望郭北墓。白杨何萧萧，松柏夹广路。……人生忽如寄，寿无金石固。

万岁更相送，贤圣莫能度。服食求神仙，多为药所误。不如饮美酒，被服纨与素。

生年不满百，常怀千岁忧。昼短苦夜长，何不秉烛游！

这些人生如寄、流光易逝的紧张感无疑是一种个体化的体验。而随着汉末天纲解纽，军阀混战，生命的脆弱暴露无遗，建安诗人在其作品中对这残酷的历史多有记述，如在曹操《蒿里行》、陈琳《饮马长城窟》等诗篇：

铠甲生虮虱，万姓以死亡。白骨露于野，千里无鸡鸣。生民百遗一，念之断人肠。（《蒿里行》）

生男慎莫举，生女哺用脯。君独不见长城下，死人骸骨相撑拄。（《饮马长城窟行》）

诗人并不关注个人生命的安危，而是讨论战争徭役对百姓群体生存权利的摧残。诗闪耀着仁爱精神的光辉，不再以一己之蹉跎衰老为念，这无疑是对生命价值认知的深化。正始时代诗人的生命意识，更像是对《古诗十九首》中相关内容的直接祖述。但其精神内核更为深邃冷峻，是透过一己之悲哀来展现对整个人类运命的思索与关怀。例如阮籍在《咏怀》诗中写道："朝为美少年，夕暮成丑老。"（其六）"娱乐未终极，白日忽蹉跎。"（其七）"丘墓蔽山冈，万代同一时。"（其十九）他对命运无常表现出顺从与接受，及时行乐又能如何？"盛衰在须臾，离别将如何。"（其四十三）"人生若尘露，天道竟悠悠。"（其三十三）"自非凌风树，憔悴焉有常。"（其二十一）这种阅尽沧桑、悟透生死的冷静与建安时代积极进取，在有涯之生成就丰功伟绩的精神迥不相侔。正因为对生命规律有如此透彻的了解，卓越的正始士人才能超越及时行乐的逃避主义，在生死抉择的关头无忧无惧，坦然面对。"嵇中散临刑东市，神气不变。索琴弹之，奏《广陵散》。曲终曰：'袁孝尼尝请学此散，吾靳固不与，《广陵散》于今绝矣！'"（《世说新语·雅量》）嵇康的从容赴难彰显出一种死亡之壮美。可见从汉末直至正始年间士大夫对生死的认识在不断加深，从恐惧无助发展至从容不迫。究其原因，乃是因为他们逐渐发现了生灭盛衰本就是自然的规律，摆脱生命的羁绊才能超越桎梏性灵的礼教，获得真正的自由。

然而并不是所有的士大夫都似阮籍、嵇康般了悟生死。当嵇康就戮，阮籍缄默后，他们人人自危，不敢再反抗礼教，忍受着内心的挣扎与煎熬，转而投入司马氏之彀中（如向秀）。随着魏晋的易代，士大夫的精神也再次发生了嬗变。当然，永嘉南渡前后的玄学风流与刚健精神的复苏，乃是下一个历史阶段的时代特色，并不属于本文的研讨范围了。

结论

从汉末一直到魏晋时代，原本定于一尊的儒学日趋衰微。同时时局纷乱，战乱不已。丧失了匡扶人心、拯济时弊的思想武器，士大夫的精神面貌显得浮夸怪诞，无所皈依。一些有担当精神的士人恪守儒家思想中仁人爱物、乐道自守的传统，汲取道家逍遥自适的思想资源，对外部世界的态度是越名教而任自然，即使是在严苛的政治压力下，亦表现出强烈的抗议精神；对自己的生命以及对整个人类命运，则表现出一种温情的审视与深切的关怀，此种理性的观照来源于道家保性全真的内涵与儒家民胞物与的特质。可见建安、正始时代士大夫对名教与自然、灭失与存续的态度是儒家道家互补的一个明显例证。虽然外部世界是虚伪残酷、难以自由的，个体生命是短暂易逝、不能自主的，但人们仍然可以找寻到安顿心灵的思想依托。建安、正始时代士人对名教与生命的态度当如是观。

从《世说新语》看两晋士大夫精神的差异

　　魏晋易代是中国历史上的一个大变局，当此之际的士大夫可以分为三派："一为调和派，二为礼法派，三为自然派。"（胡晓明《阮籍：文化危机与诗人》）调和派的代表人物是山涛、王戎、王衍等，他们优游于林泉、朝堂之间，和光同尘，自得其乐。礼法派的代表人物是王祥、荀顗、何曾等，他们拥护司马氏政权，以维护礼教相标榜，实际上却是一群追逐名利之徒。自然派以阮籍、嵇康为代表，他们越名教而任自然，因反对司马氏的伪礼教而受到迫害。嵇康见杀，阮籍人格受到扭曲，向秀则向礼教屈服。因此，自然派在西晋建立前已经受到打压而不复存在。一些名士虽然崇奉自然，但为了自我保全，也投身到调和派的阵营里去，如裴楷、和峤、张华等。由于司马氏通过不义手段取得政权（如弑杀高贵乡公曹髦），不能提倡忠义为统治的纲领，因此，西晋建立后，一直难以获得士大夫的鼎力支持。"对于名士群体来说，他们本来在内心深处就没有忠于晋室的感情，对于信奉名教的士人群体来说，他们对忠节事实上也未认真奉行。"（罗宗强《玄学与魏晋士人心态》）西晋建立前后，士人群体的分疏以及他们同政权的关系大致如此。质而言之，士大夫与政权之间存在着一种紧张的关系，这与学而优则仕的传统并不切合。而士风的转移实以两晋之交的永嘉南渡为一大关捩，具体情形，下文申而论之：

一、刚健精神、担当意识的消亡与复苏

　　士大夫不能齐心戮力王室，为西晋的混乱和灭亡埋下了隐患。西晋士大夫一个最显著的特点是无责任感，耽于物质的享受，汲汲于名利的追逐。这一情形直到永嘉之乱发生后才有所改观。为国为民、刚健仁爱等精神再度为士人所推重。士之精神的回归、对自我价值定位的变化、对山水之美认知的转型，都反映出两晋士大夫心灵发展、逐步健全的轨迹。

西晋士大夫唯求自保，不愿为国家安危献计，全无国身通一的精神。晋惠帝时，贾谧专权，潘岳、石崇望尘而拜，极尽谄媚之能事。究其原因，无非是求身家之安。豪迈如刘琨也为赵王伦所用，心无王室，身无特操。发言玄远、风流潇洒的乐广在八王之乱中的表现甚为不堪。赵王伦篡位时，乐广奉玺绶劝进。罗宗强先生评论说："乐广是把自然与名教看作一体的。但是他之为伦篡位进玺绶，却显然与名教完全相悖。这些都说明操守问题，即使是当时最著名的士人，也已经不在念中。盖整个政争邪正不分，而朝廷在对待政争上又失去准的，造成士人操守观念之解体所使然。"（《玄学与魏晋士人心态》）道出了当时士无特操的根本原因。更具典型意义的是太尉王衍。他雅好清谈，不论世事，被推为名士的领袖。在西晋纷乱的政局里，他不分是非，随波逐流，只求自全。西晋末年，战乱迭起，王衍仍旧逃避责任，被石勒俘获后，竟劝石勒称帝，终遭杀戮。王衍是一个空有名士外表而专务投机的无耻之徒。终西晋之世，像嵇绍那样以身卫帝，血溅御衣的忠勇之人都是凤毛麟角：

值王师败绩于荡阴，百官及侍卫莫不溃散，唯绍俨然端冕，以身捍卫，交兵御辇，飞箭雨集，绍遂被害于帝侧，血溅御服，天子深哀叹之。及事定，左右欲浣衣，帝曰："此嵇侍中血，勿去。"（《晋书·嵇绍传》）

而这样忠诚壮烈的行为，在当时并不能引起其他士大夫的共鸣，更遑论唤起他们的责任感。随着战乱的加剧，中原的沦陷，流浪逃亡的士大夫终于重新振起，恢复了重收故土、振兴国家的抱负和勇气。最有代表性的是刘琨。这位早年与祖逖闻鸡起舞的英雄，如中流砥柱般支撑着晋朝北疆的危局，虽身死而不渝。据《世说新语·言语》记载：

刘琨虽隔阂寇戎，志存本朝，谓温峤曰："班彪识刘氏之复兴，马援知汉光之可辅。今晋祚虽衰，天命未改。吾欲立功于河北，使卿延誉于江南。子其行乎？"温曰："峤虽不敏，才非昔人，明公以桓、文之姿，建匡立之功，岂敢辞命！"

刘琨在北方坚持抗敌，殒身不悔，足以洗刷他早年从谀赵王伦的污点。南渡后的士大夫也多慷慨激昂，竞呈恢复之志。领袖人物正是宰相王导。《世说新语·言语》有载："过江诸人，每至美日，辄相邀新亭，借卉饮宴。周侯中坐而叹曰：'风景不殊，正自有山河之异！'皆相视流泪。唯王丞相愀然变色曰：'当共戮力王室，克复神州，何至作楚囚相对？'"更有把恢复大业作为毕生职志，至死不渝者，陶侃就是一例。他在临终时表奏晋帝："臣年垂八十，位极人臣，启手启足，当复何恨！但以余寇未诛，山陵未复，所以愤慨兼怀，唯此而已！犹冀犬马之齿，尚可少延，欲为陛下北吞石虎，西诛李雄。势遂不振，良图永息。临书振腕，涕泗横流。"（《世说新语·言语》）忠贞之情满纸，读来令人动容。另外，东晋士人对西晋清谈之风也有过理性的反思，认为有志者应勤于国事，力戒虚务。王羲之对谢安说："夏禹勤王，手足胼胝；文王旰食，日不暇给。今四郊多垒，宜人人自效。而虚谈废务，浮文妨要，恐非当今所宜。"（《世说新语·言语》）桓温也深恶王衍等之清谈误国："遂使神州陆沉，百年丘墟。王夷甫诸人，不得不任其责。"（《世说新语·轻诋》）如果这种崇高的责任感成为全体士大夫的共识，恢复中原也许并非难事。只是很多人把理想寄托在有才干的当政者身上，自己仍然优游享乐，纵意清谈。儒家以天下为己任的精神没有得到充分的张扬。如《世说新语·言语》所载：

> 温峤初为刘琨使来过江。于时，江左营建始尔，纲纪未举。温新至，深有诸虑。既诣王丞相，陈主上幽越，社稷焚灭，山陵夷毁之酷，有《黍离》之痛。温忠慨深烈，言与泗俱；丞相亦与之对泣。叙情既毕，便深自陈结，丞相亦厚相酬纳。既出，欢然言曰："江左自有管夷吾，此复何忧？"

虽然如此，从西晋士人的身无特操，到南渡士人的以恢复中原为职志，永嘉之乱无疑是一个转捩点，勇于担当的责任意识由此而回归。

二、物质主义的迷狂与人类温情的再现

西晋的政治失去标的，没有建立一个具有正确导向的价值规范。晋武帝本性喜奢华，立国之初为表示崇尚节俭，曾当众焚毁雉头裘。但社会上盛行的豪奢之风并未因此消歇。石崇与王恺争豪斗富就发生在西晋建国之初。这个故事几乎是众所周知的：

> 石崇与王恺争豪，并穷绮丽，以饰舆服。武帝，恺之甥也，每助恺。尝以一珊瑚树，高二尺许赐恺。枝柯扶疏，世罕其比。恺以示崇。崇视讫，以铁如意击之，应手而碎。恺既惋惜，又以为疾己之宝，声色甚厉。崇曰："不足恨，今还卿。"乃命左右悉取珊瑚树，有三尺四尺、条干绝世，光彩溢目者六七枚，如恺许比甚众。恺惘然自失。（《世说新语·汰侈》）

晋武帝不仅不加以制止，还每出奇货，帮助王恺。对奢靡之风推波助澜。"君臣奢靡，则朝无清廉之官，民有饥困之苦。国亦以是而败乱。"

（《玄学与魏晋士人心态》）西晋之世，不唯奢华成风，悭吝也是士大夫群体中习见的现象。余嘉锡注《世说新语·德行》"王戎、和峤同时遭大丧"条云："王戎女贷钱数万而色不悦，必待还钱而始释然。和峤诸弟食其园李，皆计核责钱。二人重财而轻骨肉如此。"豪奢和吝啬这看似对立的风气一起出现在西晋之世，虽显怪异，但并非偶然。根源仍在于汉末以来儒家思想之缺位。儒家崇俭忌奢、敦亲睦友的伦理原则不能落实，人的私欲不能受到约束，肆意张扬，遂造成此等局面。

迨及永嘉乱后，晋室南迁。世家大族都抛却祖业，背井离乡，旅居南土。政局的危难和财富的困顿迫使豪奢的生活不得不中止。危难时人与人之间的关爱互助也改变了西晋以来淡泊冷漠的世风。《世说新语·德行》有载，永嘉之乱时，郗鉴穷馁非常。为活兄子迈和外甥周翼两小儿之命，常含饭于两颊边，归而吐哺之。邓攸在避难之时，不得已而抛弃自己的孩子，以全兄弟之子，更属难能。相比王戎待女、和峤对弟，郗鉴、邓攸之行就显示出人性的光辉，这种温情是儒家仁爱精神的延续。我们可以将永嘉南渡视为道德精神重建的标志。宗白华先生说："道德的真精神在于'仁'，在于'恕'，在于人格的优美。"（宗白华《论〈世说新语〉》，见冯友兰等《魏晋风度二十讲》）我们可以举出阮裕焚车和谢安劝兄长释老翁等多个例证，这些都是东晋士人仁爱精神和伟大同情心的自然流露：

阮光禄在剡，曾有好车，借者无不皆给。有人葬母，意欲借而不敢言。阮后闻之，叹曰："吾有车而使人不敢借，何以车为？"遂焚之。

谢奕作剡令，有一老翁犯法，谢以醇酒罚之，乃至过醉，而犹未已。太傅时年七八岁，着青布绔，在兄膝边坐，谏曰："阿兄，老翁可念，何可作此！"奕于是改容曰："阿奴欲放去邪？"遂遣之。（《世说新语·德行》）

可见东晋士大夫对西晋士大夫的另一个超越之处，就在于鄙弃了庸俗的生活情趣，在自己的真性情、真血性里发掘人生的真意义、真道德。

三、山水美学的萌生与成熟

晋人具有发现山水之美的慧眼，然而两晋士人对待山水的态度是不尽相同的。西晋士大夫追求纵情而自适的物质生活。他们发现了山水的秀美，却不以静观的、欣赏的态度待之，而是将其作为浮华生活的点缀。石崇在《金谷诗叙》里写"清泉茂林、众果竹柏"等景物都是他的"娱目欢心之物"。"余与众贤共送往涧中，昼夜游宴，屡迁其坐。或高临下，或列坐水滨。"他们狂欢、鼓噪于山水之侧，并没有把情感融入美景之中。而是"把怡情山水嵌入纵欲享乐的人生情趣之中"，"把大自然的美作为人间荣华富贵的一种补充"。（《玄学与魏晋士人心态》）西晋人的山水审美观并不成熟。

相比之下，东晋士人对山水之美的体认更为自觉。宗白华先生说："晋宋人欣赏山水，由实入虚，即实即虚，超入玄境。"（《论〈世说新语〉》）东晋简文帝游华林园，对侍从说："会心处不必在远。翳然山水，便自有濠、濮间想也。觉鸟兽禽鱼，自来亲人。"（《世说新语·言语》）顾恺之描绘会稽山水之美时说："千岩竞秀，万壑争流，草木蒙笼其上，若云兴霞蔚。"（《世说新语·言语》）东晋人对山川景物持尊重的态度。他们以爱美之心与自然万物相契合，"对自然有那一股新鲜发现时身入化境浓酣忘我的趣味。（《论〈世说新语〉》）他们承认自然万物具有主体性，以推己及物的态度对待自然事物。这种对等的观照既加深了他们对美的体认，也使他们重新认知了生命与自由的意义。具有名士风度的僧人支道林放鹤回归大自然便是一个生动的例证：

支公好鹤，住剡东岇山。有人遗其双鹤，少时翅长欲飞。支意惜之，乃铩其翮。鹤轩翥不复能飞，乃反顾翅，垂头。视之，如有懊丧意。林曰："既有凌霄之姿，何肯为人作耳目近玩？"养令翮成，置使飞去。（《世说新语·言语》）。

毫无疑问，东晋人这种钟爱自然之美的情趣，得益于老庄哲学思想的滋养浸润，是精神追求对物质享乐的全面超越。

四、南北文化交融与江南主体性的显现

最后值得一提的是西晋灭吴后，大量吴地的士大夫北上入洛，面对中原文化，他们内心产生了江南认同的萌芽。这一认同随着晋室南迁而得到深化。陆机是东吴入洛士大夫的代表。他撰写《吴趋行》赞美江南的风物与文化，其诗云：

楚妃且勿叹，齐娥且莫讴。四座并清听，听我歌吴趋。吴趋自有始，请从阊门起。阊门何峨峨，飞阁跨通波。重栾承游极，回轩启曲阿。蔼蔼庆云被，泠泠祥风过。山泽多藏育，土风清且嘉。泰伯导仁风，仲雍扬其波。穆

穆延陵子，灼灼光诸华。王迹隤阳九，帝功兴四遐。大皇自富春，矫手顿世罗。邦彦应运兴，粲若春林葩。属城咸有士，吴邑最为多。八族未足侈，四姓实名家。文德熙淳懿，武功侔山河。礼让何济济，流化自滂沱。淑美难穷纪，商榷为此歌。

可见诗人对出身江南怀有深切的自豪感。武功与人文，建筑与山水，仁德与艺术，历史与人才，家族与政教都囊括其中。诗人踵事增华般的铺叙的背后深藏着一种家乡情怀即江南认同的意识。这毋庸说是魏晋易代之后产生的新的文化景观。无独有偶，《世说新语》还记载了两个饶有趣味的故事，都说明了西晋时代江南士大夫对故乡的认同和依恋。

陆机诣王武子，武子前置数斛羊酪，指以示陆曰："卿江东何以敌此？"陆云："有千里莼羹，但未下盐豉耳！"（《世说新语·言语》）

张季鹰辟齐王东曹掾，在洛，见秋风起，因思吴中莼菜羹、鲈鱼脍，曰："人生贵得适意尔，何能羁宦数千里以要名爵！"遂命驾便归。（《世说新语·识鉴》）

如果说陆机将莼羹与羊奶酪相提并论，隐然含有江南可与中原分庭抗礼的文化意味，那么张翰心念莼菜鲈鱼羹的美味而挂冠南归，则明显表现出江南文化与中原正统疏离的特质，即在野与在朝的价值抉择问题。对张翰而言，归于江南便能获得真正的自由。因此不论是隐然以江南自尊的陆机，还是自觉发现江南佳处的张翰，都具有一种深刻的江南认同。这种认同在永嘉南渡后，又产生了新的意蕴。

东晋定鼎建康，衣冠士族纷纷南渡，江南成为正朔之所在，其地位空前提高。虽然"偏安江南的士大夫多以恢复中原为志，身在南方而心在北"（胡晓明《江南再发现——略论中国历史与文学以及海外有关中国典籍中的"江南认同"》，见《中国文史上的江南——从江南看中国学术研讨会论文集》），但江南毕竟是中原正统王朝的延续，毕竟是南渡士大夫的安身立命之所。源自中原的文化逐渐植根于此，虽不是江南所产，却在客观上促进了江南文化的发展。士大夫已经能够从南北对比中发现江南之美。王珣就曾称赞建康街道"纡余委屈，若不可测"，与中原都市"阡陌条畅"（《世说新语·言语》）不同，深具水乡之地方特色。淝水战后，凉州人张天锡南来。江南士大夫问他："北方何物为贵？"张天锡答道："桑葚甘香，鸱鸮革响。淳酪养性，人无嫉心。"（《世说新语·言语》）这与当年陆机在王武子坐上的问答何其相似！张天锡的对答固然机敏，江南士大夫发问时"衣冠在兹"的文化优越感也是显而易见的。

结论

我们以《世说新语》为主要的文献依托，讨论了两晋士大夫精神风貌及文化氛围发生异变的原因。总的来说，西晋士风之所以颓靡不振，根本原因是当时政治不上轨道，因而士大夫与政统发生疏离，同时也受到儒学衰微、玄学兴起等文化因素的影响。南渡后士大夫的精神面貌大为改观，则主要是因为儒家思想中舍我其谁的刚健精神、民胞物与的仁爱情怀在沧桑巨变之际重新回归。江山陵替的时代风潮与弘毅进取的思想资源相互鼓荡，终于扫清了西晋士林中萎靡疏芜的空气。而西晋士人的生活状态也并非一无是处，虽然他们耽于物质享受，优游林泉，但也因此发现了山水之美。东晋士人便是由此向前开拓，结合道家的齐物、逍遥等思想，形成了独特的自然美学。这种美学思想不仅是中国山水诗的源泉，也是人物画、山水画的渊薮，影响极其深远。同时，江南意识乃至江南认同的凸显是两晋之际士大夫文化心理的一个新变，这当然是南北方文化交流、碰撞的产物，又因中原王朝的南渡使得江南平添更多典雅与正统的色彩。虽然江南完全成为中华文明的重心要等到南宋时代，但正是两晋之交的衣冠南渡为之奠定了基础。因此，以自豪、自信为底色的江南认同成为两晋士人精神面貌的一个重要标志也就不足为奇了。当然，两晋之际士风的异变乃至文化精神的转移是一个复杂而深邃的题目，其内涵绝不是本文所能道尽的，多面向的、深刻的研究肯定会继续进行下去。

初盛唐诗的文化根源与人文精神

　　唐初的诗歌承梁陈、隋末宫体诗的余绪，缺乏健旺的生命力。风格浮华靡艳，辞藻声律的熟练应用并不能掩盖格调的卑下与生气的缺失。正如闻一多先生所言："宫体诗在唐初，依然是简文帝时那没筋骨、没心肝的宫体诗。不同的只是现在的辞藻来得更细致，声调更流利，整个外表显得更乖巧，更酥软罢了。"（《宫体诗的自赎》，见闻一多著《唐诗杂论》）这样的诗风显然与唐朝开国之初清明的政治、欣欣向荣的社会风气、凝聚的民心和积极进取的士大夫精神不洽。魏徵意识到绮靡的文学风气会对世风人心造成不利的影响，甚至动摇新朝的统治，于是将宫体诗斥为"亡国之音"，并称："梁自大同之后，雅道沦缺，渐乖典则，争驰新巧。简文、湘东，启其淫放；徐陵、庾信，分路扬镳。其意浅而繁，其文匿而彩。词尚轻浮，情多哀思。"（《隋书文学传序》，见郭绍虞主编《中国历代文论选》第二册）雅道沦缺而亡国之音作，唐初政无偏颇，何以有靡靡之音？这着实令人警醒。为纠正甜软轻绮的文风，魏征结合南北方不同的审美取向，提出尽善尽美的文学主张。他在《隋书·文学传序》中写道："江左宫商发越，贵于清绮；河朔词义贞刚，重乎气质。气质则理胜其辞，清绮则文过其意。理深者便于时用，文华者宜于咏歌。此其南北词人得失之大较也。若能掇彼清音，简兹累句，各去其短，合其两长，则文质斌斌，尽善尽美矣。"他从理论上开出了疗救宫体诗弊病的良方，指出了文学发展的正途（唐诗的卓越成就证明了魏徵南北文化融合理论的正确性），但在初唐诗坛并未产生特殊的影响。上官体这一宫体诗的新调依然为朝野所重，甚而被奉为圭臬。

一、宫体诗的延宕

　　其实在今天看来，文学固然与社会有着千丝万缕的联系，却不一定与时代同步发展，做一面亦步亦趋地反映社会面貌的镜子。文学是独立的艺术，有着自身的发展规律。林庚先生说："诗歌中反映的时代精神风貌，不免会稍迟于那个时代的发展。"此言旨在解释为何反映唐初上升进取精神的诗篇会姗姗来迟，也道出了宫体诗从梁末延宕至唐初的原因。另一方面，北方文明的不振也是导致源自南朝的轻靡之风笼罩诗坛的重要原因。隋、唐都是兴起于关陇的政权，两朝的统治者却都倾心于南方文化，隋炀帝、唐太宗莫不如此。其缘由在于自东晋以来，江淮以南便是中国正统文化的保存地。北方战乱频仍，文教中衰，远不及江南人文之盛。《北齐书·杜弼传》引高欢评价梁武帝萧衍之言曰："江东复有一吴儿老翁萧衍者，专事衣冠礼乐，中原士大夫望之以为正朔所在。"北人仰慕江南文化的心态可见一斑。隋炀帝、唐太宗也是这种心态的继承者。他们推崇江南文化，自然会欣赏风行南朝宫廷的宫体诗。上有所好，下必效之，轻绮之诗风行天下也就不足为奇了。

二、健康人性的回归：热与力

唐朝天下初平，北方地区得到一个休养生息的机会，质实刚贞的文化逐渐恢复。识见高超如魏徵者便提出了改变诗风的意见。闻一多先生说："专以在昏淫的沉迷中作实践文字为务的宫体诗，本是衰老的、贫血的南朝宫廷生活的产物。只有北方那些新兴民族的热与力才能拯救它。"（《宫体诗的自赎》）然而太宗之世，北方之诗尚不足观。须到高宗后期王杨卢骆登上诗坛后，初唐诗风的天平才会发生倾斜。

所谓拯救诗弊的"热与力"，其实是指诗人健康的人性回归和恢复。"热"是指诗人跳脱耽于享乐、满足耳目之娱的小圈子，满怀热情地放眼社会，拥抱人生，歌颂超越凡庸理想后心灵的自由和愉悦。这是一种积极的创作态度，也是富有感染力的作品风格。"力"是指觉醒的诗人用刚健之笔挽救酥软的诗风，拯救人们虚弱的感情。其作品有着"起死回生"（《宫体诗的自赎》）的力量。

闻一多先生认为宫体诗是通过自赎、嬗变的途径走向对自身的超越的。其实并非如此，初唐四杰的诗作力大声洪，虽在音律上吸取齐梁以来宫体诗之长，但精神上已不是宫体诗纵情声色、全无寄托的格调。刘希夷、张若虚的诗富于哲思，展现出天人合一的境界，比初唐四杰走得更远。宫体诗在盛唐到来前走向了末路，而不是通过自身的救赎开启盛唐诗风，这一点需要加以说明。

闻一多先生是肯定健康的人性对诗风转变的积极意义的。概括地讲，人性的回归经历了五个阶段：

（1）理性自我的重现，对欲望产生约束的作用，使之走上正途。（卢照邻《长安古意》）

（2）对女性的关注，悲悯女性的现实处境，表达她们的情感诉求。这是对宫体诗将女性视为玩物观念的颠覆。（骆宾王《代女道士王灵妃赠道士李荣》）

（3）回归感情的常态，即真诚、自然。（刘希夷《春女行》《采桑》《公子行》）

（4）哲学思考的重现，对永恒的追求。（刘希夷《代悲白头翁》）

（5）宇宙意识的构建，对深沉、寥廓、宁静的心灵境界的企盼。（张若虚《春江花月夜》）

健康人性的回归打破了宫体诗笼罩的阴霾，开辟了唐诗走上全盛的坦途。这是初唐诗人创作实践所取得的成就。从理论上揭橥恢复兴寄传统，继承汉魏风骨之主张的有陈子昂。

三、盛唐气象的文化根源：汉魏风骨与六朝兴味

陈子昂撰《与东方左史虬修竹篇序》一文，指出了晋宋以来"文章道弊，彩丽竞繁"的弊病。认为变革五百年来诗风必须近尊汉魏（风骨），远祧两周（风雅）。诗歌内容要有所寄托，不能空洞无物，无病呻吟，是为"风雅兴寄"。诗歌风格要刚健雄浑，不能浮华轻靡，卑弱无力，是为"汉魏风骨"。诗歌应达到"骨气端翔，音情顿挫，光英朗练，有金石声"的艺术效果。陈子昂的诗歌创作实践了他提出的主张，开启了盛唐诗坛气象万千的局面。从文化的视角审视《与东方左史虬修竹篇序》，我们是否可以这样理解：唐诗的人文意义在于对比兴寄托精神的弘扬，唐诗的文化根源在于对汉魏风骨的继承。陈子昂此文指明了唐诗的文化品格，意义非凡。盛唐诗歌创作情况表明，六朝以来形成的自然山水美学也是唐诗的文化根源之一。陈子昂专注于批判南朝文风的逶迤颓靡，竟未提及这一点。殷璠意识到盛唐诗是南北文化融合的产物："开元十五年后，声律风骨始备矣。""言气骨则建安为俦，论宫商则太康不逮。"可见他只认为盛唐诗是从六朝诗歌精细的格律中吸取过营养，而对六朝时山水之美的发现与歌咏认识不足。

林庚先生在《盛唐气象》中写道："中国诗歌史上，作为一个理想的诗歌时代，唐代以前大都向往于建安，唐代以后转而醉心于盛唐。盛唐气象乃

是在建安风骨基础上又发展了一步，而成为令人难忘的时代。"（见林庚著《唐诗综论》）盛唐诗与建安诗相同之处有两点。一是自由浪漫的气质，一是刚健阔达的精神。只是建安诗诞生于汉末大破坏的时代，诗人对生命的变幻难以把握，故诗风苍凉慷慨；而盛唐诗孕育于升平安乐的治世，诗人满怀自信，肯定自身的价值与意义，故爽朗豪迈。正如殷璠所言，盛唐诗的特色还在于气骨与宫商的谐洽。可见六朝文化对盛唐诗学的影响。其实六朝之影响不仅限于声律，六朝诗人对自然山水之美的发现也启发了盛唐时山水田园诗的创作。邓小军教授认为"具有优势的自然意象"（邓小军《盛唐诗的文化特质》，见胡晓明选编《唐诗二十讲》）是盛唐诗的特质之一。东晋南朝的诗人有的精于描摹自然之美（如大小谢），有的拥有契同自然、天人合一的意识（如陶渊明），诗风或精美，或空灵。盛唐诗不仅能达到这种境界，做到情景交融，还将边境、异域的自然风物收于笔下，为山水诗开辟了新奇阔大的境界。这是对六朝山水诗的超越。

由此可知，来自于汉魏的刚健风力与来自南朝的辞藻音律之学、自然山水之思都是盛唐浑厚、开朗、充足、玲珑等气象所产生的文化根源。盛唐诗取得融会贯通的成就也回应了唐初魏征提出的合南北两长，以求尽善尽美的文学主张。

《盛唐气象》一文立足于盛唐诗风对建安风骨的继承与发展，集中论述了盛唐气象与时代的关系、盛唐诗歌的艺术成就与理论总结等问题，但未提及盛唐诗歌中负有盛名的山水田园诗，也回避了南朝诗学对盛唐诗风产生影响这一重要问题。但并不意味着林庚与陈子昂的立场一致。[1]他在自著《中国文学史·诗国高潮》一章中就将六朝人与唐人的生活态度做了比较，认为唐人的世界是"少年的世界"，充满朝气与活力。"六朝人的生活是隽永的，唐人的生活是活泼的。前者是深刻，后者正是浪漫与健康。"指出盛唐是"男性的文艺时代"。文章也有赞颂盛唐山水诗成就的笔墨。林庚的盛唐诗学观是在两文的互见中展现出全貌的。《盛唐气象》写于20世纪50年代，写得中规中矩，倾向于对主流意识形态的迎合。《诗国高潮》则时见性灵。两文合璧，可称双美。

---

[1] 林庚甚至指出陈子昂、李白等复古革新的文学主张在盛唐时代之无意义。（林庚：《中国文学史》，清华大学出版社，2009，第165页）

四、盛唐气象的人文精神：诗的普及和个人的价值

囿于时代，《盛唐气象》一文盛赞唐诗的人民性，屡称盛唐诗的成就是人民的胜利。歌颂盛唐时代正是要"歌颂那人民在胜利中饱满的生活情绪和自豪感"，将诗人的创作个性淹没在泛滥的人民性里。其实要谈唐诗的人民性，应该着眼于盛唐社会创作诗歌和爱好诗歌的普遍风气。除了知识分子以外，参与诗歌创作者遍及社会的每个阶层。据邓小军教授所言，盛唐诗的作者包括社会各阶层的妇女，包括盛唐社会的儿童，包括民间百姓、樵夫舟子、道士僧人等。而爱好诗歌、欣赏诗歌的人也遍及中原、江南、塞外、岭表，蔚为普遍风气。这一风气的形成固然与唐朝诗赋取士，推动了诗歌创作走向高潮有关，更深层的原因则是人的价值之发现——"人普遍存在的诗歌才能，第一次相当普遍地被发现。"（《盛唐诗的文化特质》）

诗歌有着风雅兴寄的教化职能，在中国文化体系中居于崇高的地位。张说作《唐昭容上官氏文集序》表达了初盛唐人对诗教的认识。邓小军教授在《盛唐诗的文化特质》中将其归纳为以下四点：

（1）使君主倾心于人文文化，而消除了一切好大喜功、开边破土、穷奢极欲的根源。

（2）使温柔敦厚的人文教化，由上而下，推向民间，造成文明的社会风气。

（3）使创作诗歌、爱好诗歌的风气成为传统，影响后世。

（4）把唐代五言、七言诗的人文意义，提升到与六艺经典同等的高度，这是盛唐时期对诗歌的人文意义的新认识、新发现。

第四点与个体价值的发现关系尤为密切。六艺经典本是圣人所作，唐诗却是人人可作。唐诗的价值等同于经典，作唐诗者人人可为圣贤，人人可为尧舜。人的价值被提升到空前的高度，个体的自信心也空前高涨。积极用世的诗人发出"自比稷与契""致君尧舜上"的呼声绝非偶然，正是个人主体性得到张扬的产物。

全社会各阶层积极进取，责任意识高扬的情形与唐诗创作的繁荣互为表里。若言盛唐诗风的人民性，若论盛唐气象是人民的胜利，恐怕不能绕开当时个体价值之发现而另他求。

盛唐诗中的"月"意象

　　邓小军教授认为具有优势的自然意象是盛唐诗的特质之一，自然意象即殷璠所标举的"兴象"。盛唐诗歌中自然意象的美学意义，"在于突出自然意象美感，借以含蓄地表达情感"。（《盛唐诗的文化特质》）傅庚生将唐诗之美称为"醇美"，诗人深挚的感情和丰富的想象是含蓄或曰醇美的两大支柱。醇美是诗歌艺术的化境，要达到这种境界，就"要求诗人在思想感情上与外物入而与之俱化。人与物化，就是想象力廓清了一切障碍而还原到自然去了"。（傅庚生《说唐诗的醇美》，见胡晓明主编《唐诗二十讲》）诗人眼中的外物与自然落实到作品里，就是自然意象。蒋孔阳引入了"意境"的概念，将"人与物化"这个问题谈得更加具体："意境是诗人把他感于外而又动于中的思想感情，凝聚到艺术形象中来，变成深永的情景交融的画面。"（蒋孔阳《唐诗的审美特征》，见胡晓明主编《唐诗二十讲》）盛唐诗歌是具有意境美的。要创造意境美，必须做到：

　　（1）写景抒情。诗人在写作中，渗透、灌注进了一股浓郁的感情，使这感情笼罩在景的当中，因而我们所看到的虽然全都是景，但我们所感受到的却处处是情。

　　（2）情景交融。诗人在兴发感应的基础上，移情入景，化景为情，然后创造出一个独立自足的、生机盎然的世界。

　　（3）"韵外之致，味外之旨。"（司空图《与李生论诗书》）也就是说体悟诗歌之美，不可言说，只可意会。

　　意境之美虽然不可言说，但诗人毕竟能够传递出美的讯息，欣赏者也能感受到美的存在。究其原因，是由于这种美"不是通过言语直接讲出来，而是通过形象的描绘，来启发，来渲染"。（《唐诗的审美特征》）这里讲的形象，其实就是自然意象。在创作唐诗的过程中，自然意象是诗人情感与想象的载体。在欣赏唐诗的过程中，它又是读者接近、探索诗人心灵世界的媒介。自然意象的作用非比寻常，其重要意义也早已为研究者所发现。早在20世纪60年代，台湾学者柯庆明就开始了对王维诗歌中自然意象的分析研究。在《试论王维诗中常见的一些技巧和象征》一文中，柯庆明详细阐释了云、日暮黄昏、花、杨柳、春草、鸟等自然意象所蕴藏的内涵，[①]揭示了王维亲近自然、珍爱生命和向往自由、隐逸的生活等理想追求。但一些重要的自然意象并未引起作者的重视。笔者简单翻阅王维诗集，"月"意象凡37见，出现频率不能算低。柯先生何以对"月"意象未做统计与分析？或许是因为此意象在反映王维情感与心灵方面不具备典型性吧！即便如此，该意象也寄寓着诗人一定的情愫。而盛唐时的一些大诗人（如张九龄、孟浩然等）都喜欢咏月，说明该意象在盛唐时代有着一种共性的文化寓意。试加以综合分析，或许能对"月"的内涵有所拓展。

一、繁华之月

张九龄官居相位，有很多奉和唐玄宗的诗篇，其中的"月"意象透露出宏大的帝王气息，是皇家气象的象征。如"建祠北山巅，云雷初缔构。日月今悠然，紫气尚翁郁"。（《奉和圣制谒元皇帝庙斋兴运昔有感》）"未央钟漏晚，仙宇蔼沉沉。武卫千庐合，严扃万户深。左掖知天近，南窗见月临。"（《和许给事直夜简诸公》）等句都是如此。盛唐时贵族的生活豪华而放纵，常常宴饮达旦，彻夜不息。在这种情况下，明月之清辉也成为繁华生活的背景。王维在诗中写道："座客香貂满，宫娃绮幔张。涧花轻粉色，山月少灯光。"（《从岐王夜燕卫家山池应教》）"高楼月似霜，秋夜郁金堂。对坐弹卢女，同看舞凤凰。"（《奉和杨驸马六郎秋夜即事》）"上路笙歌满，春城漏刻长。游人多昼日，明月让灯光。"（《奉和圣制十五夜燃灯继以酺宴应制》）月之辉光尚不及灯烛之明。李白《清平调》云："若非群玉山头现，会向瑶台月下逢。"极写杨贵妃之貌如天人，而宫廷的繁华，也可想见。

二、边关之月

唐代前期致力于开拓疆土，戍守边关之士甚众。边关苍凉之月或寄托着将士建功立业的情怀，或隐喻着功名未就，人已衰老的惆怅，但更多的是象征着征人对故乡与亲人的思念。以下诗句就反映出这些情感：

应敌兵初起，缘边虏欲空。使车经陇月，征旆绕河风。（张九龄《酬赵

---

① 该文还对王维所习用的历史典故、饮食意象等做了列举和阐释。

二侍御使西军赠两省旧寮》）

异方之乐令人悲，羌笛胡笳不用吹。坐看今夜关山月，思杀边城游侠儿。（孟浩然《凉州词》）

陇头明月迥临关，陇上行人夜吹笛。关西老将不胜愁，驻马听之双泪流。（王维《陇头吟》）

辛勤几出黄花戍，迢递初随细柳营。塞晚每愁残月苦，边愁更逐断蓬惊。（王维《塞下曲》）

清风明月苦相思，荡子从戎十载余。征人去日殷勤嘱，归雁来时数寄书。（王维《失题》）

三、高洁之月

张九龄喜用比兴手法，托物言志，借用自然意象抒发自己坚守节操、不肯随时俯仰的志趣和情怀，他的名诗《感遇》就是如此。他也用皎洁的明月自比，以此彰显诗人德行的高洁。他在《和吏部李侍郎见示秋夜望月忆诸侍郎之什其卒章有前后行之戏因命仆继作》一诗中写道："清秋发高兴，凉月复闲宵。光逐露华满，情因水镜摇。同持亦所见，异路无相招。美景向空尽，欢言随事销。忽听金华作，诚如玉律调。南宫尚为后，东观何其辽。名数虽云隔，风期幸未遥。今来重余论，怀此更终朝。"在王维的笔下，明月兼有幽居的闲适和高洁的情操这两重意蕴："清浅白石滩，绿蒲向堪把。家住水东西，浣纱明月下。"（《白石滩》）"独坐幽篁里，弹琴复长啸。深林人不知，明月来相照。"（《竹里馆》）孟浩然则以明月的孤高清洁赞美自己的友人："欲知清与洁，明月在澄湾。"（《赠萧少府》）以月之晴朗比喻人的志节，甚为相得。

四、相思之月

"海上生明月，天涯共此时。"（张九龄《望月怀远》）"清迥江城月，流光万里同。"（张九龄《秋夕望月》）这里的明月是相思之情的象征，是诗人思亲与亲人怀远的共同寄托。人事有代谢，明月亘古长存，后人之望月，也可以体会当时诗人望月时的心情，仿佛这份相思长寄托月中。天涯共此时，是诗人与亲友情感的交融，又何尝不是后人与前人心有戚戚的共鸣？明月意象的永恒意义即在于此。王孟诗也多以明月写相思，终不如张九龄诗句隽永。

"山暝听猿愁，沧江急夜流。风鸣两岸叶，月照一孤舟。"（孟浩然《宿桐庐江寄广陵旧游》）

"绪风初减热，新月始登秋。谁忍窥河汉，迢迢望斗牛。"（孟浩然《他乡七夕》）

"送车盈灞上，轻骑出关东。相去千余里，西园明月同。"（王维《熊九赴任安阳》）

"洞房今夜月，如练复如霜。为照离人恨，亭亭到晓光。"（王维《雕梁》）

而李白"我寄愁心与明月，随风直到夜郎西"（《闻王昌龄左迁龙标遥有此寄》）的诗句则将"愁心"与"明月"对举，将自己的感情投射到明月上，使明月人格化。让明月带着诗人的关怀与思念随王昌龄远行，以慰藉他孤寂苦闷的心灵，可见二人友情的真挚。愁心与明月的完全交融，达到完美的境界，是诗人匠心独运的结果。

五、出世之月

张九龄本不是隐士，他的隐退是受到李林甫排挤的结果。被贬谪之后，张九龄有了独善其身的念头。他在《司马崔颂和》一诗中写道："优闲表政清，林薄赏秋成。江上悬晓月，往来亏复盈。天云抗直意，郡合晦高名。坐啸应无欲，宁辜济物情。"以月的盈亏暗示盛衰之理，表现出诗人向往自然自适、无欲无求的生活状态。他想归隐山林，不问世事，"日落青岩际，溪行绿筱边。去舟乘月后，归鸟息人前"（《自始兴溪夜上赴岭》）。但又对生活充满忧虑，不能坦然。他的归隐是避祸性质的，因此以避缴之雁自比。凄冷空寂的月夜暗示诗人对命运的隐忧。《同綦毋学士月夜闻雁》："栖宿岂无意，飞飞更远寻。长途未及半，中夜有遗音。月思关山笛，风号流水琴。空声两相应，幽感一何深。避缴归南浦，离群叫北林。联翩俱不定，怜尔越乡心。"这种心态便与王孟的隐居大为不同。

王维追求的就是一种自由自适的隐逸生活，对于政治他不太热衷。于是清朗的月夜成为他隐逸生活的象征："秋天万里净，日暮澄江空。清夜何悠悠，扣舷明月中。"（《送綦毋校书弃官还江东》）清冷的月亮还反映出诗人隐居之处的幽深："暝宿长林下，焚香卧瑶席。涧芳袭人衣，山月映石壁。"（《蓝田山石门精舍》）王维的隐居生活非常雅致，超凡脱俗，而明月的清辉也为这种生活情趣创造了悠然自得的氛围："松风吹解带，山月照弹琴。"（《酬张少府》）"明月松间照，清泉石上流。"（《山居秋暝》）

孟浩然未尝出仕，一直过着乡居的生活。他笔下的明月意象蕴含着隐居的闲雅惬意："夕阳度西岭，群壑倏已暝。松月生夜凉，风泉满清听。"（《宿来公山房期丁大不至》）"山光忽西落，池月渐东上。散发乘夜凉，开轩卧闲敞。"（《夏日南亭怀辛大》）也包蕴着不安于闲居生活的躁动："垂钓坐盘石，水清心益闲。鱼行潭树下，猿挂岛藤间。游女昔解佩，传闻于此山。求之不可得，沿月棹歌还。"（《万山潭》）然而更多的时候，诗句表现出的是诗人对月一种莫名的惆怅："秋空明月悬，光彩露沾湿。惊鹊栖不定，飞萤卷帘入。庭槐寒影疏，邻杵夜声急。佳期旷何许，望望空伫立。"（《秋宵月下有怀》）"移舟泊烟渚，日暮客愁新。野旷天低树，江清月近人。"（《宿建德江》）这种惆怅来自幽居的孤寂，难以言状。将这种惆怅寄托于月，揭示出隐逸生活的另一面——并不是所有的隐居都是闲适脱俗的。

六、凄冷之月

月亮具清冷之性，又有盈亏之变，比附人生，可见命运的冷酷与生命的无常。在挽词中使用"月"意象，就是以月光之惨淡来营造一种凄清哀婉的气氛。如张九龄《故荥阳君苏氏挽歌词三首》其三："缟服纷相送，玄扃翳不开。更悲泉火灭，徒见柳车回。旧室容衣奠，新茔拱树栽。唯应月照簟，潘岳此时哀。"王维则以凄冷之月，寒寂之冬表现生命之衰老："冬宵寒且永，夜漏宫中发。草白霭繁霜，木衰澄清月。丽服映颓颜，朱灯照华发。汉家方尚少，顾影惭朝谒。"（《冬夜书怀》）

然而不管是张九龄也好，还是王、孟也好，他们所描绘的月亮都及不上李白笔下明月的清朗与明亮。他们的月亮多是静态的，而李白笔下的月亮动感十足，生命力极为旺盛。"小时不识月，呼作白玉盘。又疑瑶台镜，飞在青云端。"（《古朗月行》）"明月出天山，苍茫云海间。"（《关山月》）一个"飞"字可见明月之高，一个"出"字，可见月涌的壮阔之势。王维也有描写月出的佳句，如"月从断山口，遥吐柴门端"（《东溪玩月》），"月出惊山鸟，时鸣春涧中"（《鸟鸣涧》）。但这是以动写静，用月出之势烘托夜晚的宁谧无声。立意不同，气势也远不及李白诗阔大。前文提到，李白将明月人格化，赋予明月生命力，以创造物我交融的诗歌境界。其实在李白看来，明月本就有生命，是与诗人对等的存在：明月是诗人最亲密的伙伴：

暮从碧山下，山月随人归。却顾所来径，苍苍横翠微。（《下终南山过斛斯山人宿置酒》）

花间一壶酒，独酌无相亲。举杯邀明月，对影成三人。（《月下独酌》）

我欲因之梦吴越，一夜飞度镜湖月。湖月照我影，送我至剡溪。（《梦游天姥吟留别》）

我寄愁心与明月，随风直到夜郎西。（《闻王昌龄左迁龙标遥有此寄》）

李白笔下的明月甚至有着悲天悯人的精神。《子夜吴歌》写道："长安一片月，万户捣衣声。秋风吹不尽，总是玉关情。何日平胡虏，良人罢远征。"明月洒下清辉，照耀着长安城，默默地观照着那些征人的妻子为丈夫赶制冬衣，并和她们一起期待着战争的结束，亲人平安归来。李白借此来宣发他的反战情绪，明月则成为人们向往和平的象征。

为什么李白笔下的月亮是不断运行并具有生命的呢？李长之认为这与李白的宇宙观有关。李白的宇宙观是运动的，而非静止的。这一宇宙观的形成，则与李白深受道教影响有关。"道教的第二个根本概念是作为宇宙的主宰的'道'，其性质乃是动的。即所谓'运'……李白的宇宙观即是动的，李白心中的宇宙是有精神力量在内的，所以李白对于自然的看法，也便都赋予了一种人格化。"（《道教徒的诗人李白及其痛苦》，见李长之著《李白传》）人和宇宙万物都在同一个基础"道"上产生，人与万物在本质上是一致的。人有生命，万物也有生命，月亮是万物之一，自然也拥有生命。人有情感，万物也有情感，月亮是万物之一，自然也拥有情感。所谓"宇宙人化，人宇宙化"，就是此意。

在我看来，李白之所以赋予明月生命与人格，从根本上说是李白的生命力非常充溢、精神力量非常强大的缘故。[1]以我观物万物皆着我色彩。普通人尚且如此，何况生命力旺盛的李白？李白的心灵自然纯真，与晶莹皎洁的明月何其相似！而李白的内心世界在当时又鲜有人知。在孤独寂寞的情况下，他引明月为同调，将自己的生命力与情感投射其上，使其具有人的精神与品质，并不难理解。

李白描写明月的诗句甚多，其佳句如"俱怀逸兴壮思飞，欲上青天揽明月"（《宣州谢朓楼饯别校书叔云》），"孤灯不明思欲绝，卷帷望月空

---

[1]李长之在《道教徒的诗人李白及其痛苦》的《导论》中对李白的精神力量与生命力之强大有详细论述。

长叹"（《长相思》），"人生得意须尽欢，莫使金樽空对月"（《将进酒》），"醉月频中圣，迷花不事君"（《赠孟浩然》），"月下飞天镜，云生结海楼"（《渡荆门送别》），"登舟望秋月，空忆谢将军"（《夜泊牛渚怀古》）等不胜枚举。"月"意象的使用，使这些诗篇增色不少。李白何以如此喜欢明月，并不断把它写入诗篇中呢？

明月皎无纤尘的特质非常契合诗人真诚的心灵固然是一个重要原因。但从文化背景上看，李白及其家族与月亮的渊源非同一般。①周勋初先生解释道："古人认为日出东方的扶桑，月出西方的月窟。月窟为西域远地。……李白笔下的'月'，寓托着对远西出生之地的怀恋。……不论月出月窟或天山，还是月出峨眉或剑阁，都指月出李白一家的出生之地。这种对明月升起的地方的歌颂，反映出他心中某种缠绕不清的思绪，所以在笔下自然地流露了出来。"（《诗仙李白之谜》，见《周勋初文集》四）由此可见，李白对月的偏爱，是由于他潜意识里对出生地西域怀有深厚的感情所致。李白生于西域，明月升于西域，李白对明月的亲切感与熟识度远非生长于中原的诗人所能比拟。我们也可将此视为李白喜用"月"意象来构筑诗境的文化原因。

综上所言，盛唐诗人笔下的"月"意象，不仅是诗人心灵世界、艺术情怀的表征，更是盛唐时代天朗风清、蓬勃向上的生命力量之投影。此意象以其澄明纯粹的特质近乎完美地诠释着盛唐诗歌尽心尽情的文化精神，而由"月"及其他相关意象构筑起来的美学境界，玲珑凑泊，深醇优美，堪为诗歌国度里最可宝贵的艺术财富，值得我们永远珍视。

---

① 李白有妹名"月圆"，有子名"明月奴"。可见李白一家对月亮的偏爱。

小议杜甫的才性与怀抱

　　有唐一代是我国封建社会的鼎盛时期，不仅经济繁荣，国力强盛，而且文化、艺术也得到空前发展。诗歌作为最能代表唐朝文化的艺术门类，名家辈出，佳作频现，其成就更是令人瞩目。李白和杜甫无疑是唐代诗坛两座并峙的高峰，为后人景仰。就二人的成就而言，胡小石先生认为："李守着诗的范围，杜则抉破藩篱。……从《古诗十九首》至太白做个结束，可谓成家；从子美开首，其作风一直影响至宋、明以后，可云开派。杜甫所走之路，似较李白为新阐，故历代的徒弟更多。总而言之，李白是唐代诗人复古的健将，杜甫是革命的先锋。"（《李杜诗之比较》，见《胡小石论文集》）

　　杜甫之"抉破藩篱"，并不是一无依傍的，而是具有承前启后，继往开来的意义。他不仅继承了家庭中浓郁的诗学传统（"诗是吾家事"《宗武生日》），勤于向前代诗人学习（"窃攀屈宋宜方驾"《戏为六绝句》之五、"精熟《文选》理"《宗武生日》、"孰知二谢将能事，颇学阴何苦用心"《解闷十二首》之七），而且对同时代的诗作也不加鄙薄，择善而从（"不薄今人爱古人，清词丽句必为邻"《戏为六绝句》之五）。他对诗歌创作的要求极为严格，主张不拘一时，不限一家，多方面地学习古今诗人的长处（"转益多师是汝师"《戏为六绝句》之五），又反对诗风的轻靡凡近，力主诗作要有内容、有寄托，是所谓"别裁伪体亲风雅"（《戏为六绝句》之六）、"恐与齐梁作后尘"（《戏为六绝句》之五）。老杜作诗更有求新求变之处，而"笔落惊风雨，诗成泣鬼神"（《寄李十二白二十韵》）及"为人性僻耽佳句，语不惊人死不休"（《江上值水如海势，聊短述》）等诗句就是他力破窠臼，造语清新之努力的写照。叶嘉莹先生总结道："就诗歌之体式风格方面而言，无论古今长短各种诗歌的体式风格，他都能深入撷取尽其长，而不为一体所限，更能融会运用，开创变化，千汇万状，而无不工。……而自诗歌之内容方面而言，则杜甫更是无论妍媸巨细，悲欢忧喜，宇宙的一切人情物态，他都能随物赋形，淋漓尽致地收罗笔下而无所不包。"（《论杜甫七律之演进及其承先启后之成就》，见叶嘉莹《杜甫秋兴八首集说·序》）可见杜甫诗学是集前人之大成的，不唯开后世诗风之先河。

　　杜诗有如此成就，原因何在呢？叶嘉莹先生认为杜甫健全的才性是最重要的因素。健全的才性是感性与知性的兼长并美。"他一方面具有极大且极强的感性，可以深入于他所接触到的任何事物之中，而把握住他所欲攫取的事物之精华；而另一方面，他又有着极清明周至的理性，足以脱出于一切事物的蒙蔽与局限之外，做到博观兼采而无所偏失。"若深追老杜此博大、均衡与正常之才性之源头，叶先生却语焉不详，只言是"诗人之情感与世人之道德的融而为一"。（《论杜甫七律之演进及其承先启后之成就》）胡晓明先生认为："中国文化的意义世界，无疑主要是由儒家人文思想所奠定的。"而杜甫又是"中国文化的人格代表"。（《杜甫诗学与中国文化精神》，见胡晓明著《诗与文化心灵》）由此可知，杜甫健全的才性实是出自儒家精神的熏陶与浸染。中国文化精神的要义有二，一是"人溺己溺，人饥己饥"的精神，即"孟子所说的可以无限扩充的心"；一是"天人不二"，即终极关怀与现实关怀的通一融合。杜诗的精神与此两项要义是契合无隔的。老杜写人伦亲情，写对妻儿的深情，写对友情的珍视，写对百姓疾苦的同情，甚至写与自然万物的感应，无一不是其"恻隐之心"即"仁者心"推而广之的结果。而"窃比稷与契"（《自京赴奉先县咏怀五百字》）、"致君尧舜上"（《奉赠韦左丞丈二十二韵》）的人生宣言则植根于他将苍生社稷系于心胸的终极关怀。此种终极关怀又来源于老杜拥有一颗"以一己之心担荷天下人苦难的大悲悯心"。[①]

　　自壮及老，杜甫这种关怀现实的悲悯之心并未稍衰。叶嘉莹先生却说杜甫在年老以后，"所经历过的生活，更可以说是历尽艰险，辛苦备尝，当年的豪情逸致，既已逐渐消磨沮丧，心情也自然转入疏放颓唐"。笔者不敢认同此论。尽管叶先生是想以此作为解释老杜诗风从工丽转向脱略的

[①] 胡晓明《杜甫诗学与中国文化精神》一文详论杜诗与中国文化精神要义的关系，并举杜甫诗句以证之。

理由，但欲言杜甫关怀现实的精神老而转衰则与事实不符。"天行健，君子以自强不息。"（《易传》）服膺儒家思想的杜甫从未曾因老病困窘而退回到以自我为中心的萧散境界。"富家厨肉臭，战地骸骨白"（《驱竖子摘卷耳》）的控诉与"朱门酒肉臭，路有冻死骨"（《自京赴奉先县咏怀五百字》）的揭露何异？"致君唐虞际，淳朴忆大庭"（《同元使君〈舂陵行〉》）的嘱托与"致君尧舜上，再使风俗淳"（《奉赠韦左丞丈二十二韵》）的理想何殊？杜甫年轻时曾有"男儿生世间，及壮当封侯"（《后出塞五首》之一）的大志，急于用世。虽终身不遇，但在"我多长卿病，日夕思朝廷，肺枯渴太甚，漂泊公孙城"（《同元使君〈舂陵行〉》）的垂暮之年，仍发出"落日心犹壮，秋风病欲苏，古来存老马，不必取长途"（《江汉》）的真挚呼声，渴盼为朝廷所用，真可谓壮心不已。杜甫诚然因乾坤颠倒与处境困苦，在其诗作中发出过牢落之声，如《草堂》诗云："天下尚未宁，健儿胜腐儒。飘摇风尘际，何地置老夫？于时见疣赘，骨髓幸未枯。饮啄愧残生，食薇不敢余。"但这不是他诗情的主调。当年的豪情壮志并未随着岁月的流逝被偃蹇的命运所磨蚀，相反，系国运苍生于胸的终极关怀老而弥坚。这种坚韧刚健的精神与勇于担荷苦难的品性是儒家仁德的题中之义，杜诗与此深相切合，千载之下仍能感发人心，可知"诗圣"盛名之不虚。

曹慕樊先生说："杜甫论诗，既标经术，亦重情性。如：'陶冶性灵存底物？新诗改罢自长吟。'"（《杜诗游心录——杜甫诗研究方法新探》，见曹慕樊著《杜诗杂说全编》）论诗如此，人亦如此。杜甫是性情中人，狂狷纵恣而不乏幽默，他不只是一个心忧国事，情牵黎庶，无可奈何而倚杖叹息的老儒。杜甫虽孜孜矻矻谋官，以期实现理想，但屡有弃官、辞官之举。在他身上发生这一矛盾情形的原因就在于杜甫不愿屈己奉人而为无益之事。他在华州军曹参军任上时为琐务所累，作诗以宣泄烦躁已极的情绪，可见其性格的另一面："七月六日苦炎热，对食暂餐还不能。每愁夜中自足蝎，况乃秋后转多蝇。束带发狂欲大叫，簿书何急来相仍。南望青松架短壑，安得赤足踏层冰。"（《早秋苦热堆案相仍》）杜甫晚年时纵恣之态不少减，他在《狂夫》一诗中写道："欲填沟壑唯疏放，自笑狂夫老更狂。"他对自己年轻时狂狷的性格仍十分欣赏："性豪业嗜酒，嫉恶怀刚肠。脱略小时辈，结交皆老苍。饮酣视八极，俗物多茫茫。"（《壮游》）曹慕樊先生认为形成这种性格的源头有三：远源是先秦儒家对狂狷的许可，杜甫服膺儒学，因之养成狂简的性格。近源是魏晋风度的影响，杜甫尝以嵇康、阮籍自比，故效法前修之纵恣不足为奇。而乃祖杜审言之倔强倨傲，舅公李行远、李行芳之壮烈气概也为杜甫所秉承，成为杜甫狂肆刚健之性格生成的另一原因。（《杜诗游心录——杜甫诗研究方法新探》）

杜甫身处沧海横流的时代，政局动荡不安，战乱不止；百姓背井离乡，呻吟流血；而诗人的生活也没有保障，阖家颠沛，困顿非常，鲜有安居之日。在这样的环境中，不能说杜甫没有愁苦失望的情绪，但他并未被这种情绪所笼罩而走向消沉绝望，而是用一种近乎自嘲的幽默排除生命中的苦闷，在逼仄的现实中寻找前行的辉光。饥困难耐之时，"翠柏苦犹食，明霞高可餐"；贫穷已极之时，"囊空恐羞涩，留得一钱看"（《空囊》）。诗咏清贫而含自解自嘲的意味，可谓一种含泪的诙谐。诗人旅居夔州时食物不足，曾差遣童仆采卷耳以充饥："登床半生熟，下箸还小益。加点瓜薤间，依稀橘奴迹。"（《驱竖子摘苍耳》）并指出卷耳有治疗风疾的作用："卷耳况疗风。"诗人在垂死之年还能有这份临危不迫的从容，正与他心性的均衡与才性的健全有关。

然而，不管杜甫的性格如何狂狷恣肆，生活如何困苦无依，他对于唐王朝的耿耿忠心是不容怀疑的。曹慕樊先生认为杜甫对唐朝统治有微言，并拈出《牵牛织女》《大历三年春白帝城放船出瞿塘峡凡四十韵》两诗为例，以图证明杜甫有着如果君臣不契，英雄之士就可以变更社稷的思想。（《杜诗游心录——杜甫诗研究方法新探》）这种假设牵强而周内，不足为信。要知"方圆苟龃龉，丈夫多英雄"二句，并非以士大夫之身份立论，而是站在唐朝皇帝的立场上申说的。丈夫指代君主。如果士大夫事君以非臣之礼，必撄君王之怒，自取其辱，甚至自危其身。此论是就安史之乱以来各地军阀目无朝廷，各自为政的纷乱情形而发的，有警戒群僚的现实意义。曹先生自忖诗无达诂，持论不免臆断，又举杜甫赠苏涣之诗来证明"杜公非抱住唐室不放者"。理由是："苏涣为人，初为盗贼，后举进士，为侍御史。游衡州刺史崔瓘幕。崔被叛兵所害。涣参加平贼之谋。杜甫许为白起。后游广、交州，扇动哥舒晃跋扈。涣为官兵所杀。这样的人物，在潭州与杜甫时有过从。……敌忾既同，诗又投合，想见联袂酒茶之际，必及各自怀抱。假使气味不契，岂能如此推许？"（《杜诗游心录——杜甫诗研究方法新探》）殊不知杜甫对苏涣的好感源于苏涣之淡泊名利和诗风的刚健，[①]而不涉及其阴鸷的权谋。子美是诚厚君子，以为苏涣可为国家柱石、朝廷栋梁，遂以"致君尧舜付公等，早据要路思捐躯"的诗句（《暮秋枉裴道州手札，率尔遣兴寄递，近呈苏涣侍御》）来勉励他与裴虬，希望他们在朝中取得要职，匡扶王室，实现自己一生未遂的政治理想。孰料后来苏涣竟在广州谋反！此事发生在老杜逝世之后，若子美地下有知，必会痛心失望，向苏涣鸣鼓而攻之，岂能与之同流合污？以此来证明杜甫之别有怀抱是不足为据的。

曹慕樊先生是杜诗学大家，提出这一问题或许另有深意，而笔者目光短陋，又非专攻杜诗，难以窥见其要旨所在。唯杜甫忠诚耿介，心灵纯澈，绝不可能与叛逆之人沆瀣一气。故不得不班门弄斧，就子美是否别有抱负的问题稍作辩解。

---

①杜甫《苏大侍御访江浦，赋八韵记异》之《序》云："苏大侍御涣，静者也。旅于江侧，不交州府之客，人事都绝久矣。肩舆江浦，忽访老夫，舟楫而已。茶酒内，余请诵近诗，肯吟数首，才力素壮，辞句动人。接对明日，忆其涌思雷出，书篋几杖之外，殷殷留金石声。赋八韵记异，亦见老夫倾倒于苏至矣。"诗云："庞公不浪出，苏氏今有之。再闻诵新作，突过黄初诗。乾坤几反复，扬马宜同时。今晨清镜中，胜食斋房芝。余发喜却变，白间生黑丝。昨夜舟火灭，湘娥帘外悲。百灵未敢散，风破寒江迟。"

唐宋诗转型的情感因素

  严羽在南宋季世揭橥诗宗盛唐^①的旗帜，是看到了江西诗派和江湖诗派的流弊，而对其进行矫正与反拨之举。从另一个意义上说，他只有在认识到唐宋诗的不同之后，才能分辨其优劣，进而标举一方，批驳一方，以达到蔽补时弊的目的。客观地讲，宋诗是宋代诗人力破唐诗余地的产物，有其长处，并不输于唐诗。在研阅《沧浪诗话》时，我们若能跳出孰优孰劣的窠臼，公允地看待两代之诗，正可以窥测以严羽为代表的南宋后期诗人对唐宋诗转型的认识程度。严羽在《沧浪诗话·诗辨》中写道：

  诗者，吟咏情性也。盛唐诸人惟在兴趣，羚羊挂角，无迹可求。故其妙处透彻玲珑，不可凑泊，如空中之音，相中之色，水中之月，镜中之象，言有尽而意无穷。近代诸公乃作奇特解会，遂以文字为诗，以才学为诗，以议论为诗……且其作多务使事，不问兴致；用字必有来历，押韵必有出处，读之反复终篇，不知着到何在。其末流者，叫噪怒张，殊乖忠厚之风，殆以骂詈为诗。

  国初之诗尚沿袭唐人：王黄州学白乐天，杨文公刘中山学李商隐，盛文肃学韦苏州，欧阳公学韩退之古诗，梅圣俞学唐人平淡处。至东坡山谷始自出己意以为诗，唐人之风变矣。山谷用工尤为深刻，其后法席盛行海内，称为江西宗派。近世赵紫芝翁灵舒辈，独喜贾岛姚合之诗，稍稍复就清苦之风；江湖诗人多效其体，一时自谓之唐宗。

  此段文字要义有二，一是大体勾勒了宋代诗学发展的脉络，一是比照了唐宋诗艺术特征的某些不同之处。就发展过程来看，宋诗经历了规模中晚

---

① 严羽《沧浪诗话·诗辨》："论诗如论禅：汉魏晋与盛唐之诗，则第一义也。"又："悟有深浅，有分限，有透彻之悟，有但得一知半解之悟。汉魏尚矣，不假悟也。谢灵运至盛唐诸公，透彻之悟也；他虽有悟者，皆非第一义也。"

唐——自出己意——复效晚唐诗风这三个阶段。"自出己意以为诗"实际上就是宋诗力争摆脱唐诗之笼罩，建立自身独特品格的努力与尝试，而这种试验取得了成功。相比唐诗的"吟咏情性""唯在兴趣"及含蓄蕴藉等艺术特点，宋诗更讲求以"文字为诗，以才学为诗，以议论为诗"，重使事用典，诗境直白显豁。严羽对此甚为不满，称："诗而至此，可谓一厄也。"并主张"推原汉魏以来，而截然谓当以盛唐为法"（《沧浪诗话·诗辨》）来扭转诗风，走上了文学复古的道路。但他只是从艺术形式上对唐宋两代的诗歌做了比较，其认知并不全面，而且并未就唐宋诗递变的原因做出诠释。时代与文化的因素在严羽的论诗体系中是缺失的。这虽是严羽之唐宋诗学理论的不足之处，但也为后来者从事这一领域的研究留下了甚为广阔的余地。

唐宋诗确实有着很多相异之处，但两者的区别并非判若冰炭，宋诗对唐诗存在明显的继承关系。陈衍就反对唐诗与宋诗的截然对立，提出"三元"[①]说以期沟通唐宋：

盖余谓诗莫盛于三元：上元开元、中元元和、下元元祐也。君（沈曾植）谓三元皆外国探险家觅新世界，殖民政策开埠头本领……余言今人强分唐诗、宋诗，宋人皆推本唐人诗法，力破余地耳。庐陵、宛陵、东坡、临川、山谷、后山、放翁、诚斋，岑、高、李、杜、韩、孟、刘、白之变化也；简斋、止斋、沧浪、四灵，王、孟、韦、柳、贾岛、姚合之变化也。故开元、元和者，世所分唐、宋人之枢幹也。若墨守旧说，唐以后之诗不读，有日蹙国百里而已。（《石遗室诗话》卷一）

所谓"诗莫盛于三元"，乃唐宋诗都很兴盛，并驾齐驱之意。而三元皆"觅新世界""开埠头"的本领，则说明唐宋诗都具有开辟创新的意义，宋诗价值不输于唐诗。在此情形下强分唐诗、宋诗的优劣，显然是难以落实的。陈衍并不讳言宋人对唐人诗法的继承，把宋诗的源头追溯到唐代开元、元和间，认为宋代诗人有取法盛唐者，有规模中晚唐者，然而他更强调宋诗在师古基础上的开新。"推本唐人诗法，力破余地"即是此意。推原陈衍之本心，正是要在唐宋并尊的前提下肯定宋诗，确认宋诗是唐诗的嗣响，标举宋诗突破唐诗，有所创新的成就，进而改变宋不如唐的偏见，缩小唐宋诗的

①三元：开元，唐玄宗年号（712—755）；元和，唐宪宗年号（806—820）；元祐宋哲宗年号（1086—1100）。

差距，把宋诗提高到与唐诗同样的地位。陈衍的"三元"说比严羽宗唐抑宋的观点远为公允，但对宋诗如何继承唐诗并走向创新的问题未做详细的阐释，也未曾突显宋诗的特出之处。

宋人开一代诗风，从形式上看，以文字为诗，以议论为诗，以才学为诗，与唐诗重兴趣、重含蓄的气象大异。从风格上看，"唐诗以韵胜，故浑雅，而贵蕴藉空灵；宋诗以意胜，故精能，而贵深折透辟。唐诗之美在情辞，故丰腴；宋诗之美在气骨，故瘦劲。"（缪钺《论宋诗》，见《诗词散论》）究其原因，固然是由于唐诗成就卓著，宛如一座不可逾越的高峰耸立在宋人面前，盛极难继。宋诗欲有所创获，不得不另辟蹊径。就诗歌发展的规律来说，唐诗转型为宋诗必然如此，亦是自然如此。然而，从诗歌抒发情性的本质来看，唐宋诗发生嬗变，是因为宋人的情感较唐人更为深刻，更为细腻，更为成熟之故。

首先，唐人的感情是自然生发的，真纯如赤子，是浪漫的激情；宋人的感情则受过人文精神的陶钧，冷静而深邃，充溢着智慧。宋代社会流行理学，主张压抑人的欲望，弘扬理性精神，这种环境不利于外向性情感的生成。强烈的感情都要经过思想的提炼与沉淀，成为一种融合着理性的思绪。李白的"峨眉山月半轮秋，影入平羌江水流。夜发清溪向三峡，思君不见下渝州"（《峨眉山月歌》）诗中有人，以月为情媒，传递诗人对友人的思念之情。音韵流畅，语短情长。而杨万里笔下的明月更富理趣，诗人的情感隐而不彰："才近中秋月已清，鸦青幕挂一团冰。忽然觉得今宵月，元不粘天独自行。"（《八月十二日夜诚斋望月》）有洒脱自然的心灵才可发现一无依傍的明月之美，而这种透脱的情怀需要理性的陶钧。徐复观先生说："（宋人）把感情加上了理性，甚至是把感情加以理性化。但这种理性化乃是对感情的冷却澄汰，冷却由感情而来的冲动率，澄汰去实际上是不相干的成分，以透视出所感的内容乃至所感的本质，并将其表现出来。此即所谓宋诗主意。'意'是经过理性的澄汰而成为更凝敛坚实的感情。"（《宋诗特征试论》，见徐复观著《中国文学精神》）然而不管是自然纯粹的情，还是凝敛坚实的意，直接表达都是有难度的，需要借助意象来彰显。唐人的感情浩浩荡荡，浑无涯际，充斥着生命力，这种感情是难以用文字来表达的，故诗人习用自然意象来寄托此感情，其实是由于自然万物与充溢着生命力的情感相通。宋人的情感含蓄渊渟，整饬条畅，直抒而出则显枯涩板滞，故诗人常以人文意象、典故来深化情感，寄托人文情怀。邓小军教授指出："宋诗的特质，是借助自然意象，发挥人文优势，以表现富于人文修养的思想感情。"此言道出了宋诗主意的真谛。宋诗多发议论，往往理趣盎然，而"议论也发自人文修养，是抒情的延伸与深化"。这些思辨之诗多是关照现实人生的，其中"精彩的议论，可喜的理趣都是发自热爱生活的襟抱，闪耀着人生智慧的光彩"。（霍松林、邓小军《论宋诗》）关注现实人生的诗篇反映出凝敛情感之热烈的一面。

其次，唐代诗人多把自身作为情感的主体，喜怒歌哭，多是为己而发。宋朝诗人则在自我之外，重新发现了国家与民族的苦难，其胸怀更为广阔博大。唐诗抒发的情感主要是来自诗人对自身的关注。边塞从军之豪迈与哀怨，山水隐逸之适意与寂寥，随侍君王之自得与惶恐，诗酒联欢之忘忧与纵恣，羁旅远行之超脱和依恋，日居月诸之绝望与无奈，这些都是唐人发之于心，系之于己而难以摆脱的情愫。只有杜甫这样才性健全的诗人对国家、对大众发生了人溺己溺的关切与同情，而有唐一代同调甚少，直至宋代才蔚为大观，这与宋朝人文教化之盛不无关系。唐人主体意识过于强烈，如李白的《秋浦歌》："炉火照天地，红星乱紫烟。赧郎明月夜，歌曲动寒川。"反映的是诗人目睹冶炼场景时新奇和兴奋的感觉，歌颂的是力之美，而没有涉及冶炼工人劳作的辛苦。宋代诗人则较能为平民代言，立意较深："陶尽门前土，屋上无片瓦。十指不沾泥，鳞鳞居大厦。"（梅尧臣《陶者》），"昨日入城市，归来泪满巾。遍身罗绮者，不是养蚕人。"（张俞《蚕妇》）唐宋诗发生这一转型是有其内在原因的。徐复观先生认为："宋承五代浩劫，在文化中发生了广大的理性反省，希望把漂浮沦没的人生价值重新树立起来，以再建人自身的地位。……宋代文人较唐代文人是更为理性的，在生活上是较为严肃的。"（《宋诗特征试论》）正因为如此，宋人比唐人多一份担当，多一份社会责任感，对国家和民族的情感也更为真挚。在北宋的和平时代，这种情怀表现为"正直刚强的品节与宽裕从容的涵养"（霍松林、邓小军《论宋诗》），在南宋外敌入侵的危急关头，这种情怀又表现为可歌可泣的民族气节。另外，宋代士大夫与国家的关系比唐代士人更为紧密。唐代的门阀贵族仍有相当的势力，在唐人的心目中门第观念依然很盛。很多诗人出身于世家大族，对家族的情感甚于对国家的忠爱。而门阀势力在宋代早已消失殆尽，"宋代士人多出身平民，也以平民身份自甘"。（《宋诗特征论》）是朝廷的科举制度给予他们参与政权的机会，长于闾巷的人生经历又使得他们对普通民众的生活状态有所了解。他们将这种对国家的忠爱、对民众的关怀写入诗中，就形成了与唐诗甚为不同的情感基调。

第三，在面对悲哀、绝望等负面情感的问题时，唐代诗人往往无法排遣，甚至难以直接面对，而宋代诗人则可以较为自如地将其化解，可见他们情感的成熟与健全。缪钺谓："宋代国势之盛，远不及唐，外患频仍，仅谋自保，而因重用文人故，国内清晏，鲜悍将骄兵跋扈之祸，是以诗人之心，静弱而不雄强，向内收敛而不向外扩发，喜深微而不喜广阔。"（《论宋诗》）就此看来，宋人的生存环境并不乐观，忧患意识在其情感体系中理应占有很大比重。为何他们可以走出伤感的阴霾而唐人却不能？吉川幸次郎认为，汉魏六朝以来，"把人生视为绝望的，充满悲哀的存在的看法成了诗的基调。绝望，首先是由于视人为渺小的存在，并认为人处于超越其努力的命运的支配之下而产生的。进而把绝望或悲哀看作人所承受的最主要的命运"。（吉川幸次郎《宋诗概说》）唐代诗人继承了这种宿命论，所以在纵情声色，流连山水之余仍摆脱不了绝望与悲哀。宋朝诗人虽身处国家忧患的环境，但由于受到宋代哲学的影响，从两个方面超越了一己的哀感。一是与其关注人的生命，不如关注人的使命。二是与其关注个人之哀乐，不如为人类全体祝愿幸福。这种观念是"不视人为渺小存在的哲学"（《宋诗概说》），一方面承认人生在世当有所为，肯定了个体生命的价值；另一方面从个体生命有涯，而群体生命无限的角度破除了生命的虚无感。苏子所谓"抚古今于一瞬""渺沧海之一粟"就是此意。而这种哲理正需重思尚意的宋人来发明，也只有感情受过理性澄汰者才能体会到。谪居崖州的李德裕诗中充塞着去国之感、失意之悲，沉重得无以复加："独上高楼望帝京，鸟飞犹是半年程。青山似欲留人住，百匝千遭绕郡城。"（《登崖州城作》）这百匝千遭的青山直是诗人心中重重叠叠的愁城的象征。苏轼也被放逐儋耳，但他在面对苦难时，心胸就开阔得多："九死南荒吾不恨，兹游奇绝冠平生。"（《六月二十日夜渡海》）是何等的从容洒脱！可见多数宋人在修养、气度方面超过唐人。从现实的角度看，科举制度的推广、文官制度的确立及宋代宽松的政治环境也是宋人比唐人更易乐观的原因。宋代参加科举考试而获荣升之阶的人数远胜于唐，宋朝又推行崇文抑武的国策，士人的地位比唐代时要高，他们不仅俸禄优厚，而且可以顺利地参与国是。相比之下，唐朝士人或为谋仕进而汲汲奔走，或为生计而屈入武人幕府，志意蜷缩，襟抱不展，处境远不及宋人。另外，宋朝虽有因言获罪者，但绝未因言论与当政者相左而发生流血事件，可见当时政治之开明。宋朝的士大夫无生计之忧，有言论之便，更能以沉静之心灵感悟生命的真谛，此种情感反映到诗中，自然不是悲哀绝望的灰暗色调，而是一片乐观开朗的光风霁月。

以情感的不同来探究唐宋诗的差异有着更为广泛的意义。笼统地说，唐诗的感情近于天真、浪漫，宋诗的感情近于老成凝重。诗歌可以以时代为分野、以唐宋来命名，天真、浪漫、成熟凝重或他种情感却不具有时代性，是因人而异，非随时而迁的。钱锺书先生在《谈艺录》中写道：

唐诗、宋诗，亦非仅朝代之别，乃体格性分之殊……唐诗多以丰神情韵擅长，宋诗多以筋骨思理见胜。……曰唐曰宋，特举大概而言，为称谓之便。非曰唐诗必出唐人，宋诗必出宋人也。

有古人而为今之诗者，有今人而为古之诗者。且有一人之身揉合古今者。

夫人禀性，各有偏至。发为声诗，高明者近唐，沉潜者近宋，有不期而然者。

诗分唐宋，亦乎气质之殊，非仅出于时代之判，故旷世而可同调。

由此可见，"诗分唐宋"不是以朝代为绝对标准的划分，而是以个人气质性情以及诗歌风格不同为标准的。唐宋诗作为中国古典诗学的两大范式，并未随着朝代的终结而成为历史名词。二者的风格亦多出于后世诗人之笔底，可知后人的性情气质多有暗合于唐宋前辈之处。而诗主性情之论也就有了历久弥新的意义。

唐宋三组昭君诗赏析

　　昭君出塞的故事千百年来之所以广为流传，是因为昭君是一个为国家利益而牺牲自己的女性。据《后汉书·南匈奴传》所载："昭君字嫱，南郡人也。初，元帝时以良家子选入掖庭，时呼韩邪来朝，帝敕以宫女五人赐之。昭君入宫数岁，不得见御，积悲怨，乃请掖庭令求行。"又《乐府古题要解》引《琴操》云："帝问：'欲以一女赐单于，谁能行者。'昭君乃越席请往。"又洪亮吉《北江诗话》："昭君之行，盖由自请。"

　　她具有美好的品德，不屑于为了个人的地位而丧失节操，其事迹载于《西京杂记》卷上："元帝后宫既多，不得常见，乃使画工图其形，按图召幸，诸宫人皆赂画工，多者十万，少者亦不减五万。独王嫱自恃容貌不肯与。工人乃丑图之，遂不得见。"

　　在某些传说中，昭君还被赋予了身殉文化的意义。如《乐府古题要解》引《琴操》云："昭君至匈奴，单于大悦。昭君恨帝始不见遇，乃作怨思之歌。单于死，子世达立。昭君谓之曰：'为胡者妻母，为秦者更娶。'世达曰：'欲作胡礼。'昭君乃吞药而死。"这恐怕是元杂剧《汉宫秋》中昭君被迫和亲，行之汉匈边界，悲愤自沉江水的故事原型。

　　历代诗人或出于同情她远嫁匈奴的境遇，或出于赞美她为国牺牲的大义，或出于认同她不屑行贿、自持高洁的品格，写下了众多歌咏昭君的诗篇。其中唐代诗人杜甫的《咏怀古迹》（其三）、白居易的《王昭君》（二首）、王安石的《明妃曲》（二首）尤为出色，不仅艺术性强，更表现出唐宋诗不同的特色，可作为管窥唐宋文明异质化的一个窗口。

一、杜甫《咏怀古迹五首》其三

群山万壑赴荆门，生长明妃尚有村。一去紫台连朔漠，独留青冢向黄昏。画图省识春风面，环佩空归夜月魂。千载琵琶作胡语，分明怨恨曲中论。

老杜作诗歌咏明妃，只依"怨恨"二字为出发点，开篇却不点破，而以明妃生长之地发端。一个"赴"字写出了"群山万壑"的灵气奔汇荆门的气势。正因为钟灵毓秀之地气的涵孕，才会有绝世佳人的诞生。首二句气势不凡，亦可使人想见明妃之神采。接下来，诗人笔锋一转，写到了如此美人却时运不济，命运悲惨，最终竟以离乡辞君、黄沙埋骨而收场。前四句是明妃一生的简赅写照，"一去紫台连朔漠"有决绝不返之意，"独留青冢向黄昏"写明妃生时不遇，死后亦凄凉孤寒的命运。由眼前千山万壑的明妃生长之村的实景，转入夕照之下，黄沙散漫，青冢凄凉的虚景，可见诗人思绪流转，连通万里，而其悲叹明妃之遭遇的情愫也溢于纸上。

颈联写明妃魂归汉宫，其时孤月高悬，环佩之声泠然如诉，透露出的是明妃对汉元帝惑于画图，不识蛾眉的哀怨。当年君王只凭画图辨识宫人，致使明妃骊珠沉埋，远嫁匈奴，死于异乡。此情境仍是虚写，与上联一样，同时出于诗人的想象。本诗以昭君所奏之琵琶曲千载流传作结，最终点出了"分明怨恨曲中论"的主题。朱瀚评曰："起处，见钟灵毓秀而出佳人，有几许珍惜；结处，言托身绝域而作胡语，含许多悲愤。"

全诗的布局如同摄影中镜头之转换，从荆门山水到朔漠黄昏，从青冢风沙到深宫夜月，明妃悲剧的一生得以展现。清泠的环佩声，哀怨的琵琶语正是悲剧主人公的自陈心曲。从更深的层面来看，老杜此诗名为咏史实为咏怀。明妃的形象正是诗人自身的象征。"画图省识春风面"既是为明妃鸣不平，也是表达诗人不为唐王朝赏识，不被重用的微词。明妃的怨恨，也寄寓着杜甫不被朝廷所用，长期漂泊西南，无所归依的牢落之情。诗人的情感沉挚哀怨，其表达又极为含蓄，展现出杜诗沉郁顿挫的一贯风格。

二、白居易《王昭君》二首

满面胡沙满鬓风，眉销残黛脸销红。愁苦辛勤憔悴尽，如今却似画图中。

汉使却回凭寄语，黄金何日赎蛾眉。君王若问妾颜色，莫道不如宫里时。

此二诗想象明妃远嫁朔漠后的生活景象。第一首状其红颜消殒，辛苦憔悴之貌，尽显北地风沙严寒与心情之侘傺抑郁对美人容颜与心灵的摧残，乃是一幅人物画。第二首虚拟昭君对出访匈奴的汉使殷勤寄语的情形。昭君回归汉朝的愿望非常迫切。"黄金何日赎蛾眉"中"何日"二字曲呈其期待之久和思归之切，也略含一丝幽怨。后两句直承上一首之"满面风沙""眉销残黛"而来，乃是辛酸之辞。只有倾城倾国的容颜才能引起君王的爱怜，进而获得救赎之恩典。对远嫁匈奴的昭君来说，保持美貌几乎是得返中原的唯一条件。而今红颜销残，佳人老去，归期更是渺不可及。于是她想借汉使之口向君王道出容颜如旧的谎言，以期身归故里。乐天对昭君之苦心的体会可谓细致入微，思忖诗人之意，便能暗合昭君之情。

瞿佑《归田诗话》谓："不言怨恨，而惓惓旧主，过人远甚。"恐昭君之思，不在旧主，只在故乡。若情系君王，以如此容颜归去，实难蒙宠爱。班超绝域从戎30年，以风烛之岁生返玉门关便已心满意足。昭君是为国而消陨容颜，她的期待见赎与班超的心态略同。只是班超有羁縻西域诸国的军功，求归较易，而昭君所依凭的却仅仅是君王记忆中那顾盼生姿的容颜。在眉黛销残后，昭君回返中原的希望只能寄托于君王的怜惜和汉使的同情。诗笔到此，尽是可怜之语。

乐天对昭君之不幸命运的同情是发自内心的。正因如此，他能以浅近简淡的笔墨传达出昭君红颜衰残的惆怅和欲返故国的热望。画图与容颜，心在汉宫而身处匈奴的强烈对比也是刺人心目的。乐天作此二诗时年仅17岁，诗人少年时即有如此深情思力，着实令人叹服。胡应麟《诗薮》以"语浅意深""语近意远"评之，殆非虚誉。

总而言之，白诗截取了昭君出塞后的两个生活画面，而不涉及相关史籍中从胡俗嫁子的内容。这两个画面出于诗人的遐想，饱含着对昭君红颜衰逝和难返故乡的同情。抒情主人公眷恋家国的拳拳深情尤为感人。从创作手法来看，此二诗采用了唐诗惯用的技巧，取法闺怨之作，感情之真忱则过之。前首以貌取神，后者因言生情。不仅抒写和表达了昭君的惆怅和企盼，也暗藏着美好生命之短暂易逝的永恒命题，读来意味深长。

三、王安石《明妃曲》二首

明妃初出汉宫时，泪湿春风鬓脚垂。低徊顾影无颜色，尚得君王不自持。归来却怪丹青手，入眼平生未曾有。意态由来画不成，当时枉杀毛延寿。一去心知更不归，可怜着尽汉宫衣。寄声欲问塞南事，只有年年鸿雁飞。家人万里传消息："好在毡城莫相忆。君不见咫尺长门闭阿娇，人生失意无南北。"

明妃初嫁与胡儿，毡车百辆皆胡姬。含情欲说独无处，传与琵琶心自知。黄金杆拨春风手，弹看飞鸿劝胡酒。汉宫侍女暗垂泪，沙上行人却回首。汉恩自浅胡自深，人生乐在相知心。可怜青冢已芜没，尚有哀弦留至今。

　　杜甫《咏怀古迹》写明妃之怨，白居易《王昭君》二首抒发对昭君之怜，都表现出唐诗重在写情的特点。而王安石的两首《明妃曲》则是以议论见长的。邓小军教授有言："议论发自人文修养，是抒情的延伸和深化。宋诗中的议论，大致可分为两个层面，一是政治层面的议论，二是人生哲学层面的议论。"（霍松林、邓小军《论宋诗》）王安石的《明妃曲》兼具政治与人生哲理议论之长。宋诗的特点表现得甚为明显。

　　就以昭君出塞为题材的诗作来看，王安石之前已多有佳篇。如何能创新而自出机杼？必须在命意归宿与下笔章法等方面与前人不同。超越前人已属不易，突破自己更属难能。王安石竟将同题之作连写两首，且每篇均是戛戛独造，可见其思力之精，诗笔之健，而不肯落于人后之"拗相公"性格也可见一斑。

　　第一首开篇叙写明妃初出汉宫时伤神低徊的情态，楚楚可怜。而此情形的注目者或曰叙述者竟是汉元帝。目睹绝代佳人之垂泪已令人心恸，更何况她是远嫁不回呢！他将自己错失佳人的悔恨发泄在画师身上，遂诛杀毛延寿。而"枉杀"之语则是本诗首出的绝妙议论。看上去似为毛延寿翻案辩诬，实则是反衬明妃之美倾国倾城，"意态由来画不成"，凡庸的画工又哪有生花之笔呢？"一去心知更不归"以下四句，又是以明妃的立场写出。既知不归，心又有所不甘，仍然魂牵塞南。这绵渺的期盼真是令人唏嘘不已，来自家乡的消息却将这微薄的希望也彻底打碎了。程千帆先生说，王安石之诗"以夹叙夹议见长，而其所以能卓然自立，乃是因为有名论杰句，以见寄托"。（《相同的题材与不相同的主题、形象、风格——四篇桃源诗的比较研究》，见程千帆《古诗考索》）明妃远嫁、仰望飞鸿、君王悔恨是叙，枉杀画工、人生失意是议，二者自然交织。"君不见咫尺长门闭阿娇，人生失意无南北"更是名论杰句。黄庭坚评价此二句云："词意深尽，无遗恨矣。"人生失意无南北的决绝之辞，实由汉朝恩薄而导出。第一首语尽于此，正是为下篇之议论张本。

　　《明妃曲》下篇所叙写的场景发生了变换。诗人集中笔墨描写了明妃到达塞外后的情形。从"毡车百辆皆胡姬""弹看飞鸿劝胡酒"两句略可想见胡人迎娶新阏氏时候的狂欢。而明妃作为深受欢迎的对象，其心灵与热闹的场面却是暌隔不通的。"含情欲说独无处""传与琵琶心自知"，这种孤寂和悲戚不知向谁诉说，只堪以琵琶之声道出。在胡人之欢和昭君之怨的对比之后，又有名论杰句出焉："汉恩自浅胡自深，人生乐在相知心。"这是沙上行人对明妃哀怨的安慰之语。朱自清先生解释说："汉朝对你恩浅，胡人对你恩深。古语说得好，'乐莫乐兮新相知'，你何必老惦记着汉朝呢？在胡言胡，这也是恰如其分的安慰语。"（《王安石〈明妃曲〉》，见《朱自清说诗》）而正因为这两句诗，王安石在南宋时饱受误解和抨击。这段公案，在《王荆公诗注补笺》卷六中有着详细的记载：

范冲对高宗尝云："臣尝于言语文字之间得安石之心，然不敢与人言。且如诗人多作《明妃曲》，以失身胡虏为无穷之恨，读之者至于悲怆感伤；安石为《明妃曲》，则曰'汉恩自浅胡自深，人生乐在相知心'。然则刘豫不是罪过，汉恩浅而胡恩深也。今之背君父之恩，投拜而为盗贼者，皆合于安石之意，此所谓坏天下人心术！孟子曰，'无父无君是禽兽也'。以胡虏有恩而遂忘君父，非禽兽而何！"李壁评论说："（荆）公语意故非，然诗人一时务为新奇，求出前所未道，而不知其言之失也。然范公傅致亦深矣！"

宋史专家邓广铭先生为王安石辩白，他指出"汉恩自浅胡自深"句中的"自"字当作"尽管"来讲。尽管汉朝给予的恩惠浅，而胡人给予的恩惠深，但明妃的知心之人仍然是汉朝君王。（《为王安石的〈明妃曲〉辩诬》）此论虽然也可成理，但较为曲折。王安石的议论本不为世俗伦常所拘限。他在《桃源行》中赞美"儿孙生长与世隔，虽有父子无君臣"的理想社会，揭示"闻道长安吹战尘，春风回首一沾巾。重华一去宁复得，天下纷纷经几秦"的历史循环规律。这是何等大胆！在《明妃曲》里宣扬"人生失意无南北""汉恩自浅胡自深"的观念也是荆公性格之本色。这表现了王安石能从人性的角度关怀、同情明妃的境遇，对汉元帝的不识蛾眉、汉王朝的和亲政策也有着辛辣的讽刺意味。此二句正是全诗的最亮色。当然，若从诗篇结构、语意传承方面来看，朱自清先生的"安慰说"显得较为合理。然而，不管"人生乐在相知心"如何深刻犀利，也是在汉宫侍女不便明言相慰的情况下，转而由沙上行人向明妃发出的宽解心结之语。本诗最后两句也甚为奇妙，极具跳跃性。从明妃初嫁直转至千年以后的青冢芜没。而哀弦之千载流传也反映出明妃遗恨之深。前句与"独留青冢向黄昏"相似，后句之韵味悠长，似也受到"千载琵琶作胡语，分明怨恨曲中论"的启发。只是杜诗以"怨恨"结尾，王诗以"哀感"终篇。前者感情深沉凝淀，后者感情绵延淡远。二者有所不同。

陈衍在《宋诗精华录》中评《明妃曲》云："'低回'二句，言汉帝之犹有眼力，胜于神宗。'意态'句，言人不易知。'可怜'句，用意忠厚。求言君恩之不可恃。……'汉恩'二句，即与我善者为善人意，本普通公理，说得太露耳。二诗荆公自己写照之最显者。"此论把明妃与诗人自己、汉元帝与宋神宗加以比附，失之牵强。但此诗未尝不包含着诗人的态度。其中打破胡汉畛域，追求真心相知的思想，正是王安石超越前人、领先侪辈的优长之处。胡晓明先生在赏析《思王逢原》一诗时，指出王安石善于表现宋诗"以议论为抒情""即抒情即叙事"的特点。（《宋诗的文化意味》，见胡晓明著《诗与文化心灵》）《明妃曲》的特点亦在于翻案、议论、出新。由于此二章以初出汉宫、行于塞上、手拨琵琶等形貌及哀怨低回、孤独思归的情感为底色，这些议论才显得深刻透辟、耐人寻味，而非不堪咀嚼。宋诗之佳作正是情景与议论的完美结合，《明妃曲》做到了这一点。

结论

杜诗选取明妃人生轨迹中的三个阶段：长于荆门、埋骨青冢和魂归汉宫为抒情的基点，以显其深沉的怨恨。白诗二首都写昭君出塞后的生活状态：红颜衰残，思归不得，抒发的是诗人对昭君的同情。杜、白之诗均能做到情景交融，浑化无迹，而以情胜。王安石之作也是情景兼备的，但侧重点则在诗人独特见地的发抒上。"意态由来画不成，当时枉杀毛延寿"这种翻案的论调已经令人咋舌称奇，"人生失意无南北"的无奈咏叹又揭示出人生悲剧的普遍性和永恒性。至若"汉恩自浅胡自深，人生乐在相知心"更超越了传统的华夷之防，以相知作为生命乐趣的终极追求，可见诗人的思想境界是超越时代的。明妃的出塞本是一个政治事件，唐人将这一主题深化为对女性境遇和情感的关注，以王安石为代表的宋人就此问题在唐人的基础上更发掘出生命悲剧与终极关怀的哲学内涵。从宋诗的夹叙夹议与即抒情即说理的艺术手法中，我们可以看出宋代士大夫人文修养之深和思辨能力之强。这些与唐诗迥然不同的特质，也彰显了宋人"推崇自由之思想与创新之判断"（《宋诗的文化意味》）的审美旨趣。

柳如是与宋徵舆、陈子龙交游考论

　　近日阅读陈寅恪先生之大作《柳如是别传》，对河东君与宋辕文之关系产生较为浓厚的兴趣。陈先生主要以乾隆间人钱肇鳌所撰《质直谈耳》中《柳如之轶事》（按："之"为"是"字之谬）为根据，推绎宋杨二人定情白龙潭，情好日密，最终在宋母与松江郡守的干涉下两两分离的爱情悲剧，勾勒出河东君专情于陈卧子之前的情路轨迹，确定了宋辕文为河东君初恋者的身份。这些推断久为学界所承认，可称定案。然而问题在于，陈先生所依据的《柳如之轶事》是否为信实的史料？

　　要知道《质直谈耳》本来就是一部记载狐媚鬼怪、奇人异事的杂俎小说集，书中的多数篇章讲述的是各类灵异故事，与《聊斋志异》相类似。如《潘中丞》讲述潘中丞无力劝阻同僚侵吞赈灾善款而被城隍惩戒的故事；《赠假楼金》讲述一位老狐寄居空楼，与主人友善相处的故事；《汤素亭闻箫》则记汤姓书生在扬州二十四桥遇隋炀帝宫女之精魂的异事。以《柳如之轶事》为代表的数篇志人文字厕身其中，虽从体式上是别张一军，不复为志怪格调，但内容的真实性却仍不能不令人生疑。况且钱肇鳌所处的时代距河东君生活的明末清初已逾百年，他笔下的河东君事迹是否信实无误呢？

　　一、陈子龙、宋徵舆、李待问是否曾同在柳如是处宴乐？（"云间三子"定交之考述）

　　陈先生对《柳如之轶事》颇为信可，称："寅恪昔读钱肇鳌所著《质直谈耳》一书，颇不解钝夫于河东君游嘉定后百五十年，何以尚能传述其轶事如与徐三公子、宋辕文等之关系，猥琐详悉，一至若此。迨检方志，始知弄陌旧名，风流佳话，劫灰之后犹有未尽磨灭者。故钝夫以邑子之资格，得托诸梦寐，留布天壤间也。"意谓百余年来河东君之故事久在嘉定父老口耳间流传，相关之故居遗迹尚有可寻者，钱钝夫之《柳如之轶事》便是捃摭民间传说而成。然而这些轶闻是否会在流传过程中发生讹变而使钝夫所记非复历史原貌呢？详读《柳如之轶事》有关河东君与宋辕文、李存我、陈卧子及徐三公子交游之文字，不难发现其纰缪所在：

（柳如之）在云间，则宋辕文、李存我、陈卧子三先生交最密。……徐三公子为文贞之后，挥金奉如之，求与往来。如之得金，即以供三君子游赏之费。如是者累月，三君意不安，劝如之稍假颜色，偿夙愿。如之笑曰："当自有期耳。"迟之又久，始与约曰："腊月三十日当来。"及期果至。如之设宴款之，饮尽欢，曰："吾约君除夕，意谓君不至。君果来，诚有情人也。但节夜人家骨肉相聚，而君反宿娼家，无乃不近情乎？"遽令持灯送公子归。徐无奈别去。至上元，始定情焉。

玩味其语意，乃是宋、李、陈三人经常同在河东君宴乐，岂三君子同时与河东君交好耶？若非如此，河东君以徐三公子所奉之金供才子名士游乐之费时，钝夫大可直书宋子（或李子、陈子）意不安，或某二君意不安，而不必以三君概括之矣。陈寅恪先生对此并未产生怀疑，甚至顺着钝夫所述进行推测，认为河东君在除夕之夜用计支走徐三公子后，又与卧子等欢宴，"卧子《癸酉长安除夕》诗云：'去年此夕旧乡县，红妆绮袖灯前见。'可知卧子等实于崇祯五年壬申除夕，参与河东君在内之花丛欢宴。"陈先生尝言："卧子平生狭斜之游，文酒之会，多与李舒章、宋辕文相偕。"在陈先生看来，此夕卧子、辕文、待问与河东君秉烛欢歌（李雯可能也在场），[①]一如寻常，不仅不为不妥，更可见河东君之魔力、诸才子之痴情矣。

笔者对崇祯五年（1632）除夕卧子与河东君欢宴持赞同意见，但认为宋、李、陈同在河东君处之事实无可能。

陈卧子《安雅堂稿》卷三《李舒章〈仿佛楼诗稿〉序》："盖予弱冠而始知同郡有李子舒章者。予诗所云'二十得李生'是也。……岁在己巳，始定交李子。"

李雯《〈属玉堂集〉序》："今江南之士，好作诗者，卧子及余，年相若也。而卧子固少，又先余作诗凡十余岁，盖自其先工部时，卧子方弱龄，甫握觚椠，辄窃有所作，作又奇丽。而余于是时，方捕鸟雀，跳虎子，瓦鸡

---

①《柳如是别传》上册第71页："李舒章《分赠诸妓》诗，或即作于是夕（崇祯五年壬申除夕），亦未可知。"

奇虫，是为弄好。年长矣，稍知读书，二十出与卧子交，又三年而始学作诗，则卧子固已绝尘而奔，不可望矣。"

宋辕文《林屋诗稿》卷五《寄李舒章乙酉十月作》："三五少年中，李生独岸帻。我年十五余，义气颇宏侠。五言三十篇，定交称莫逆。十年以上兄事之，出则联车坐联席。是时陈生才莫当，往往与君称雁行。予倡汝和朝复夕，坐令时辈讥清狂。"

宋辕文《林屋文稿》卷十《云间李舒章行状》："甲戌，征舆以诗受知于卧子，先已获从舒章游，至是相得益欢。"

综合上述材料，可知陈卧子与李舒章定交于崇祯二年（1629）。宋辕文生于万历四十五年（1617），15岁与李舒章定交，是为崇祯四年（1631）。崇祯七年（1634），宋辕文始结交陈卧子，舒章颇有引荐之功。崇祯五年（1632），河东君初至松江时，卧子与辕文尚不相识，更遑论同处杨姬馆中也。至于李存我，宋辕文《赠李子存我》诗第二首有云："昔余方童少，怅矣慕结交。"（《林屋诗稿》）据此可知辕文少年时即与存我相识，其他信息则未称详备。笔者并未觅得有关李问郎崇祯五年行迹之资料，故只能对其此年是否曾与卧子或辕文同在河东君处等问题，持存疑态度。即便如此，崇祯五年陈宋尚未定交之事实，亦足证明钱钝夫所记之讹伪，陈先生推测之失真矣。

抑更有可论者，陈寅恪先生在分析宋让木《秋潭曲》后，忽对一事发生疑惑："卧子平生狭斜之游，文酒之会，多与李舒章宋辕文相偕，何以崇祯六年癸酉秋季白龙潭舟中及集杨姬馆中，与卧子同游者，仅彭宾宋征璧二人，而不见李舒章宋徵舆之踪迹耶？"陈先生的解释是，舒章、辕文尚未得中乡试，崇祯六年秋适届乡试之期，二人赴考，不在松江。而卧子、让木、又燕三人已经中举，遂可留在本籍，得伴佳人左右。此论甚确。然若陈先生已知是年卧子尚未与辕文定交，恐怕就不会有此疑问了。又：

宋让木《〈平露堂集〉序》："乙（亥）、丙（子）之间，陈子偕李子舒章、家季辕文，唱和勤苦。"

宋辕文《林屋文稿》卷十《云间李舒章行状》："丁丑，舒章馆于徵舆之家。而卧子是年举进士以母丧归。三人相聚里居，互相磋切，所谓诗篇甚富。"

可知云间三子之诗酒酬唱发生于卧子与辕文相识之后，尤以崇祯八年（1635）、九年（1636）、十年（1637）唱和最为频繁、勤苦。这样紧密的联系自然会给人以三子相偕的印象，而事实上，崇祯六年（1633）秋，卧子与河东君泛舟白龙潭时，陈、宋诗盟未成，酬酢未兴，文坛尚无"云间三子"之目，故卧子未与辕文相偕而游。这些材料或许能为陈寅恪先生之疑问进增一解。

二、李雯《与卧子书》作于何年？（兼谈舒章对卧子"意盼阿云"的态度）

李舒章《蓼斋集》卷三十五有《与卧子书》，据陈先生考证此文作于崇祯七年（1634）初，卧子会试之前。其文略云：

孟冬分手，弟羁武林，兄便北上，已作骊歌，无由追送。

弟薄岁除始返舍，即询知老年伯母尊体日佳。开春以来，见子服兄弟，益审动定，我兄可纵心场屋，了此区区，以慰弟辈之凉落矣。辕文言兄出门时意气谐畅，颇滑稽为乐。

今里巷之间又盛传我兄意盼阿云，不根之论，每使人妇家勃溪。兄正是木强人，何意得尔馨颊荡？乃知才士易为口实，天下讹言若此，正复不恶。

据书信所言，辕文曾向舒章提到卧子于崇祯六年岁暮赴京赶考前心情颇佳之情况，若依陈先生所考，岂非宋氏早在崇祯七年以前即与卧子熟识交好耶？李越深女士认为《与卧子书》作于崇祯十年（1637）。七年卧子与辕文定交，九年冬辕文送卧子赴京赶考，并无悖谬之处。陈先生之见应得以修正。（《〈江蓠槛〉词与陈子龙、柳如是恋情》）李说甚是。然其论据较为薄弱，对此问题加以适当的补充论证是有必要的。

假设《与卧子书》中陈、李"孟冬分手"之事发生于崇祯六年，则卧子北上计偕不假，舒章羁留武林非真。据卧子《自著年谱》所载，此年多与舒章酬唱，有《陈李倡和集》。季秋，与宋徵璧等同游京师。又据徐暗公《陈李倡和集序》载，"是集既成，陈子遂北上。予与李子群祖之，因言曰：'离合时也，元礼默识之才，握手知契；仲翔东南之美，千里瞻风。子方高啸于燕台，李子即长歌于吴市矣。'"舒章在《追送燕又》一诗中明确写道："癸酉之秋（崇祯六年）予在练川。"可知此年深秋卧子赴选时，舒章身在嘉定，未作越游。若《与卧子书》作于崇祯七年，则其所载内容与上述史实不符。

舒章《蓼斋集》卷三十六《答严子岸昆季书》："丙子（崇祯九年）之冬，薄游贵郡。""贵郡"是指何地？宋尚木所撰《〈皇明经世文编〉凡例》列举献书者名单，其中赫然有"虎林严子岸渡"。虎林即武林，杭州之别称，此乃崇祯九年（1636）冬季李雯游历杭州之铁证。

《蓼斋集》卷十五《丙子除夕有怀卧子》："去年今夕饮何处，陈生堂前高火树。语深不觉桐梧寒，酒阑起见春星露。今年独酌何萧然，江湖沉伏心可怜。送君不得更惆怅，遥吟长叹东南天。"诗句流露出李舒章因未及送别卧子而产生的遗憾之情。

将《答严子岸昆季书》与《丙子除夕有怀卧子》诗的相关内容整合起来，与"孟冬分手，弟羁武林，兄便北上，已作骊歌，无由追送"的语意若合符节、铢两悉称。据此可断定《与卧子书》确实作于崇祯十年（1637）春季。

检陈卧子《自著年谱》，可知崇祯九年（1636）秋冬之际，继母唐宜人身染沉疴，久在床褥。卧子欲侍奉汤药，不去北京赴考，唐氏不许，促令其北行。然卧子思亲之情未曾稍减。舒章深知挚友之心事，便以"询知老年伯母尊体日佳"进行安慰，希望他能放下牵挂，安然应考，所谓"纵心场屋"是也。《年谱》所载与舒章书信所述内容存在明确的因果关系，这也可作为《与卧子书》作于崇祯十年的间接证据。

"阿云"指河东君。"意盼阿云"谓卧子与河东君分开两年之后，仍对美人念念不忘。舒章作为卧子的至交，自然是深知此情的。然而当时大多数人不能对此种感情有充分的了解。松江城的巷陌中有关陈孝廉恋妓的流言已起，精明强干的张孺人又不安分起来。舒章在信中提及此项内容，实欲规劝卧子慎勿孟浪。"兄正是木强人，何意得尔馨颓荡？"读来竟有责备的微意了。结合时代背景来看，舒章之谨慎是不无道理的。其时朝野上下党争之风盛行，崇祯九年，卧子、舒章等几社文士便为阉党余孽朱早服攻讦，几乎受到巡按御史的惩劝。①卧子又当大比之年，自应持身端正，谨言慎行，勿使风流倜傥之美名变为政敌攻击之口实。

舒章还在信中写道："前见尚木信，言京师嬉嬉有似太平。嗟乎！狄未薄都门，寇未逾大江即是养安示暇之时。兄等日在京华之间，日观贵人之气，得无以向时之论乃为过计耶？"②这更是对卧子等几社同志革除弊政、匡扶国家之崇高使命的殷切提醒。《与卧子书》包含着李雯对卧子等应试友人政治前程的关怀和对国家时局的关注，我们是不应将其等闲视之的。

---

① 陈子龙著，施蛰存、马祖熙标校：《陈子龙诗集》下册附录三，上海古籍出版社，1986，第651页。

② 李雯：《四库禁毁书丛刊·蓼斋集》集部第111册，北京出版社，1999，第506页。

对陈子龙、宋徵舆何时定交及相关问题之考述已毕,《柳如之轶事》中有关宋杨爱情的内容亦颇有可发之覆。

三、钱肇鳌所述河东君与宋辕文之恋爱经过是否可信?（河东君倭刀断琴之考证）

钱钝夫喜袭用他书之情节与构思以使己作增奇,《质直谈耳》中的某些篇章与《聊斋志异》中的故事有着较多相似之处。如《云雷金尊》之故事情节便与《聊斋志异》之《嫁狐女》雷同,《秦赤练现报》亦与《聊斋志异》之《李司鉴》甚为相似。他在撰写《柳如之轶事》时,会否亦有所"借鉴"呢?《清稗类钞》之《娼妓类》记载了一则乾隆年间潮州船妓计赚山阴文士陆某的故事,名为《容怜饵陆某》,其情节与《柳如之轶事》中河东君以寒水浴考验宋辕文有些相似之处。或曰《清稗类钞》为晚出之书,《容怜饵陆某》受到《柳如之轶事》之影响亦未可知。或曰此二事各为孤立事件,且发生之地相距辽远,并无相互影响之可能。虽然如此,我们仍不妨将二者做一比较,以见河东君与寻常俗妓之差异。

内容＼书名	《质直谈耳》之《柳如之轶事》	《清稗类钞》之《容怜饵陆某》
缘起	初,辕文之未与柳遇也,如之约泊舟白龙潭相会。辕文蚤赴约,如之未起,令人传语:"宋郎且勿登舟,郎果有情者,当跃入水俟之。"	山阴陆某久幕潮州,积金近万,将归里。潮妓容怜欲谋其财,然陆氏持身甚正,不喜狎妓。容怜遂买通陆仆李某,令其引导主人仅至妓船一叙。
过程	宋即赴水。时天寒,如之急令篙师持之,挟入床上,拥怀中煦妪之。	陆某应允,将登船,甫登跳板,板滑,陆失足落水。舟人纷纷以篙绳施救,不能遽得。容怜跃入水中,翼陆出,二人衣装悉毁。陆既惊且感,易衣履竟,容怜乃徐自易之。陆见其态媚肌白,不能无动,又感其相待之厚,因遂留宿。容怜缱绻备至,自是陆亦恋恋不言归矣。
结局	由是情好遂密。	居数十日,陆某万金用尽,盘费全无。容怜假做善事,以五百金赠陆,命其尽早还里。

河东君传语令辕文入水，只为考验宋氏用情是否坚定；容怜计令陆某落水，用意却在谋取陆某之钱财。辕文跃入寒塘后，河东君急救其上岸，疼爱有加，"急令""拥怀中""煦妪"等词语生动地绘出当时之情态（河东君对心上人自有一番痴情处。其《梦江南》有云："好是捉人狂耍事，几回贪却不须长。"追忆她与卧子情浓时捉迷藏之戏，其不愿令卧子久寻以致劳累，爱惜卧子之意，不言而喻。又河东君归钱牧斋后，尝于后园划地为"寿"字，沟壑间植以麦、菜，牧斋登楼而见此景，为之狂喜。河东君之巧思、浪漫多类此），河东君对辕文已芳心暗许；容怜亲自入水救陆某脱困，却是假施恩德，诱以色相，专引陆某入彀。河东君与宋辕文之交往，是纯之又纯的恋爱关系，河东君未从辕文处索取丝毫利益，因此在宋母的逼问下，一向懦弱的辕文也敢以"渠不费儿财"为理由为河东君辩护；陆某被容怜榨干所有的积蓄后，狼狈返里，临行时得容怜馈赠些许财物，便感激涕零，可见船妓骗术高超，被赚者始终不悟也。

总之，河东君专情，潮州妓图利；河东君对辕文真诚以待，潮州妓向陆某遍施圈套。两事相较，高下立判。我们且不论杨宋寒水浴事件之虚实，假设钱钝夫果真是借"容怜饵陆某"之类故事之"才子落水，佳人搭救"的模式为杨宋爱情增色，那么他对该模式的改写便符合了柳如是之重情、脱俗的特征。《柳如之轶事》中有关杨宋爱情的一节，确能表现出作者钱肇鳌是对河东君怀有理解之同情的。

《柳如之轶事》记述河东君与辕文决裂时，以倭刀斩断琴弦，其性格之刚烈可见一斑。如果钱钝夫所记属实，那么此事定会对年仅十六七岁的翩翩佳公子宋辕文产生极大的震撼。辕文有无作品关涉此事件？查宋氏遗著今存《林屋文稿》十六卷（清康熙九钥楼刻本），《林屋诗稿》十四卷（征舆子太羹、太麓抄本）均以体裁分卷，而诸体诗文之排列又无时间先后可循，较为混乱。只能通过阅读诗文内容，寻找与此事有关之蛛丝马迹。

《林屋诗稿》卷五有《情诗》五古二首，似辕文为河东君所作。第一首略为："素云映明河，华月流东壁。庭树摇清阴，池河敛红药……奄忽踰十年，去我归何适……"诗中"云""河""东"等字值得注意，反映出明末人常将姓名、字号嵌入诗句之习惯（陈寅恪先生《柳如是别传》第二章《河东君最初姓氏名字之推测及其附带问题》对此习惯论之甚详）。此三字疑指河东君柳如是。"踰十年"之语可证知此诗乃河东君离开辕文十年之后所作。是年大约为崇祯十六年（1643），柳如是归钱牧斋已近两年，并已入居绛云楼，"河东君"之名久已在江南流布，非复当年与辕文嘤咛耳语之"阿云"了。"去我归何适"正堪导出辕文心中的无奈与酸涩。

其二云：

独立虚室中，徘徊将何依。抚我绿绮琴，玉指调金徽。嘉宾不我顾，弦绝音自希。秋草怀惠风，团扇思葛衣。不因年岁晚，谁复念将离？

"弦绝音自希"一句甚堪注意。古代以琴瑟调和比喻夫妻和谐，弦绝则失妻之谓。颔联玉指调筝之语，可为杨宋二人情好日密之写照。而在颈联中，"弦绝"当指河东君以倭刀挥断琴弦，与辕文绝决之本事。上句"嘉宾不我顾"之语，更可见河东君与辕文分手时坚定之态度。"独立虚室中，徘徊将何依"直抒辕文孤寂无聊之感。他通过"秋草怀惠风，团扇思葛衣"之句表达对昔日河东君款款温存的怀恋。"惠风"乃和风，温存之喻也。末联则曲陈徵舆多年以后仍未曾忘却当日诀别之痛苦。此联用"不因……谁复……"之句式，故意淡化对阿云之思念，仿佛诗人因岁暮生愁，才勾起与故人离别时的惆怅。殊不知欲盖弥彰，河东君抽刀断情之一幕早深深植根于辕文心底，不能挥去矣。"将离"即芍药，临别相赠之物也（陈寅恪先生于《柳如是别传》第三章释陈卧子《予偕让木北行矣离情壮怀百端杂出诗以志慨》一诗时，对"芍药"辨析甚详）。

同卷又有《日本刀歌》七古一篇，乃咏物之什，未知作于何年。玩味诗意，似与河东君倭刀断琴事并无直接关系。据《柳如是别传》所记，宋辕文经寒水浴之考验，与河东君定情，约在崇祯五年（1632）冬季，二人交好约有一年之时间。崇祯六年（1633）深秋，松江郡守出令驱逐河东君，宋杨之情遂绝。此诗首句为"秋气萧瑟杂风雨"，或指二人断交当日之环境氛围耶？此属臆测，未敢确言矣。

《柳如之轶事》所记河东君事迹，真伪交织，批拣匪易。在笔者看来：陈子龙、宋徵舆、李待问三人同时与阿云交往，常相偕于河东君处宴乐并非事实；河东君以寒水浴考验宋徵舆之事真假难断；宋母反对其子辕文与河东君交往，徵舆畏葸无定见，河东君忿而与之决裂，所记非虚。除此之外，其他内容之真实性，尚需博雅渊通之士予以核定，非笔者所能为也。虽然《柳如之轶事》不是严肃的纪实之作，但鉴于有关河东君早年之资料存世甚少，该文仍有很大的参考价值，其在柳如是研究中的重要地位是难以抹杀的。

四、河东君与宋辕文是否同庚？（杨宋初次邂逅于眉公席上之假设）

据陈寅恪先生考证，河东君与宋辕文同岁，都生于明万历四十六年（1618）："辕文当崇祯四、五、六、七之时，其年仅十四、五、六、七岁。实与河东君同庚，而大樽则十年以长，其他当日几社名士，年岁更较辕文长大。即此一端，可知河东君之于辕文，最为属意。"王士祯《池北偶谈》载：宋徵舆卒于康熙六年（1667），享年五十岁。陈先生便是以此材料倒推宋辕文之生年的。

而事实上，宋徵舆应生于万历四十五年（1617）。辕文《林屋文稿》卷五《〈江南杂诗〉自序》云："不佞以万历丁巳生。"同书卷十《先考幼清府君行实》："丁巳举二子，时府君年四十九。"同卷《亡兄太学生辕生府君墓志铭》："先考艰于举子，年四十九始生府君（敬舆）暨徵舆。府君实先考之宗子也。"辕文父名懋澄，字幼清。有子二：长敬舆，字辕生；次徵舆，即辕文。两人同生于万历丁巳年，为同父异母兄弟，辕生稍长，为宗子。（魏振东所撰《陈子龙年谱》对宋辕文生年之考证甚详，见该文"万历四十五年"条）丁巳为万历四十五年。辕文若逝于康熙六年（1667），当享寿51年，《池北偶谈》所记有误。

河东君之生年，可据宋让木《秋潭曲》"较书婵娟年十六，雨雨风风能痛哭"句推知。此诗作于崇祯六年（1633），较书指河东君，是年16岁，则其生年当为万历四十六年（1618）。顾公燮《丹午笔记》"柳如是"条更对河东君之生卒年都有着明确的记载："（河东君）以康熙三年六月廿八日自经死，距生于万历四十六年，年四十有七。"由此可知，辕文实长河东君一岁，非复同庚矣。

《林屋诗稿》卷五有七言古诗一首，名《剑客篇》，小序云："陈征君眉公席上作，时年十六。"本诗以一名年事已高，仍壮心不已之侠客喻陈眉公，写得极为铺张，不难看出初出茅庐之宋辕文在前辈面前急于表现，露才扬己的心态。辕文16岁时为崇祯五年（1632）。是年11月，河东君有松江之行，祝陈眉公75岁寿诞。假设宋辕文亦曾列席陈眉公之寿宴，其《剑客篇》便作于此时，那么宋、杨二人确有在此席上邂逅之可能。辕文为河东君之风采所倾倒而心生爱慕，河东君在眉公生日后便卜居佘山，不返苏州，二人遂有白龙潭之约。

然而据《柳如之轶事》之记载，宋杨二人初次见面之所就是白龙潭：

"初，辕文之未与柳遇也，如之约泊舟白龙潭相会。"若河东君与宋辕文初遇于陈眉公75岁寿宴之上的假设属实，则又可纠正钱钝夫的一处失误，又可拨开笼罩于河东君生平事迹之上的一层疑云了。

【附考一】

柳如是与钱谦益结婚之前绝非"船妓"
——兼驳《柳如是杂论》之谬

由于河东君卜居佘山之前的经历，尤其是幼年生涯，多为史籍所缺载，甚难稽考，因此近人周采泉《柳如是杂论》之"柳如是童年之推测"、"柳如是未嫁钱牧斋之前的生活"两节中的相关推论便多为研究柳如是之学人所采纳，如李月影《新编柳如是年谱暨诗文系年》、刘燕远《柳如是诗词评注》附《柳如是年谱》等著作便多采周氏成说。平心而论，《柳如是杂论》颇有真知灼见，如《柳如是之死》一节可补《柳如是别传·钱氏家难》之不足。然而周采泉先生似乎对河东君早年之经历很不熟悉，犯了一些常识性的错误。如在简介与河东君交游的人物时，将李雯与宋徵舆张冠李戴，称"舒章曾一度与柳氏缱绻，因经不起情场考验，柳氏与之决绝。终明之世，未获一第。入清即举进士，其后即集失于牧斋，牧斋去松江为国事奔走，雯致书诮让，甚至有'不能割帷幕之爱'之语，与河东君凶终隙末"云云。呜呼，舒章早在顺治四年（1647）便已辞世，岂能知顺治十四年（1657）牧斋赴松江游说马进宝反正之事耶！真是厚诬古人。又如陈继儒《晚香堂小品》卷四有《端午日白龙潭同杨校书侍儿青绡廿一首》，此杨校书为金陵妓杨宛，陈寅恪先生早有定论，但周先生认为杨校书为柳如是。再如宋让木作《秋潭曲》，时为崇祯六年（1633）秋，河东君16岁。周先生却认为"柳氏年方十七也"。当是未细读陈先生著作之故。周先生的研究兴趣主要集中于钱柳爱情及复明运动，对河东君早年行迹之考查用力未足。若以其推论作为研究河东君早年事迹之材料，恐怕是"文献不足征"的。

前文通过对河东君与容怜之比较，可见江南才媛与潮、嘉船妓不啻有天壤之别。然而周先生竟将河东君未嫁钱牧斋之前的生活称为"船妓"生涯，这使笔者在情感上难以接受。或许在周先生的心目中，该词并无褒贬之偏向，但河东君绝非"船妓"是不容置疑的事实。

考明代娼妓制度，有宫妓、官妓、营妓、市妓、家妓、私妓之名，无"船妓"或曰"游妓"之目。"船妓"大兴于清代，较著名的有江山船妓与广东蜑户。江山船妓之船又称"江山九姓船""九姓渔船"或"茭白船"，航行于浙江常山到杭州的水路上。清代林昌彝《射鹰楼诗话》卷八云："茭白船即江山船，船户凡九姓，不齿编氓。……世传陈友谅既败，其将九人，逃至睦、杭间，其裔今为九姓船也。常山至杭州，山水明秀。客载其船者，江山丝竹，画舫笙歌，而魂销江上，往往坠其术中。彼卖笑凭栏者，实不知己身之辱贱也。"蜑户本为广东沿海渔户，身份卑下，例不陆居，多有从事娼妓活动者，清乾隆间"广州珠江蜑船不下七八千，皆以脂粉为计。珠江甚阔，蜑船所聚长七八里，列十数层，皆植木以架船，虽大风浪不动"。（赵翼《檐曝杂记》）蜑户所业微贱，"良家不与通姻"。（屈大均《广东新语》）可见船妓是职业娼妓，卖艺兼卖身，与乐户的身份相类。周先生对此了解得很清楚，称："船妓一般是属水上户口，例如广州旧社会的'蜑户'。"

船妓在清代甚为兴盛，未知其最初产生于何时，假设明末清初已有船妓存在，河东君亦定不在其列。虽然河东君因寻找归宿而在江浙地区浪迹近十年，但她与例不陆居的船妓还是有明显区别的。

从户籍上看，船妓与乐户、丐户相似，世代业此，母女相承，其身份为社会所不齿，脱籍尤难。清人张际亮《三里滩谣》便是述此：

积水仅浮舟，画船高过屋。粉黛映江山，风雨杂丝竹。朱栏《小垂手》，二八颜如玉。往往三五夜，华月照眉绿。目成通一顾，买笑千金逐。鸡鸣歌未阑，晓日移银独。东行到钱塘，或泊兰溪曲。可怜少年子，销魂在水宿。借此问谁氏，九姓自姻族。匹夫为厉阶，百世犹鸩毒。娇蜑小儿女，未解淫贱辱。凝妆拣珠翠，衣被厌罗縠。朝欢匿贵游，夕狎任厮仆。零落秋扇捐，春心付骨肉。造物汝何意，苦待斯人酷。老死异编氓，偷生寄洄洑。

河东君未嫁前身隶何种乐籍，《柳如是别传》语焉不详，我们可以据书中的其他内容对此推知一二。《别传》第三章有载：

河东君初入徐佛家为婢，后复由徐氏转入周道登家。……后来河东君被逐于周氏，流落人间，辗转数年，短期与卧子同居，又离去卧子，复返盛泽，居云翾寓所，与诸女伴如张轻云、宋如姬、梁道钊等同在一地耳。

可知河东君与徐佛旧居之归家院甚有渊源。其因谗被逐，所鬻之处似应以盛泽归家院为宜。因周府与归家院同在吴江，鬻卖近便之故也。归家院与南京的板桥旧院（南京旧院本为收纳官妓处，明宣德年间有革除官妓之令，旧院及他处官妓即向市妓转化）相类，都是由政府宏观控制，通过注籍收税来间接管理的娼寮。其间的妓女身份为市妓，户籍隶属教坊司，经济上、行动上虽受假母的支配、控制，但拥有一定的人身自由。市妓因其才艺之高下而分等，艺术才能较高者，主要以音乐、舞蹈、戏曲、书画等娱客，性服务则为其次要职能，此为艺妓；艺术才能较下者，主要以色事人，此为色妓。[①]

河东君被卖至盛泽后，落籍平康，即为市妓，因其能诗擅画，琴歌兼长，艺能突出，[②]便以佑酒、表演为业。其经历远较主要以出卖色相谋生的船娘为优矣。

周先生认为河东君拥有一艘画舫，十年漂泊吴越间，多与名士交往便是"船妓"做派。殊不知船妓之舟的航行有着固定路线，不能随便变易，如江山船只可在浙江常山至省城杭州的航道上航行，广州蜑户甚至用木架将船固定起来，不使漂移。当因船妓数量甚多，各有"经营区域""势力范围"之故。河东君之舟来去自由，东抵练川，南临钱塘，西及姑苏，北抵海虞，并无滞碍处，若其为船妓，岂能如此不受"行规"之约束？江南水网密集，船是主要的交通工具，娼妓出行，亦多乘舟。董小宛从金陵徙居姑苏半塘，游西湖、赴黄山乃是乘船；卞玉京来往秦淮、虎丘间，渡浙江，复返吴门亦是乘船。（余怀《板桥杂记》有详细记载）二人舟行山水间之经历颇与河东君相似，游历之广还在河东君之上。若依周先生逻辑推之，董白、卞赛亦化身船娘矣。再者，船妓之舟可作客船之用，既可载客摆渡，又可凭借出卖船妓之色相多赚取钱财。客人也颇喜乘坐妓船旅行，佳人在旁，旅途之寂寞就不足虑

---

① 有关市妓之论述，详见武舟著《中国妓女生活史》第三、四章（湖南文艺出版社，1990年版）。

② 牧斋《有美诗》极夸河东君艺技之能："流风殊放诞，被教异婵娟。度曲穷分刌，当歌妙折旋。吹箫嬴女得，协律李家专。画夺丹青妙，琴知断续弦。纤腰宜蹴鞠，弱骨称秋千。天为投壶笑，人从争博癫。……舞袖嫌缨拂，弓鞋笑足缠。盈盈还妩影，的的会移妍。"见《柳如是别传》中册第600页。

了。妓船的航向是由恩客的目的地所决定的。河东君之画舫显然没有这样的职能，曾与其共载者，均是河东君欣赏或心仪之名士，[①]伧夫俗客不与焉。

船妓还有一个重要特征是以船为家，"例不陆居"。确切地讲，是指船妓在妓船上生活的时间长，在陆地上落足的时间短。河东君有过十年漂泊无定的生活，但在这十年间，她还是以陆居为主的：崇祯五年在盛泽归家院，岁末居佘山；六年在佘山；七年春夏居嘉定，初秋返佘山；八年春与卧子同居松江南楼，后移居横云山麓，深秋返回盛泽归家院；九年春短暂游于嘉定，复返盛泽，至十一年秋始游杭州，居汪然明横山别墅；十三年春居嘉定勺园养病，后返盛泽，十一月至常熟半野堂访钱牧斋；十四年春游苏州、嘉兴，六月七日与牧斋结褵于松江舟中，漫游生活结束。河东君身处画舫的时间多在旅途上度过，其漫游的真正目的在于广见闻，交贤达，进而择佳婿，并非如船娘那样"浮家泛宅"以谋生计。然而周先生说："除她（指柳如是）所住过的几处私人别墅（暂时借住的）外，从没有安家落户的街坊如枇杷门巷等可实指的地方，这是'游妓'的特征。"这样讲比较绝对。据前文考证，河东君的乐籍落在吴江盛泽，徐佛出嫁前还邀请她回来执掌门户，归家院便是河东君的枇杷门巷，[②]只是不常居住耳。她在松江亦有属于自己的居处，陈卧子有《集杨姬馆中》《秋夕沉雨，偕燕又让木集杨姬馆中。是夜姬自言愁病殊甚，而余三人皆有微病，不能饮也》两诗可证其实。杨姬馆约地处畬山之麓，其形制或如董白筑于吴门半塘之竹篱茅舍耶？（董白筑庐事，详见《板桥杂记》）

综上可知，河东君未嫁钱牧斋以前是落籍吴江的市妓，她在吴越间漂泊十载，乃为觅得可托付终身的佳婿，以洗脱北里之名，求得人生之安顿。草衣道人王修微与河东君抱有相似的婚姻理想，亦有扁舟来往吴越间之行。（采用胡晓明《文化江南札记》之说）周采泉先生也把她称为"船妓"，这同样是需要纠正的。

末了，还想对河东君如何脱籍之问题做一猜测。

[①] 如崇祯五年（1632）冬，与宋辕文泛舟于白龙潭；崇祯八年（1635）深秋，河东君返盛泽归家院，陈卧子自松江与之同舟共载，亲送至嘉善始分离；又崇祯十四年（1641）春，河东君与钱牧斋偕游苏州、嘉兴，同棹而行，等等。

[②] 清人陈希恕《归家院》有"寒飙满地蘼芜死，旧时门巷耸烟紫"句，亦可证知。（见仲廷机纂修《盛湖志》卷五，民国十三年（1924）刻本，第3页）

前论河东君15岁时被周家卖入盛泽归家院为妓，《牧斋遗事》有载："吴江盛泽镇有名妓曰徐佛，善画兰，能琴，四方名流连镳过访。其养女曰杨爱，色美于徐，而绮谈雅识亦复过之。"仲廷机《盛湖志》卷十《列女名妓门·徐佛传》载河东君曾师事徐云翩。若《牧斋遗事》所记属实，则可知河东君之假母即徐云翩。周先生以河东君之本姓反推其被卖于杨姓妓家，进而得出河东君最初姓柳，因从鸨母杨氏之姓而该姓杨之推论，此种循环推导之结论并不确切。河东君名号之考证，仍当以《柳如是别传》第二章所载内容为是。徐云翩对河东君甚为怜爱，给予她充分的自尊与充足的自由，河东君自不必以赎身为念。崇祯八年（1635），徐佛适贵介周金甫前，拟使河东君代其主持门户，说明云翩已将河东君之自由身完全送还。据陈寅恪先生考证，崇祯九年（1636）春，河东君重游嘉定时，已将原名"杨朝"改为"柳隐"。是年陈卧子作《上巳行》表达对河东君的思念，诗中有"垂柳无人临古渡，娟娟独立寒塘路"之句亦暗示河东君改名柳隐。河东君改易姓名之事发生于重获自由身之后，是其独张艳帜，开始新生活的标志。周先生认为河东君的赎身过程颇为不易："她入平康以后，以'相府下堂妾'作为标榜，搞些私蓄，等手头有了相当资材，便像杜十娘一样自己赎身。"其实河东君并没有这样坎壈的经历。就算真的需要赎身，按河东君的性格，亦不会用不光彩的过往博取丰厚之缠头的（尽管她被相门驱遣是由于周府姬妾之谣诼）。

虽然河东君获得自由之身，但其户籍仍隶属吴江教坊，最终脱籍当在与钱牧斋定情之后。崇祯十三年（1640）冬，河东君访钱牧斋于常熟半野堂，牧斋为河东君造"我闻室"。是年除夕，河东君在我闻室度岁。越明年，正月初二日，河东君随牧斋游拂水山庄。随后二人有苏州、嘉兴之游。本拟同往西湖观梅，因河东君有疾，遂相别于鸳湖。河东君回松江养疴，牧斋独往西湖、黄山。六月初七日，钱牧斋以匹嫡之礼与河东君结缡于松江芙蓉舫中。此数月间，未知牧斋于何时为河东君落籍。崇祯十四年（1641）春，二人同游苏州、嘉兴。吴江恰好在两城之间，是从苏州到嘉兴的必经之路。意者钱牧斋在吴江稍作停留，知会当地有司，为河东君除去章台之籍也未可知。后河东君抱病于鸳湖，未就近至吴江盛泽将养，而是转道茸城，当是脱离妓籍之后，以在籍侍郎未婚妻之身份，不宜再栖身归家院之故。

上述推测并无史料可征，但参以牧斋帮冒辟疆为董小宛脱籍事、龚芝麓纳顾横波为妾事（《板桥杂记》详有记载），则虽不中，亦不远矣。

【附考二】

"梅花春近"与"梅花春尽"之考证

陈寅恪先生《柳如是别传》初引松圆诗老程嘉燧之《緪云诗》第二首颈联云："芳草路多人去远，梅花春近鸟衔争。"然而后文又引作"梅花春尽鸟衔争"，未知孰是。"春近"与"春尽"虽是一字之差，但前者接冬季之余寒，后者启孟夏之初暑，相距不啻数月，况且此诗关涉河东君第二次离开嘉定时间之考证，此处之异文颇令人费解。

翻检《列朝诗集》［顺治九年（1652）毛氏汲古阁刻本］丁集第十三卷所录程梦阳《緪云诗》及《耦耕堂诗集》［顺治十三年（1656）金献士、金望刻本］中卷所收此诗，该句均为"梅花春近鸟衔争"，并非"春尽"。由此可知，《柳如是别传》中"春近"与"春尽"之异文，当是书稿誊录者之笔误或印刷排版时的失检所致。上海古籍出版社1980年版《柳如是别传》中就存在此问题。2001年，三联书店重新出版《柳如是别传》时，谬误仍未得以更正。读者对此产生误解，就不足为奇了。

"梅花春近"典出南朝诗人阴铿《雪地梅花》诗之"春近寒虽转，梅花雪尚飘"句，生动描绘了近春时节梅花在雪中开放的姿态，笔触甚为传神。南宋词人周端臣之《贺新郎》词，亦有"梅花春近"之语，却是借梅花开放，春光又回，喻时光荏苒，寄托佳人久候良人不归的幽怨情愫。词下阕云：

> 菱花憔悴羞人觑。叹红低翠黯，不似旧家眉妩。目断阳台幽梦阻，孤负朝朝暮暮。怕泪落、瑶筝慵拊。手捻梅花春又近，料人间、别有安排处。云翠袖，为君舞。

此阕颇能曲尽河东君离去陈卧子后孤寂、无聊之情与身世飘零之感，"手捻梅花"又使人想起崇祯六年（1633）冬河东君向远在北京的卧子缄寄梅花之事。[①]花如旧，人非昨，程孟阳将此感伤凝练为"梅花春近鸟衔

[①]《柳如是别传》上册第124—125页；《陈忠裕全集》七《属玉堂集》："寒日卧邸中，让木忽缄梅花一朵相示。此江南篱落间植耳，都下珍为异产矣。感而赋之。"此篇乃崇祯六年（1633）冬卧子偕宋徵璧旅居京师，待次年春会试之时所作。篇中所言，大约因宋氏缄示帝里之蜡梅，为玉手所私，金屋所分者，遂忆及江南故乡，感物怀人，不觉形诸吟咏耳。

争"一句，对河东君的心情是体察入微的。

　　而据陈寅恪先生分析，"芳草路多人去远，梅花春近鸟衔争"一联乃实写河东君于梅花开放的春分节前后，离开嘉定返回吴江盛泽镇之本事。"考明末官历所定节气，梅花开时，常与春分相近。"陈先生以"近春分节"诠释"春近"，春分正处春季之中段，岂有迟暮之意？据此可确定"春尽"为讹无疑。

失节遗民的自赎

　　钱谦益于明万历三十八年（1610）中式第三名进士，官至礼部右侍郎，在朝时与温体仁、周延儒争首辅而不得，解职归里，然尤为东林党魁，为士林所重。吴伟业在崇祯四年（1631）高中一甲第二名进士，时年仅23岁，任翰林院编修，因倦于朝臣党争，迁南京国子监司业，并膺崇祯帝之殊遇而累有升迁。尝师事张溥，为复社骨干成员。崇祯十七年（1644）春，李自成率农民军攻入北京城，崇祯帝自缢于煤山，明朝覆灭。消息传至江南，钱、吴均痛心疾首。牧斋作诗云："貔貅十万积如山，鹓鹭临朝列近班。谁主逆谋歌楚曲，坐看宗庙泣秦关。普天苍赤皆流涕，四海英雄尽厚颜。莫道衰残空恤纬，顽民今日老尤顽。"（《甲申端阳感怀十四首》之四）表达了对宗社倾覆的沉痛惋惜以及对当朝士大夫无所作为的耻辱感。卒章以顽民自谓，以表矢志不移，忠于明室的决心。此椎心泣血之词，可见牧斋忠心不伪。其时梅村在家赋闲，闻听崇祯帝的死讯，念及崇祯帝对己之恩遇，梅村痛不欲生，欲以身殉君，"号痛欲自缢，为家人所觉。朱太淑人抱持泣曰：'儿死，其如老人何？'乃已"。（顾师轼《梅村先生年谱》）梅村的这一抉择值得注意。在今天看来，崇祯帝固不足殉，但梅村顾念家室，挂牵太多，必然在紧要关头首鼠两端。当他遇到压力、受到胁迫时，就会屈心抑志，委曲求全。这实在是梅村性格的短处。

　　南明弘光朝立于南京，钱牧斋任礼部尚书，同马士英、阮大铖等虚与委蛇。清兵南下时，他又与王铎率先迎降，赴北京任清朝之秘书院学士兼礼部右侍郎。虽仅充职六月即归江南，但已大节有亏。吴梅村亦曾在弘光朝任职，为少詹事，侍讲东宫。然而他在朝不及两月就辞官归里，实因对小朝廷失去希望。柳如是《春江花月夜》有云："无愁天子限长江，花底死活酒底王。"便谓弘光帝朱由崧之荒淫昏庸。在内政不稳、强敌环伺的危急关头，弘光帝不仅不思励精图治，反而忙于兴建宫殿，遴选后妃。马、阮等当权大臣飞扬跋扈，迫害异己，守边之将相互掣肘，苟且偷安。种种迹象表明，明朝中兴之事已不可为。梅村审时度势，急流勇退，其谁不云此乃智者之选？比较弘光之际，牧斋与梅村的行迹，仿佛牧斋是贪图名利之辈，梅村乃洁身自好之贤，二人高下立判。其实梅村辞官的根本原因是惧祸，牧斋降清更有隐衷。顾湄《吴梅村先生行状》称（梅村）"知天下事不可为，又与马、阮不合，遂拂衣归里"。弘光时阮大铖得势，对复社怨恨在骨，复社成员侯方域、陈贞慧等无不深受迫害。余澹心《板桥杂记》有载："阉儿恨朝宗（侯方域），罗致欲杀之，朝宗跳而免；并欲杀定生（陈贞慧）也，定生大为锦衣冯可宗所辱。"[①]梅村系复社夫子张溥之得意门生，早年即名列社籍，慑于阉党之淫威，便思远遁以避害。梅村此次离开政治斗争的中心是出于自保的目的，其软弱畏葸之性格也约略可见。或以为牧斋降清是其一生之最大污点。章太炎认为牧斋"徇名而死权力"（《章太炎文录别录甲》），黄人称他"热衷作伪"（《〈牧斋文钞〉序》），均未谅牧斋之本心。至于方望溪诋毁牧斋"其秽在骨"（邓之诚《清诗纪事初编》），几近谩骂，尤不足取。后世同情牧斋者多从其毁家纾难、抗清复明的义举来证明他对民族、对故国的忠诚，但鲜有分析他降顺清廷之动机者。钱仲联先生称："其降清乃不得已，欲有所为也。"（《梦苕庵诗话》）关于牧斋之"欲有所为"，金鹤冲之言可作注脚："予观范蠡之入宦于吴，李陵之欲得报汉，古今豪杰，志事昭然。先生入清廷，五阅月而后隐退者，所以观衅也。"（《〈钱牧斋先生年谱〉跋》）或谓不战而降实为耻辱之尤。但在弘光逃遁、权臣奔窜的情况下，南京实无战胜之可能，并会重罹扬州屠戮之祸。牧斋之意恐怕在于保全南京乃至整个江南之生灵免遭涂炭，为将来之举事保存力量。而这可能是其"不得已"而降清的缘由。若果真如此，牧斋忍辱负重之志意与深谋远虑之苦心是非常值得后人敬佩与赞颂的。

　　梅村之出仕新朝又是另一番情形。梅村在辞官后一直过着隐居的生活，但身愈隐而声愈彰。顺治九年（1652），两江总督马国柱向清廷推荐他出

---

① 又据黄宗羲《陈定生墓志》：阮大铖得势，依讨阮檄文所列姓名，以选《蝗蝻录》，思一网而杀之。仲驭下狱，眉生、次尾、昆铜皆亡命。而定生亦为校尉缚至镇抚，事虽解，已濒十死矣。

仕。这在梅村心中掀起了不小的波澜。若不出仕，难免不遭清廷的迫害，甚至有身家性命之虞；若出仕，则有负前朝厚恩，名节荡然，成为贰臣，为士林所不齿。当时清廷对中原的统治日渐巩固，其政策的侧重点已由武力征服转为对人心的笼络。吴梅村作为汉族士大夫的领袖人物，自然难逃清廷的网罗。另外，当时清朝政府的汉族官员依然延续着明末以来党派斗争的恶习。分为南北两党，相互倾轧。南党的代表人物是陈名夏与陈之遴。陈之遴与吴伟业是儿女亲家，关系尤为密切。在他们看来，梅村影响力巨大，他的出仕必然能大幅增加己派的实力，于是亦向清廷力荐梅村。在这种情况下，朝廷对梅村的征辟已成必然之势。梅村强忍内心的煎熬，就仕隐问题反复权衡，最后还是选择了前者，担负起失节的恶名，走向北上就职之路。对这一选择，他也做了痛苦的辩解："故人慷慨多奇节。为当年，沉吟不断，草间偷活。艾灸眉头瓜喷鼻，今日须难决绝。早患苦，重来千叠。脱屣妻孥非易事，竟一钱不值何须说！人世事，几完缺？"（《贺新郎·病中有感》）这一理由与向崇祯帝殉节未遂的原因何其相似！在需要自身承担责任时，他就以老人、妻孥对己之羁绊来开脱，真非大丈夫之行。梅村出仕新朝，固然是统治者的高压所致，但也与他的性格缺点不无关系。梅村的抉择是令人深为惋惜的。

牧斋身仕两朝，不管出于何种动机，总是大节有亏。为弥补这一过错，求得内心的平和，他将生命的最后20余年全部投入反清复明的事业中去。并称"枕戈席藁孤臣事，敢拟逍遥供奉班"。（《清诗纪事》顺治朝卷"钱谦益条"）自陈投敌之过，愿在故国光复后领罪。牧斋的自赎是见诸行迹的。钱仲联先生称牧斋辞官归里后："与海上遗臣，暗中通声援，毁家纾难者，不止一二次。白茅口之红豆山庄，其联络各处之秘密机关也。"（《梦苕庵诗话》）不唯牧斋，其妻河东君柳如是亦为恢复汲汲奔走，出力甚多。顺治四年（1647），黄毓祺起兵海上，河东君曾往犒师。后黄之船队遇飓风而漂没，黄被凤阳巡抚陈之龙所逮。黄毓祺案牵涉牧斋，遂亦下狱。河东君冒死相从，倾家营救，使牧斋脱身而返。牧斋赞其妻曰："恸哭临江无壮子，徒行赴难有贤妻。"（《和东坡西台诗韵六首》其一）河东君之举甚为难能，而牧斋在狱中毫不畏死之浩然意气也着实令人动容。只此一例即可破时人对牧斋的诬蔑之辞，更何况牧斋夫妇的反清义举并不限于此。牧斋脱险后不久，即从河东君之议，往金华策反马进宝。有诗云："南国今年仍甲子，西台昔日亦庚寅。闻鸡伴侣知谁是？画虎英雄恐未真。"（《书夏五集后示河东君》)据陈寅恪先生所言，"南国"句谓永历正朔尚存，明祚犹在。"闻鸡"句意指河东君不唯诗人之人生伴侣，更是复明大业之同志。邓小军教授指出："钱柳夫妇爱情的根基，正是反清复明之共同志事。"（《红豆小史》，见邓小军著《诗史释证》）顺治十六年（1659），郑成功水师从海上入长江进攻南京，牧斋曾随军而行。此役虽以郑军的失败告终，但依然是牧斋一生抗清事业的最高潮。在郑师顺利进军时，牧斋满怀希望地写道："楼船荡日三江涌，石马嘶风九域阴。扫穴金陵还地肺，埋胡紫塞慰天心。"（《金陵秋兴八首次草堂韵》其一）当郑军遇挫时，牧斋赋诗鼓励士气，并陈逆转形势之策："小挫我当严儆候，骤骄彼是灭亡时。……换步移形须着眼，棋于误后转堪思。"（《后秋兴之二》其四）"金陵要奠南朝鼎，铁瓮须争北固关。"（《后秋兴之二》其五）郑军败绩，退出长江。恢复之期日渐渺茫，牧斋心中仍然隐藏着希望之火，《后秋兴之十二》其七写道："莫笑长江空半壁，苇间还有刺船翁。"可见他虽蛰伏韬晦，然伺机而起之意未尝不跃跃如也。牧斋还以诗呈显了河东君心系恢复大业之意："闺阁心悬海宇棋，每于方罫系欢悲。"（《后秋兴之三》其四）河东君既是牧斋爱侣，亦其复明事业之肱股。此可证邓小军教授之论断。顺治十八年（1661）五月，常熟白茆港红豆山庄红豆树开花，九月结籽一颗。此时距郑成功南京之败已有三年。在牧斋与河东君看来，红豆结籽的意义非比寻常。"这红豆相思，原来是爱情与爱国赤诚凝聚的两重相思。"（《红豆小史》）牧斋《遵王敕先共赋胎仙阁看红豆花诗吟叹之余走笔属和八首》其六云："金尊檀板落花天，乐府新翻红豆篇。取次江南好风景，莫教肠断李龟年。"邓小军教授解释道：此诗"反用李龟年唱红豆诗，合座莫不望行幸而惨然的古典，言今日之新红豆故事，不同于昔日之旧红豆故事。今日之主人公乃满怀信心，不同于昔日之主人公肠断而已。言外之意，是深信反清复明之大业必定成功"。（《红豆小史》）诗中的乐观精神与"莫笑长江空半壁，苇间还有刺船翁"略同。然而就在牧斋赋红豆诗后三个月，永历帝在缅甸被俘，次年六月，吴三桂弑帝于昆明。清朝的统治已在全国范围内确立下来。奉明之正朔者只余郑成功，而其师已迁于海外，难有作为。牧斋有诗记录此事："海角崖山一线斜，从今也不属中华。更无鱼腹捐躯地，况有龙涎泛海槎。望断关河非汉帜，吹残日月是胡笳。嫦娥老大无归处，独倚银轮哭桂花。"（《后秋兴之十三》其二）诗歌透露出无可奈何的幻灭感。去岁咏红豆，今朝哭桂花，历史之残酷终于击碎了诗人的理想。此时的牧斋已是年逾八十的龙钟老翁，他与河东君的复明义举亦随着永历朝的覆灭而消歇了。

牧斋之努力补过博得了时人尤其是遗民们的谅解。"当时黄梨洲、归玄恭、吕晚村、魏楚白、屈翁山诸先生，皆密与来往，规画排满者。其他遗民如阎古古等亦来虞山与之谈论诗文及时事。"（《梦苕庵诗话》）白耷山人阎尔梅乃遗民之狂狷者，他评价牧斋道："大节当年轻错过，闲中提说不胜悲。"（《钱牧斋招饮池亭谈及国变事恸哭作此志之时同严武伯熊》）其对牧斋当年的失节亦是惋惜多于苛责的。牧斋赎罪的完成还与南明帝王的宽恕有着必然的关系。早在顺治六年（1649），他即投书瞿式耜，论恢复之三局。末云："谦益视息余生，奄奄垂毙，惟忍死盼望銮舆拜见孝陵之后，槃水加剑，席藁自裁。"（金鹤冲《钱牧斋先生年谱》）弘光帝见此书而感其忠义，遂命牧斋联络东南。牧斋虽未得见反清成功、神州光复，但已获得明室之宽恕，遗民之谅解，其抑郁苦痛之内心当能有所平复吧！

梅村在南都覆亡以后，并未从事复明运动。他满足于身家性命的保全，如果没有清廷的强行征召，他就会以遗民的身份终老。"草间偷活"正是明亡后梅村的生活写照。梅村的性格是怯懦的，他不能如千山剩人函可那样"会国再变，亲见诸士夫死事状，纪为私史，城逻发焉，被拷治惨甚，所与游者忍死不一言"。（屈大均《广东新语》）他爱惜自己的生命，不能如魏白衣那样奔走江湖，联络山海，最后与友人一起慷慨就义于杭州。他眷恋着自己的家庭，不能如黄梨洲那样结寨四明山中，赴长崎乞师以对抗清军，更不能如阎古古那样平先人坟茔，令妻妾自杀，破产养死士，游天下交豪杰，扫除一切羁绊以从事恢复大业。由于性格的软弱，他坚持操守的意志不甚坚定。面对新朝的征召，阎古古以"丧节事人何异死，有家劳梦不如无""生死百年终是尽，须眉两姓绝堪悲"等诗句却之，可见其不与清朝合作的铮铮铁骨。梅村却只敢以"伟业少年咯血，久治不痊，今夏旧患弥增，支离床褥"（《上马制府书》）等可怜之词乞求当局，以期免于征召。当清廷对他的自陈不予理会时，梅村唯有放弃遗民的身份，北上就职了。毋庸讳言，梅村确实未将道德操守牢牢把持住。梅村不是抗清复国的参与者，却是大动荡的亲历者。他秉着以诗存史的自觉意识，将改朝换代时的沧桑巨变收于笔底，故宫黍离之悲、生民流离之苦、江南文物之殇为诗人所反复吟咏。其名篇《琵琶行》《听女道士卞玉京弹琴歌》《鸳湖曲》《茸城行》《后东皋草堂歌》《萧史青门曲》《圆圆曲》等均作于此时。顺治十年（1653），吴梅村被清廷授予国子监祭酒一职，成为"两截人"。梅村此后的岁月便在自惭自愧、自责忏悔中度过。慑于新朝的淫威，梅村不敢对其有所异词。甚至在科场案发生后，梅村面对这一摧残汉族文化、迫害汉族人才的恶行时，亦不敢指涉当局之非。《悲歌赠吴季子》表达了梅村对吴兆骞被放宁古塔的不平和愤激，但就造成此事件的原因，诗人讳莫如深，其畏祸心理可见一斑。顺治十六年（1959）的郑成功进军南京之役，使很多士大夫心中燃起复明的希望，钱牧斋就曾亲身参加此次战役。然而吴梅村却对战争持厌恶的态度，十几年来的战乱已使他心力交瘁。他在《遣闷六首》中写道，"出门一步纷蜩螗，十人五人委道旁"，"故园烽火忧三径，京江战骨无人问"，"众雏怖向床头伏，摇手禁之不敢哭"。钱牧斋、郑成功、张煌言等是志在光复故国的英雄，吴梅村只是一个欲求安居乐业、内心平和的普通人。而在沧海横流的时代，梅村因自己诗文之名而被推置于风口浪尖，不仅微薄的愿望不能实现，还要接受道德与灵魂的遣责。欲为普通人而不得，这正是梅村的悲哀之处。他在临终时留有遗言："吾死后，敛以僧装，葬吾于邓尉、灵岩相近，墓前立一圆石，题曰诗人吴梅村之墓，勿作祠堂，勿乞铭于人。"（顾湄《吴梅村先生行状》）服僧装以赎罪可谓用心良苦。他曾受明之恩遇，又被迫出仕于清，死后不管穿哪朝的冠冕都不那么恰如其分，唯有僧装可以为他挽回一点尊严。梅村的《临终诗》更是其自陈心曲之作，第一首云"忍死偷生廿载余，而今罪孽怎消除？受恩欠债须填补，纵比鸿毛也不如"。诗人终能直面因"忍死偷生"而酿成的罪孽，不再将其推脱于妻孥妇孺，其临终忏悔是深切而真诚的。面对诗人最后的剖白，人们在惋惜同情之余，也接受和理解了他的自责。梅村之赎罪亦在其生命终结时得以完成。

吴梅村软弱而首鼠两端的性格不仅造成其政治生命的失节，也是其爱情悲剧的重要原因。梅村尝与秦淮名妓卞赛相恋，结果情事不谐。而钱牧斋与河东君却能两情相合，结为伉俪。两事对比，可见其中成败之由。

明末名媛对心仪之士人，往往主动提出姻缘之事。卞赛之于梅村，河东君之于牧斋，均是如此。余澹心《板桥杂记》记载了卞赛生平经历，并未谈及她与梅村的恋情。吴梅村《过锦树林玉京道人墓》载，"（卞玉京）与鹿樵生（即吴梅村）一见，遂欲以身许。酒酣，拊几而顾曰：'亦有意乎？'生固为若弗解者。长叹凝睇，后亦竟弗复言"。胡晓明先生指出卞玉京坦诚真挚、大胆主动而又自尊自爱的个性气质溢于楮墨，而梅村却顾虑重重，假装不解其意。二者的性格形成鲜明的对照。梅村考虑的问题，或许是父母俱在，自己做不得主？或许是担心妻妾难容？他的故作不解，却使卞赛的生活无所托付，竟至流离入道，依一老医而终。明清鼎革之后，梅村又与卞赛重逢，她已为道人装束，自称玉京道人了。梅村感慨良多，作《听女道士卞玉京弹琴歌》，揭露弘光小朝廷的荒淫腐败，谴责清兵掠夺江南女子的暴行，却对自己辜负卞玉京的薄幸行为不置一词。胡晓明先生体察玉京道人的心迹，称："（玉京）宽宥了梅村的负情，将一个爱情的悲剧推广为一个天涯共命的国士名姝相通的悲剧。这是玉京的看透与不再计较。但是，她的语气之间，又有多少无奈！"（《文化江南札记》）梅村对身为两截人做了许多深刻透彻的忏悔，但对辜负卞玉京一事却未有反思。这折射出梅村并不重视女性的生存境遇，也不符合明代后期以来女性地位日益提高的历史潮流。

河东君曾经历过择婿人海的艰难历程，她为争取婚姻幸福的努力令人动容。同是主动追求幸福婚姻，河东君之韧性远胜于卞玉京。河东君本与陈子龙情感笃密，但由于陈子龙性格软弱，家庭困窘，既无迎娶河东君之坚定意愿，亦无安置河东君之雄厚财力，陈柳姻缘终成泡影。这与吴、卞之情甚为相似。不同之处在于卞玉京在求偶失败后即裹足不前，不再努力，河东君却辗转于松江、嘉定、杭州、常熟，没有停下追求幸福与安顿的脚步。当她遇到专情而诚厚的钱牧斋时，长达十年的漂泊生活终于可以停止了。崇祯十三年（1640）除夕，河东君入住钱牧斋家中之我闻室，以明身许牧斋之志。而牧斋则邀请河东君赴其别墅拂水山庄赏梅。胡晓明先生指出："拂水山庄为钱氏家族墓田所在地。当年河东君拂水山庄之游，具有表示婚姻意愿的象征意义。而牧斋于相约同游的前一日，为什么要单独先往拂水山庄一趟？表面上的理由是'探梅'，但据陈寅恪先生的考证分析，真正的原因是要去亲自拆除一些河东君看到会不顺眼的东西，避免在河东君做出决定之时受到负面刺激。更进而言之，牧斋此番'探梅'，在新正之月里，可提前按例拜谒先茔，于是与河东君同游之时，便可以省去不拜，以免河东君置身其间，产生尴尬。"（《文化江南札记》）牧斋体察美人之心可谓细致入微。后牧斋以正嫡之礼迎娶河东君，又为其筑绛云楼，夫妇恩爱有加。国变之后，钱柳共举反清复明之大事，几乎丧尽家资。牧斋辞世，无良之族人以讨债为名向河东君寻衅。河东君遂自经以殉故夫而靖家难。牧斋得妻如此，亦乃一生之幸。

　　梅村之软弱、犹豫酿成了他与卞玉京的情感悲剧。他并未对负情之行有所反思，令人惋惜甚至不满。牧斋能充分尊重河东君要求婚姻幸福的意愿，最终与河东君成就了人间良缘。牧斋比梅村更为尊重、爱怜女性，因此他能更为细致地体察河东君敏感的内心世界。他并未瞻顾于世俗的评价，甘愿、也舍得为河东君付出，赢得美人的芳心自不足为奇。而吴梅村不敢担当，怯于承诺的性格缺陷正是他与圆满情事失之交臂的重要原因。梅村一生之失，尽在一个"怯"字。面对爱情时不敢争，面对胁迫时不敢拒，其生命被遗憾与悔恨所浸染也就不足为奇了。

从《儒林外史》看吴敬梓的平民意识

　　《儒林外史》是一部批判封建科举制度的长篇讽刺小说。它以明代为背景，揭露在封建专制下读书人的精神堕落和与此相关的种种社会弊端。作者吴敬梓对传统文化的危机进行了极为深刻的反思，对封建社会的颓败也有着鞭辟入里的解析，为中国文学提供了一条悠长而生动的知识分子人物长廊。其中"二进""二严"、马二先生、王惠、匡超人、杜少卿等形象以其不朽的艺术魅力引起不同时代读者的拊掌赞叹。

　　然而值得注意的是，虽然小说题为《儒林外史》，作者也以儒林中人为主要描写对象，但在全书505个人物中，儒林中人（包括从科举获得功名的各级官吏）为100多人，再除去12名皇家贵胄，其余都是农民、市民等下层人物。正是这些下层人物构建了儒林诸君你方唱罢我登场的广阔舞台，为儒林中人展开活动提供了社会背景。可以说，有了这些平民，《儒林外史》才突破了批判科举制度的单一主题，将其主题拓展到对全体社会成员生存状态的深情观照上，深化到对知识分子精神解放问题的深刻探索。吴敬梓以其"戚而能谐，婉而多讽"（鲁迅《中国小说史略》）的笔触绘制儒林中人的"浮世绘"同时，也表达了对下层人民的爱憎讽赞。这些抒写平民布衣的笔墨客观地流露出吴敬梓的平民意识、民本思想，发出了作者对个性解放的心灵呼唤，寄寓着作者对美好理想的执着追求。

一、吴敬梓平民意识的渊源

　　吴敬梓的思想是十分丰赡的。传统文化中的儒家思想和魏晋六朝的风尚对他的影响至大，而时代思潮中的颜李学说以及自然科学学风也同样影响了他。吴敬梓之所以受到这些思想的沾溉，是与他的家庭传统和生活实践密切相关的。而吴敬梓的平民意识，既是时代思潮的产物，又以先秦儒家民本思想作为思想渊源，更与作者自身生活体验有着密不可分的关系。

（一）先秦儒家的民本思想是吴敬梓平民意识的远源

不可否认，在吴敬梓复杂的思想中，儒家正统观念占有非常重要的地位，但摒除吴氏思想中君君臣臣、父父子子的封建伦理道德之后，他在小说中所表现出的对先秦儒家民本思想的认同就显得尤为引人注意。

儒家的民本思想发端于孔子。孔子出于维护贵族统治秩序的需要，对待平民的心态比较复杂。一方面他严格区别贵族和平民，认为"中人以下，不可以语上也"（《论语·雍也》）；但是在评价现实政治和绘制理想社会的蓝图时，孔子又处处以平民利益为标准。他是终身服膺周礼的，即便如此，他也对其中包含着的"使民战栗"的因素表示不满，"哀公问社于宰我。宰我对曰：'夏后氏以松，殷人以柏，周人以栗，曰使民战栗。'子闻之曰：'成事不说，遂事不谏，既往不咎。'"（《论语·八佾》）

孟子发展了孔子的民本思想，在他看来，民众是国家、诸侯、天子存亡兴替的根本因素，民众的地位和作用比君主更重要。他说："民为贵，社稷次之，君为轻。"（《孟子·尽心下》）他提出了民心说："桀纣之失天下也，失其民也；失其民者，失其心也。得天下有道：得其民，斯得天下矣；得其民有道：得其心，斯得民矣；得其心有道：所欲与之聚之，所恶勿施尔也。"（《孟子·离娄上》）而他那与民同乐的理论，显然已经提出了尊重民众意识的要求。

吴敬梓出身于科举世家，自幼学习儒家经典，他自然地接受了儒家思想的浸染和熏陶。在他的诗文、小说创作中无处不留有儒家思想的印记。相应地，在《儒林外史》中，吴敬梓表现出来的对贫苦人的生活处境的关注，反映了一个知识分子的良知，这也是与先秦儒家民本思想相契合的。

（二）明清以来的个性解放思潮是吴敬梓平民意识形成的近源

中明以降，城市手工业和商业的繁荣使市民阶层迅速扩大。市民不仅人数众多，而且"成分"复杂，包括商人、手工工场主、手工业工人、艺人、妓女以及各类城市贫民、无业游民等。在这些人中，商人以其丰厚的收入、生活的繁富为人们所艳羡。以商人为代表的市民阶层的壮大，引起了文人的注意。"三言""二拍"等小说就是文人对市井生活进行描摹的产物。文人也直接投身于市井生活之中，如凌濛初从事出版业，著名思想家李贽更是出身于商人家庭。市民阶层的价值取向对社会的影响越来越大，这就为更具平民特色的个性解放思潮的产生、发展提供了契机。

泰州学派创始人王艮强调百姓日用的重要性。所谓"百姓日用"就是指平民大众的日常生活。以平民大众的日常生活为最高道德本体，空前地突出了其在社会系统中的价值，明确了平民生活作为一种本体存在的合理性。而晚明思想家李贽则认为："勿以过高视圣人之可为也。尧舜与涂人一，圣人与凡人一。"（《明灯道古录》）这就明确否定了圣凡之分，突出了圣凡平等的平民意识。李贽还提出"天下无一人不生知"（《焚书》之《答周西岩》），从人性论的哲学角度否定圣凡之分，论证圣凡平等。

宋明理学讲"存天理，灭人欲"，实际上是存统治者之"天理"，灭平民百姓之"人欲"，这就钳制了平民的思想，也抹杀了他们作为人的主体性。李贽则认为："夫私者，人之心也。人必有私，而后其心乃见；若无私，则无心矣。"（《藏书》之《德业儒臣后论》）他还说："寒能折胶，而不能折朝市之人；热能伏金，而不能伏竞奔之子，何也？富贵利达所以厚天生之五官，其势然也。是故圣人顺之，顺之则安矣！"（《焚书》之《答耿中丞》）他承认了私欲的合理性，否定了压制人欲的宋明理学和封建伦理关系，实乃为市井细民立言之论。

及至明清易代之际，一批思想家如黄宗羲、顾炎武等对社会历史进行了反思。黄宗羲发展了李贽"人必有私"的观点，提出了"理""欲"统一的理论。"天理正从人欲中见，人欲恰好处即天理也，向无人欲，则亦并无天理之可言矣。"（《陈乾初先生墓志铭》，见《南雷文定后集》卷三）在这里，"人欲"成为"天理"的基础，"天理"也不再是"人欲"的对立物，而是"人欲"的衍生物。那么"天理"就从理学家强调的封建伦理关系转变为与"人欲"相适应的平民阶层的社会理想。而顾炎武在《日知录》和《天下郡国利病书》中提出"均田"，"均贫富"，"寄天下之权于天下之民"，"保天下者，匹夫之贱有责也"的思想，肯定了平民基本的生存权利，并提出了平民应该取得政治权利，承担社会责任的先进主张，晚明以来的平民意识在此产生了向民主观念转向的趋势。总之，黄宗羲、顾炎武等思想家的观点已经闪烁着启蒙思想的光芒。

到了清代中叶，政权已经巩固，生产获得较大的发展，是清朝200多年间最为强盛的时期，史称"康乾盛世"。但"漫长的封建社会发展到这一阶段，也已进入了晚期。明中叶以来，由于生产力不断发展，在封建经济内部已孕育着资本主义生产关系的萌芽，清初虽然一度实行锁国政策，但也未能全然阻扼这一发展趋势，封建社会正在逐步解体、渐趋崩溃。"（陈美林著《吴敬梓评传》）在这个大变革的前夕，古老的中国表现出前所未有的时代特征：一方面生产力迅猛发展，另一方面劳动人民日益贫困；一方面乾嘉朴学极度繁荣，另一方面学术创新万马齐喑；一方面社会秩序日趋稳定，另一方面隐藏矛盾风起云涌。在这充满悖谬的时代风潮之下，一些突破正统儒学的思想也得到了较为广泛的传播。文学领域也出现了类似晚明的一股思潮——反传统、尊情、求变，倡导思想解放。在诗歌领域，袁枚提出重性情、抒性灵的主张，以其卓越的艺术成就成为诗坛的杰出代表。无独有偶，《红楼梦》这部文学巨著也于此时出现，宣扬了个性解放的叛逆精神，这是对晚明以来逐渐兴起的平民意识的呼应。

《儒林外史》比《红楼梦》产生的时间稍早，也是这股文学思潮的代表之作。吴敬梓在《儒林外史》里塑造了200多个平民形象，对某些人物（如鲍文卿、沈琼枝等）颇多溢美之词，有些形象（如王冕、市井四奇人等）则寄托着作者的人生理想，这与晚明的小说如"三言""二拍"所反映的主题何其相像！作者能以平等的目光看待平民，说明他深受晚明以来个性解放思潮的影响。吴敬梓正是在这一思想的指引下，在描绘儒林世界的林林总总的同时，也构建了一个真实而充满理想色彩的平民王国。

由此我们可以看出：先秦儒学中的民本思想和明清以来的个性解放思潮共同构成了吴敬梓平民意识的理论渊源。而这在小说中多表现为作者对人民苦难生活的同情和对平民之间坦诚相待、相濡以沫的真挚情感的礼赞。

（三）移家南京是吴敬梓平民意识形成的现实原因

吴敬梓曾被朝廷征召参加博学鸿词科的考试，但未赴试，人称"征君"，可见其学养非凡。他的诗文也非常出色，更是其博学多才的明证。但像他这样一个才华横溢的人何以选择白话小说作为毕生的主要事业呢？要知道，白话小说是一种为传统士人不齿的文体。他的好友程晋芳对此也很不理解，在《怀人诗》里写道："吾为斯人悲，竟以稗史传。"其实吴敬梓的这一选择是忠于他的平民情结的。

吴家曾有过50年家门鼎盛的时期，吴敬梓少年时代的生活颇为优裕。封建大家族表面上维持着一种其乐融融的局面。但在他23岁那年，父亲吴霖起病逝，他的生活也随之发生了显著的变化。他继承了一笔丰厚的遗产，族人欺他这一房势力孤单，便蓄意加以侵夺。吴敬梓怀着对家族的厌恶和反抗的情绪，十年之内把财产尽数散尽，被乡人称为"败家子"。与此同时，他参加了几次乡试，均未考中，遭到族人亲友的歧视。他饱尝世间的冷暖，谙熟儒林的种种陋习，遂对过去的生活彻底失望，终于卖掉祖宅，移家南京。而其平民意识的形成，有一个至关重要的因素，那就是在他移家南京之后与下层人民的接触。他仕途蹭蹬，中年破产，移家南京，以至沦落民间，终身潦倒，正是这样的经历，使吴敬梓受到普通人民思想品德的熏染，使得他的思想能够随着时代的进步而有所发展。

当吴敬梓摆脱了对政权的依赖而与市民社会接近，从而在相当程度上摆脱了传统伦理的束缚时，白话小说这一来自民间的文体就为他提供了一种能够自由充分地表达思想感情，抨击社会弊病的工具。他创作白话小说正是与正统的文人意识相决裂的手段。在对待人民的态度上，他能表彰下层人民的一些优良品德，表现出一定的平等的理念。对市井小民的才能，作者也加以肯定，如《儒林外史》中季遐年的书法，王太的棋艺，荆元的琴技，盖宽的绘画。他们自食其力的行为更为作者所激赏。

作者在极力称颂健康淳朴的平民时，对平民中的丑恶现象也进行了不遗余力的讽刺和批判。这种直面生活黑暗面，求真求善求美的过程也可视为作者平民意识的表现。

但是我们也应该注意到吴敬梓思想的局限性，如门阀观念、等级意识在他的头脑里根深蒂固。这些因素自然也会渗透到他的平民意识里。这是时代的局限，我们不能苛求古人，但对其做客观的分析是必要的，只有这样，我们才能窥见吴敬梓平民意识的全貌。

二、平民意识在《儒林外史》中的表现

从《儒林外史》出发，深入细致地考量吴敬梓的平民意识，其内涵包括：①赞颂民间的平等意识、诚信观念，标举安贫守己、自食其力的精神；②肯定个性解放，尊重普通人的人格尊严，闪烁着时代精神的光辉；③以民间生活为人生归宿，追求真性情，为丧失精神归宿的知识分子构建回归民间、走向市井的理想家园。

上文已经提到，吴敬梓的小说主要反映士人的生活，紧扣科举和礼教两大主题。同时，知识分子也不能游离于社会之外，他们与社会其他阶层的成员也有所交往。为了表现士人的生活面，吴敬梓也对盐商、伶人、妓女、农民等下层人物进行了细致的刻画。这些人物多达200名，成为我们研究吴敬梓平民意识的必由之路。

从小说中我们可以看出，作者吴敬梓的平民意识主要有三方面的表现：

第一，田园生活是知识分子的精神寓所；

第二，作者深情观照着市井的百态人生；

第三，平民的生活寄托着作者洞察世事后的人生理想。

而这三方面反映出吴敬梓在反叛八股取士之后对知识分子走向何方的理性思考，更直接体现出他对平民社会的深刻认识。

（一）知识分子的精神寓所

《儒林外史》第一回的回目叫作"说楔子敷陈大义，借名流隐括全文"。小说以王冕作为"隐括全文"的"名流"，他既是一位才华横溢的乡间奇人，又是一个不慕名利的田园牧者。他善画荷花，那出淤泥而不染的荷花，正是其高洁品性的象征。"遇着花明柳媚的季节，把一乘牛车载了母亲，他便戴了高帽，穿了阔衣，执着鞭子，口里唱着歌曲，在乡村镇上以及湖边到处玩耍……"王冕与乡村生活似乎有一种天然的契合，这一形象既有几分屈原的高蹈，又有几分陶潜的恬逸。

小说中的王冕和历史上的王冕是不同的。历史上的王冕自是隐居，但他把田园生活当作一条"终南捷径"，他是在"屡应举不中"，又逢元末天下大乱的形势下才"携妻孥隐九里山，数梅千株，桃李半之，自号梅花屋主"，后来"太祖（朱元璋）下婺州，物色得之，置幕府，授咨议参军，一夕病卒"。《明史·文苑传》虽然他未及施展才华便即病逝，但用世之心是非常强烈的。《儒林外史》中的王冕则是作者倾心刻画的一个理想化人物。他的高贵品质在于不入官场尘世，寄意乡间山水。他之所以成为"隐括全文"的人物，关键在于他能自觉地"辞却功名富贵"，回归民间。他甘心放牛，同时刻苦自读，始终保持人格尊严而不受名利权势的引诱和威胁。为了躲避官府的压迫，他逃亡在外，漂泊他乡，与下层人民建立了深厚的情谊。但他的归宿，还是在乡村，终老会稽山可谓是本意之所在。由此也反映出他与一般士人不同的价值观。

如果说王冕是一面镜子，一个标尺，为天下读书人树立了一个榜样的话，那么田园生活就是作者为读书人安排的精神归宿。在第一回中，王冕的生活洋溢着一种田园牧歌的情调，他牧牛、卖画、占卜测字，作为一个劳动者自食其力，有母亲深情的关爱，有老农秦老汉真诚的帮助，他感受到的是一种淳朴的温情。

作者这样描绘田园的风光：

须臾，浓云密布，一阵大雨过了。那黑云边上镶着白云，渐渐散去，透出一派日光来，照耀得满湖通红。湖边上山青一块，紫一块，绿一块。树枝上都像水洗过一番的，尤其绿得可爱。湖里有十来枝荷花，苞子上清水滴滴，荷叶上水珠滚来滚去。王冕看了一回，心里想："古人说，'人在画图中'，其实不错……"

这一派雨后湖光风荷图寄寓了作者多少喜爱之情，这样的山水田园风光不值得士人神往吗？这与尔虞我诈的官场生活做对比，对迷途中的读书人有着强大的吸引力。

对于出仕，读书人往往当局者迷，生活在田园中的平民比读书人的认识更为清楚。王冕的母亲一再告诫儿子不要做官，就在临终之际，还说做官的都没有好收场。这是对执迷不悟者的当头棒喝，不回归田园，哪里去听这等至理箴言？

王冕虽然选择了归隐，但他并非消极地逃避人生，在他的身上充满着大济苍生的情怀。如果说王冕喟叹"一代文人有厄"是作者对知识分子处境的同情之言的话，那么王冕关心邻里、同情灾民则是作者平民意识的表现。当朱元璋向王冕请教治国之策时，王冕说要"以仁义服人"，而"不以兵力服人"，这颇似先秦儒家民本思想的论调。作者正是借王冕之口表达自己为天下大众着想的仁爱精神。由此我们可以看出，归隐田园不是彻底的逃遁，而是要在田园中使自己心灵熨帖，并以此体验现实生活，冷静关注世界，观照人生。这个精神归宿不是入得出不得的。

在乡村生活中，有如诗如画的湖光山色，有淳朴真诚的民间挚情，有睿智深刻的民间智慧，这的确是疗救知识分子精神危机的世外桃源，也是知识分子寻求健康思想的理想归宿。作者这样写，确实带有一些理想化的倾向。因为当时人民的生活是艰难的，乡村市井是凋敝的，平民百姓也未必都是高尚的。作者在为失意的知识分子构建精神家园的时候，并未忘记平民百姓艰难的生活真实，而用他的如椽巨笔做了细致描绘，表现了对人民生活的深切关怀。

（二）市井百态的深情观照

吴敬梓有着由富及贫、混迹民间的经历，有着关注平民生活的平民意识，所以他在《儒林外史》中，也生动地刻画了许多平民形象。这些形象有血有肉，读来栩栩如生。根据作者的态度，这些平民形象可分为三类：一是受到作者辛辣讽刺者；二是得到作者热情赞扬者；三是获得作者深切同情者。这些人物及其关系为读者展开了一幅封建末世的风俗画卷。

1. 辛辣讽刺的对象

吴敬梓首先在《儒林外史》中对那些出身平民、为求富贵而堕落名利场之人进行了犀利的讽刺。匡超人是此类人物的代表。

匡超人的故事集中于《儒林外史》第十五回到第二十回中。袁行霈主编的《中国文学史》第四卷中对匡超人有着这样的评价："作者用了五回的篇幅描写了匡超人如何从一个淳朴的青年堕落成无耻的势利之徒。匡超人出身贫寒，在流落他乡时，一心惦记着生病的父亲……但是他逐步发生了变化。先是受马二先生的影响，把科举作为人生的唯一出路，考上秀才后，又受一群斗方名士的'培养'，以名士自居，以此作为追名逐利的手段。后又受到衙役潘三的教唆，做起了流氓恶棍的营生。社会给他这样三条路，他巧妙地周旋其间，一步步走向堕落。他吹牛撒谎，停妻再娶，卖友求荣，忘恩负义，变成一个衣冠禽兽。"这样的评述为我们揭示了匡超人变质的全过程。

作者对待匡超人的态度也是判然有别的。在他变质以前，他对双亲的思念之情，对待瘫痪在床的父亲的孝顺之举，作者无不写得感人至深。足见作者对这个至孝的淳朴青年是喜爱而赞赏的。但当他一步步堕落，成为一个学识浅薄而又卑鄙无耻的恶棍以后，作者对他进行了无情的嘲讽。足见吴敬梓对因追求功名富贵而忘却淳朴本性者的深切痛恨。

作者通过这一形象，告诉人们的是一个淳朴善良的农村青年人性沦丧的悲剧。匡超人生活在那个时代，只能去适应社会环境。他忠厚的父亲被人欺负得无立锥之地，难道他还要步他父亲的后尘吗？为了活下去，为了活得好一点，匡超人的所作所为似乎没有错。但他在名利之途上每高攀一点，他的堕落也就加深一步。这样叙写，表明作者正在思索产生匡超人这类人物的社会原因。

由此我们可以看出作者的这种疾恶之情乃是对堕落平民无奈的关爱。如果说作者对本性淳朴，为求功名富贵而堕落名利场之人还有一丝同情的话，那他对那些奴性十足而又仗势欺人者的批判则是彻底而不留情面的。如散尽主家资财以谋私利最后背主而逃的王胡子，对女婿前倨后恭的胡屠户，奉主人之命营救杨执中却将钱财中饱私囊的晋爵等。作者在对他们施以批判之余，也是感慨良多的。社会上的这种败类多矣，作者对他们的描写可谓实录。这说明作者对于市井小民的认识是理性的。在社会上，既有自食其力、诚信友爱、自由自在的平民百姓，也有奴性十足、贪财图利之辈。不仅如此，吴敬梓还对市井恶棍的讹诈手段等卑劣行径十分熟悉。如王老大拐卖人口是与钱塘县差人黄球、布政司衙役潘三一起谋划的，欺压良善的市井恶棍和官府有着千丝万缕的联系。作者在讽刺这些仗势欺人的无赖时，也对腐败的官府痛下了批判之笔。

吴敬梓对趋炎附势、奴性十足、仗势欺人的市井无赖、恶棍流氓之流的批判表现出他思想的先进方面。但作为一名封建文人，他认为人是有等级区分的。平民毕竟是下等人，任何超越"身份"的行为都被作者视为僭越。这是他思想局限性的一面，但也是作者平民意识的组成部分，应予以重视。作者笔下有许多改头换面以图僭越身份者，其中尤以盐商和伶人受到作者较多的批判。

小说反映了盐商骄奢淫逸、糜烂腐朽的生活情景。如扬州大盐商万雪斋家将冬虫夏草当菜吃。万雪斋的第七个小妾生病，买一味中药要费三百两银子。另一个盐商宋为富一年至少要娶七八个妾，甚至花五百两银子把贡生沈大年的女儿沈琼枝买来做妾。而作者更为痛恨的是商人对自己身份的僭越——虽是平民却冒充仕宦。支锷本是杭州的巡商，却头戴方巾，冒充秀才。万雪斋也俨然仕宦模样。为此作者写支锷醉酒，口出狂言，被官府锁了起来，也写出了牛玉圃揭发万雪斋营私时万雪斋的窘态。

作者对商人行为的讽刺可谓犀利，但排除这些嘲讽的情绪，他却不自觉地揭示出这样一个事实：明清时代商人的形象已经向正统道德靠拢，并发展为一种新型的"儒商"形象。明末小说集《拍案惊奇》中有"转运汉巧遇洞庭红"的故事，主人公文若虚虽是商人，却带上了几分儒雅之气："生来心思慧巧，做着便能，学着便会，琴棋书画，吹弹歌舞，件件粗通。"这样看来，岂不是与吴敬梓笔下附庸风雅的支锷、万雪斋很相似？只是不同的作家站在不同的价值立场对同一类型的人物寄予的褒贬不同罢了。

但事实上吴敬梓对盐商的态度是矛盾的。"他的好友程晋芳就是扬州盐商的子弟。作者本人以及他的长子吴烺曾去盐商家做客。在中年以后，吴敬梓曾多次出游于盐商集中地的淮安、扬州。"（《吴敬梓评传》）他笔下的许多读书人不得不依赖这些盐商。如余大先生余特虽然看不起家乡的盐商，但在他做客扬州的时候又寄寓在盐商吴家。这种矛盾的态度说明盐商并非一无是处。起码作者承认他们与当时的士人有着千丝万缕的联系。甚至我们可以认为传统的商人在向儒商的转化过程中，落魄的士人起到了推波助澜的作用。失意文人与商人交往，可以获得物质利益；商人和知识分子交往，无形中能自抬身价。就这样，商人从社会文化的边缘逐渐向中心转移。

至于伶人，历来都是贱民。吴敬梓不仅让自己理想的戏子形象鲍文卿口称"小的"，恪守本分，而且借鲍文卿之口把"头戴高帽，身穿蓝缎直裰，脚下粉底皂靴"的唱老生的钱麻子称为"老屁精"，并且诅咒他"变驴变马"。当鲍文卿看到伶人黄老爹"头戴浩然巾，身穿酱色直裰，脚下粉底皂靴，手指龙头拐杖"时，不仅出言讥讽，甚至作者亲自跳出来贬黄老爹为"老畜生"。与其说作者这种臧否人物的手法不太高明，不如认为是作者平民意识中的落后的偏见在作怪。

李渔在小说《谭楚玉戏里传情，刘藐姑曲终死节》（《连城璧》第一篇）中表现出的对伶人的态度与吴敬梓截然相反。小说写书生谭楚玉为了追求女旦刘藐姑，不惜放弃高雅的士人身份，甘心跻身优伶之列的故事。李渔混迹市井久矣。他以一个落第文人的身份开书铺，组织家庭戏班，常以半真半假的戏谑态度看待正统的价值观，那么在他的笔下出现士子不爱诗书爱优伶是可以理解的。而吴敬梓虽然已经走向下层，却没有走上像李渔那样依仗市井，自食其力的道路。他的思想中还残留着门阀观念和等级意识，并把士人的身份看得十分重要。那么身为伶人而着儒生衣冠的行为，在他看来就是不能容忍的，必须予以辛辣的讽刺。这同样可以用来解释吴敬梓何以对"儒商"也颇多不满之词。而这一思想无疑是落后的。

吴敬梓所处的康乾盛世，天下承平已久，社会弊病很多。他不仅对儒林中人的丑恶嘴脸进行了辛辣的嘲讽，也对平民阶层中的种种不合理现象进行了批判，这说明作者对社会的认识是全面而深刻的。而他那因门阀等级观念而产生的对平民的偏见也应引起我们的注意。但他对平民的态度并不完全是消极的，作者在讽刺丑恶现象时，也对平民追求个性解放的优秀品德进行了热情的褒扬，体现出他那颗与民间美德相贴近的心。

2.热情褒扬的对象

作者把很多肯定赞许的笔墨投向那些自守贫贱而乐于助人的贫民，且不说变坏以前的匡超人之谨厚孝顺，也不谈牛老和卜老在贫困中相濡以沫之温情，就执"贱业"而不忘救助他人的鲍文卿而言，作者是特别倾注了激情的。鲍文卿原来是按察司崔某门下戏子，他曾为素昧平生的安东知县向鼎求情，与向鼎建立了深厚的友谊。他曾对落魄的穷秀才倪霜峰施以援手，将他儿子倪廷玺过继为自己的儿子，并反送倪霜峰二十两银子。吴敬梓特别赞许鲍文卿自食其力、洁身自好的美德，在第二十四回里，安庆府两个书办托他向向鼎求情，许诺送他五百两银子。他却严词拒绝，断然不受。这样的美德不知比当时的无骨气的文人强多少。作者对自食其力者的肯定是颇有进步意义的。

在小说中，鲍文卿和向鼎之间消除了贵贱界限，进行平等交往的故事，最能显现作者的平民意识，生动地体现出了作者重视人格平等的人文主义精神。向鼎曾经这样评价鲍文卿：

"而今的人，可谓江河日下。这些中进士、翰林的，和他说到传道穷经，他便说迂而无当；和他说到通今博古，他便说杂而不精。究竟事君交友的所在，全然看不得。不如我这鲍朋友，他虽生意是贱业，倒颇多君子之行。"

这是借向鼎之口倾吴敬梓的肺腑之言。这个世界已经颓败不堪，衣冠中人更无可救药。只有在善良的平民中间还可以看到若干亮色。正是因此，吴敬梓才突破了下等人必须严守身份的局限，写出了这个消除了等级界限的故事，也写出了"向观察哭友"的动人情节。

在对待妇女的态度上，吴敬梓的见解也非常开明，如杜少卿反对娶妾一节，分明就是作者借杜少卿之口阐述自己的见解：

"……况且娶妾的事，小弟觉得是最伤天理：天下不过是这些人，一个人占了几个妇人，天下必有几个无妻之客。小弟为朝廷立法：人生须四十无子，方许娶一妾。此妾如不生子，便遣别嫁。是这等样，天下无妻的人或许也少几个……"

这一观点虽然仍有保守思想的局限，但在当时也无异于惊世骇俗之论。可以看出，吴敬梓的妇女观是从平民的立场上生发的。

在经济生活发生巨大转变之际，市民意识开始觉醒，形成了反对封建礼教、追求个性解放的进步思潮。作者笔下也产生了追求自由、张扬个性者的形象。而沈琼枝形象的塑造不仅是个性解放思潮的表现，也是作者进步的妇女观的外化。

扬州大盐商宋为富企图骗取才貌双全的常州姑娘沈琼枝做妾，但沈琼枝不愿成为供人玩乐的对象。她从宋家逃了出来，流寓南京，卖文为生。但当时的社会岂容得单身的年轻女子抛头露面？大胆泼辣是她免遭侮辱的武器。在公堂上，她大义凛然，慷慨陈词，甚至敢把勒索她的公差一拳打翻在地。沈琼枝的性格可以概括为：敢于反抗、决不示弱、工于心计、颇具智谋、向往平等、渴望自由。

与崔莺莺、杜丽娘等女性形象相比，她无疑是更进一步的。崔、杜反抗封建礼教，追求自由幸福的爱情，但还没有获得独立生存的能力，仿佛她们的生命之花只为爱情而开放。沈琼枝则不同，这一形象突破了反抗不合理婚姻制度的局限，她不把婚姻作为唯一的归宿，更不屑于做男子的附庸。她有着一技之长，会写诗、写斗方，会刺绣，这就具备了自我生存的能力。另一方面，她生活在江浙一带，商品经济发达，人民多离开土地过着自食其力的生活，这种环境为沈琼枝自立提供了条件。她追求的是独立、完全的人格而不是富贵荣华的生活，她的言行举止已经显露出妇女追求个性解放的端倪，而进步的妇女观、鲜明的个性解放意识也成为吴敬梓平民意识中光彩夺目的一环。作者把她置于激烈的矛盾冲突之中，突出她那坎坷的命运，通过描写她向命运的抗争完成了这一光辉形象的塑造。

3. 深切同情的对象

吴敬梓在移家南京以后，生活拮据，甚至衣食不周，这使得他与下层人民日趋接近。他在《儒林外史》中描绘了许多生活困苦的平民，这其中既有破产的农民，又有地位卑下的市民。他们生活的艰难唤起了作者深切的同情，对他们的刻画表现出一个知识分子应有的良知。

常熟的一个佃农，收获的庄稼都被田主收去，父亲病故又无力安葬，只好自寻短见。幸亏被虞育德相救，方免一死。庄绍光应征之后、返乡途中也曾遇到一对穷苦而死的农村老夫妇。若不是庄绍光慷慨出资，二老便无法殡葬。木耐夫妇原来也出身良善，只因无法谋生才去"短路"（拦路抢劫）。市民的生活也非常艰辛。"名士"陈和甫的儿子陈思阮沦落为摆摊测字的混账人，连老婆也养不活了，终于去做了和尚。老秀才倪霜峰功名无望，靠修补乐器度日，但家口众多，难以糊口。他六个儿子，倒有四个卖在外地。贫苦市民就是卖儿鬻女也难以维持生计。

作者以饱含同情的笔触叙写了贫困人民艰难的生存状态，也深刻地揭露了"休明之治"的真相，具有强烈的社会批判色彩。这样看来，《儒林外史》不啻是一部社会问题小说，但由于时代的局限，作者不能提出解决问题的有效方法，只好设计出有德之士救助贫苦之人的情节，但即便是这样的处理方式也是难能可贵的。作者表现的这一意识与前代知识分子在描写民生疾苦的诗文中反映的意识是不同的。前代的知识分子在写完民生疾苦后一般总会指向自己，表达一种自责和忏悔，如白居易在《观刈麦》中写道："今我何功德，曾不事农桑。吏禄三百石，岁晏有余粮。念此私自愧，尽日不能忘。"苏轼也曾感言："平生五千卷，一字不救饥。"（《和孔郎中荆林马上见寄》）换言之，前代的知识分子的悯农情绪其实包含着一种欲为拯救者而不得的无奈。吴敬梓在走向下层之后，也过着困窘的生活，他的同情更多地出于平等观照的角度，而他对人民生存困境的书写也给人一种感同身受的真实感。

（三）洞察世事后的理想表达

吴敬梓身处我国封建社会末期，社会颓败，积弊甚多。他想为这个社会开出疗救的药方，"但他毕竟也是由这块土壤中的文化传统中孕育出来的，他只能从传统文化中去觅取救活之道……但后半部的荏弱、理想人物的不合审美比例的矜夸，很吃力写下来的祭泰伯祠场面的程式化和显然陷于虚应故事，郭孝子故事的荒诞性，萧云仙故事的有气无力，凡此种种，都表明了作者自己也对他预设的救世实践缺乏把握，不可恃和不踏实。"（何满子《论吴敬梓的平民情结》）鉴于此，作者最终把希望寄托在四个市井奇人身上。《儒林外史》第五十五回的题目是"添四客述往思来，弹一曲高山流水"，所谓"述往思来"，就是总结过去，展望未来的意思。第五十五回一开篇，作者就写道："话说万历二十三年，那南京的名士都已渐渐消磨尽了……那知市井中间，又出了几个奇人。"这既表示一个旧时代的过去，又意味着一个新时代的到来。而开拓一个新时代的人物又是出自市井中间的，这明确地表露了作者全新的理想追求。

这四个市井奇人是在寺院里安身的季遐年，卖火纸筒的王太，开茶馆的盖宽，做裁缝的荆元，分别有着书、棋、画、琴的艺术才能。他们都很任性，热爱自由，努力维护自己的人格和尊严。季遐年写字不循古法，自成一格，表现出一定的艺术独创性，只有他情愿时才为别人写字，"他若不情愿时，任你王侯将相，大捧的银子送他，他正眼儿也不看"。荆元则说："每日寻得六七分银子，吃饱了饭，要弹琴，要写字，诸事都由得我；又不贪图人的富贵，又不伺候人的颜色，天不收，地不管，倒不快活？"

我们把这四个人称为"市井奇人"，他们的身份到底是什么呢？章培恒、骆玉明在复旦大学出版社版《中国文学史》中认为是隐士情调的化身，不是完全意义上的知识分子，这是值得肯定的。这些奇人不是简单的市井中人，他们的爱好是琴棋书画诗，这一爱好为他们贴上了文人的标签。可以说他们是流落市井的读书人。古人说"中隐隐于市"，这些隐于市的隐士已经和传统意义上的隐士有所区别。他们的"隐"不是治国平天下之后的"守拙归田园"，也不是为了寻求什么终南捷径，而是一种健康的社会心理的代表。读书不是一个人唯一的出路，在世界上还有比八股取士更有价值的选择，那就是自由自在地生活。他们凭一技之长谋生，不依赖别人，不追求功名，因而能够保持人格的尊严。吴敬梓用人物形象表达追求独立自由、个性解放的思潮，也表现了他平民意识的具体内涵，客观地呈现出清醒的知识分子放弃精英身份，向平民社会靠拢的趋势。因此，《儒林外史》以四个市井奇人结篇，是吴敬梓理想的表露，是忠于他的平民意识的。

身处封建末世的吴敬梓，深受先秦儒家民本思想的影响，也受到晚明以来平民观念的熏染，从自己走向民间的人生体验出发，形成了独具特色的平民意识。《儒林外史》这部放射思想光芒的现实主义杰作处处体现着作者的平民情结。田园生活是知识分子的精神寓所，自食其力是知识分子的理想生活。从王冕"敷陈大义"开始，到市井四奇人"述往思来"结束，市井时时点缀作品之中，平民意识成为贯穿全书的一条线索。全书洋溢着一种真实生动而深沉清醒的平民之风。尽管吴敬梓的平民意识有着时代的局限，但他对平民的关注，对平民人生价值的叙写，使得《儒林外史》拥有了永恒的艺术魅力。

近 代 编

龚自珍己亥恋情考

　　《复旦学报》（社会科学版）2005年第3期上载有谈蓓芳教授的一篇论文，名为《龚自珍与20世纪的文学革命》。本文从"五四"新文学的主要特征——"自我的发现"入手，分三个方面——以个人为本的"人性的解放"；赞扬强大的人格力量，描写这种强大的人格与现实的矛盾和由此形成的悲壮；对于爱情的赞颂和追求——来探寻龚自珍的思想与其相通之处，进而得出"'文学革命'的产生在我国原是有自身的基础的，是文学传统的发扬，而非文学传统的断裂"的结论。

　　这篇论文论证了龚自珍作品中已含有的"五四"新文学的若干因素，其意义自不待言，但在有关龚自珍爱情诗的部分，谈教授讲得似乎有点含混。作者选取了《己亥杂诗》中的14首爱情诗。诗中的女主人公是风尘女子，这一点是没有疑义的。但这个女子叫什么名字呢？谈教授一开始并没有言明，只是以"她"或者"这一女子"来指称。作者提到："他（龚自珍）与这一女子是在扬州相遇和热恋的，她本是青楼中人，当与龚自珍相恋并在龚自珍决定与她分手后，她就回到苏州，'闭门谢客'了。"对此我有两个疑问：这个扬州女子到底是谁？"回到苏州，闭门谢客"是不是她的事迹？作者又谈道，龚自珍在1840年曾客游江宁，手书"客心今雨昵旧雨"诗（《己亥杂诗》第277首），忽然想起那位往日的恋人，就回到苏州去找她。在此作者做了一个注："他（龚自珍）和她后来是结合了，她名叫阿箫。"根据谈教授的叙述，这个名叫阿箫的女子，就是扬州的那个"青楼中人"。但我以为，龚自珍与某个青楼女子结合是事实，但这个所谓的"阿箫"，却不是扬州女子。这个人在龚自珍的心中远远要比那个扬州女子重要。

　　首先，我们来为那位扬州女子正名。《己亥杂诗》第99首云："能令公愠公复喜，扬州女儿名小云。初弦相见上弦别，不曾题满杏黄裙。"在第二句中，诗人明确指出，这位扬州女子名叫小云。我们从第三句可以得知，他们相会的时间只有五天。初弦是农历的每月初三，上弦是农历的每月初八。另外，在第101首有龚自珍的一条自注："友人访小云于扬州，三至不得见，愠矣。箧之。"可证，她确实名叫小云。而且我们可知这位女子虽身在风尘，却很有气骨，不喜取媚于公卿。

既知扬州女子名叫小云，那么这位小云是否曾经从扬州到姑苏，闭门谢客呢？她有没有与龚自珍结合？如果她与龚自珍结合了，那她是否就是阿箫？我们再来看《己亥杂诗》，涉及小云的诗，一共有7首，分别是第99、100、101、240、241、242、243首。前三首写于道光十九年（1839）6月，诗人辞官南归，到达扬州时。后四首写于同年9月，诗人北上迎接家眷，路过扬州时。在这几首诗中，很多诗句表达了诗人对小云的欣赏和喜爱，如"能令公愠公复喜""坐我三熏三沐之""美人才调信纵横"等。但是小云要龚自珍替她脱籍时，诗人并没有答应，"不留后约将人误，笑指河阳镜里丝""谁肯心甘薄幸名？南诹北驾怨三生。劳人只有空王谅，那向如花辨得明？"诗人是以自己年老，且常奔波劳苦为理由而委婉拒绝的。后来诗人离开扬州，并没有为小云赎身。除去《己亥杂诗》里面这些诗，我们再难找出有关小云的资料。她与诗人结合，也就不能得到证明。

那么，我们目光的焦点应该落在"阿箫"身上。这个阿箫确实是龚自珍的侍妾。此人本名灵箫。在《上清真人碑书后》，龚自珍写道："姑苏女士阿箫侍。"王佩诤注曰："阿箫，又名灵箫（自珍妾）。"郭延礼在《龚自珍年谱》里提到："灵箫，小字阿箫，苏州人。"由此可见，阿箫不可能是小云的别名。

再来看闭门谢客之事。这件事与小云无关，而是发生在灵箫身上。灵箫是苏州人，可参见《己亥杂诗》"三生花草梦苏州""他日埋香要虎丘"句，后在清江浦为妓。清江浦，即清河，在今江苏省淮安市，从扬州出发沿运河北上，至黄河南岸，运河与黄河交汇处，是为清江浦。自古为淮、扬、徐、海间的重镇。在《己亥杂诗》中，清江浦又称袁浦、淮浦。己亥年5月，诗人南归至清江浦，遇到灵箫，作诗两首，有"定公四纪遇灵箫"句。是年9月25日，诗人重到清江浦，10月6日离去，在此盘桓十日，与灵箫重逢，作诗27首，统称《寱词》。离开清江浦北上后，诗人还写有7首诗怀念灵箫。12月，诗人从北京接家眷南归，重过清江浦，欲与灵箫重会，灵箫已经回到苏州，闭门谢客了。我们来看《己亥杂诗》第278首的诗人自注："越两月，自北回，重到袁浦，问讯其人，已归苏州闭门谢客矣。"

然而，有关灵箫的资料同样少得可怜，她与龚自珍的结合，我们也只能通过《己亥杂诗》进行推断。幸好龚自珍写给灵箫的情诗是相当多的，有38首，占到了《己亥杂诗》的九分之一。可见灵箫在龚自珍心中的分量。其中，诗人第一次南下袁浦，初会灵箫，写诗两首，即第97、98首。第97首尤为传神："天花拂袂著难销，始愧声闻力未超。青史他年烦点染，定公四纪遇灵箫。"诗人诵经听法，学佛修道，到底难以摆脱尘缘，当见到灵箫的时候，诗人怦然心动，难以忘情，甚至要这一天彪炳史册：龚定盦在48岁的时候遇到了灵箫。诗人对灵箫是一见钟情的。

是年8月末9月初，诗人在昆山修葺羽琌别墅，思念灵箫，作诗两首。第200首有"灵箫合贮此灵山"句，第201首则说："携箫飞上羽琌阁。"可见诗人已有金屋藏娇之念，意欲迎娶灵箫。

9月25日，诗人重到清江浦，写有《瘿词》27首，即《己亥杂诗》第245首到第271首。从这些诗中，我们可以发现，诗人此次与灵箫相见，谈得最多的就是为灵箫脱籍的问题。诗人在第245首中写道："豆蔻芳温启瓠犀，伤心前度语重提。牡丹绝色三春暖，岂是梅花处士妻？"从第一句我们可知灵箫在初次与定盦见面时就曾提出要为她赎身的问题，这次旧事重提，诗人却委婉拒绝了她的要求。但在龚自珍的心目中，灵箫和小云到底是不同的。她以女性的温存，唤醒了诗人少年时代的激情："小语精微沥耳圆，况聆珠玉泻如泉。一番心上温摩过，明镜明朝定少年。"她又不乏刚烈的个性，要让诗人颓靡的雄心振作起来："风云材略已消磨，甘隶妆台伺眼波。为恐刘郎英气尽，卷帘梳洗望黄河。"龚自珍理想破灭，辞官回乡之后，心情自然是低迷的，但只有灵箫，给了诗人壮心不已的勇气。这个女子，在诗人心目中，已经近乎崇高："绝色呼她心未安，品题天女本来难。梅魂菊影商量遍，忍作人间花草看？"他把灵箫誉为天女，恐怕还是因为红颜知己难求的缘故吧。这些诗句充分表明了龚自珍对灵箫的爱慕，他仿佛已经离不开灵箫了，那么为她赎身，就是水到渠成之事，诗人打算迎娶灵箫为侧室，并征求她的意见："无须诇我山中事，可肯花间领右军？"诗人也向灵箫表明了永结同心的愿望，"万一天填恨海平，羽琌安稳贮云英"，"绾结同心坚俟汝，羽琤山下是西陵"。

10月6日诗人离开清江浦北上，又赋诗7首抒写自己对灵箫的眷恋之情，即《己亥杂诗》第272到278首。

这些诗篇没有提到龚自珍最终与灵箫结合，但是有一点可以明确：龚自珍确有为灵箫脱籍并迎娶她的意愿，而他对小云却没有这样的意图。《龚定盦诗文真迹三种·为子坚书旧作诗卷》跋云："作此诗（第278首）之期月，实庚子九月也，偶游秣陵小住。清溪一曲，萧寺中荒寒特甚，客心无可比拟。子坚以素纸索书，书竟，忽觉春回肺腑，掷笔拏舟回吴门矣。"刘逸生认为，龚自珍回吴门就是去给灵箫脱籍的。郭延礼则认为龚自珍迎娶灵箫在己亥年，而非庚子年。（《龚自珍年谱》）结合《上清真人碑书后》龚自珍自注（"姑苏女士阿箫侍"），可知龚自珍最终迎娶了灵箫。另外周邵在《谈龚定盦》一文中，也谈到了"定盦晚年眷妓灵箫"事，可参详之。

这样，我们主要依据《己亥杂诗》，结合一些相关的资料，辨明了谈蓓芳教授的论文中的表述含混之处：①"扬州女子"名叫小云。她和阿箫不是同一个人。②阿箫是灵箫的小字，灵箫是苏州人，曾在清江浦为妓。③"回到苏州，闭门谢客"的是灵箫而非小云。④龚自珍最后迎娶的是灵箫而非小云。

当然，这些问题并不关涉"龚自珍与文学革命的关系"这一论文主旨。谈教授提出这样的观点：龚自珍的爱情诗反映出诗人超越时代的爱情观，具有初步的男女平等的思想，敢于抒写自己在爱情中的真实感受等，这些都与"文学革命"前十年的抒写爱情的作品有着相通之处。这些观点对我很有启发。如果我的辨析工作能阐明谈教授所忽略的一些细节，我就觉得自己的努力是有价值的了。

论《〈昕夕闲谈〉小叙》的理论创新

　　刊登在中国第一份文学期刊《瀛寰琐纪》第三期上的《〈昕夕闲谈〉小叙》①（以下简称《小叙》），署"壬申腊月八日，蠡勺居士偶笔于海上寓斋之小吉罗庵"。壬申年即同治十一年（1872），蠡勺居士，据美国学者韩南、华东师范大学教授邹国义等考证，乃是《申报》第一任主笔蒋其章。蠡勺居士虽然说此文为"偶笔"，仿佛含有游戏笔墨的色彩，但仔细研读之，我们会发现，本文不仅不是随性挥洒的游戏文章，而且蕴含着作者非常新颖的文学主张，不啻为一篇具有近代意义的文论名篇。然而，《小叙》在很长时间里却没有进入学界的研究视野，沉寂近百年才逐渐为学人所推崇。研究者们用不同的方法从不同的视角对《小叙》进行探索，取得了一些成绩。

　　黄霖较全面地介绍了《小叙》的内容，但分析尚浅。他认为蠡勺居士是用中国传统的小说视角来审视西方小说的。（《中国历代小说论著选》）李瑞山侧重于强调《小叙》在近代小说理论史上的开创意义，对蠡勺居士为小说正名之壮举进行了褒扬，但又认为其理论没有很明显的近代特质，并不能成为"小说界革命"的源头。（《近代小说理论评议》）吴圣昔从道德评价的角度分析《小叙》，认为阅读小说可以在潜移默化中劝惩人心，让读者受到高尚道德的熏陶，从而达到正人心、纠民风的效果。通过小说来传递道德理念，要比枯燥空洞的经史说教来得生动，容易为普通大众所接受。这样，小说自然应该拥有较高的地位，而非圣人所贬抑的小道。但是，《小叙》也

────────────────

① 《昕夕闲谈》是我国较早翻译的西洋小说，1873年1月到1875年1月连载于我国第一种文学杂志《瀛寰琐纪》第三到第二十八卷上。译者署名蠡勺居士，未署原著者国籍姓名。据美国学者韩南考证，此小说实本英国维多利亚时代小说家利顿（Edward Bulwer-Lytton）之《夜与晨》前半部而译之。

论及了小说的审美价值，而这恰恰为吴圣昔所忽视。（《论劝善惩恶——明清小说理论研究之一》）杨振昆却把目光投向文学的娱乐功能方面，《小叙》以较大篇幅论述小说所具有的令人"怡神悦魄"的特征。作者认为，这一特征"来源于它具体形象的描写"。（《边地文学启示录》）《小叙》有关小说娱乐性的论述，无疑触及了文学最本质的特征，即文学的审美性。然而作者对此的探讨也是浅尝辄止的。

颜廷亮是较早全面地分析蠡勺居士文学观的学者。他认为《〈昕夕闲谈〉小叙》"是一篇最早透露出中国小说理论近代化气息的重要文章"。蠡勺居士"不仅指出小说有娱乐作用和认识作用，而且有教育作用"，"蠡勺居士给予小说很高的社会地位和文学地位"，并向传统的小说观提出了挑战。蠡勺居士认识到翻译西方小说可以裨补中国社会之弊，又能广国人之见闻，启发民智。虽然这些理论还比较幼稚，不成熟，且不可避免地带有传统小说观的烙印，但其浓郁的近代人文色彩为"晚清小说理论界带来了一缕清风"。（《晚清小说理论》）

此后，学界虽然都能以全面的目光审视《〈昕夕闲谈〉小叙》，但是能突破颜廷亮的论说，有自己见地的论著并不多见。刘德龙将《小叙》分为五段，逐段对其进行解析，构建起了蠡勺居士的小说理论体系：①考证小说创作的历史及原因；②探讨创作小说的目的；③将小说与"圣贤书"对比，肯定小说的作用；④阐述创作小说应注意的问题；⑤论述《昕夕闲谈》的特点和翻译目的。（《1872年——晚清小说的开端》）文娟结合梁启超等人的文学理念，谈《小叙》对后世"小说界革命"的影响，谈得较有深度。（《申报馆与中国近代小说发展之关系研究》）

实际上，《〈昕夕闲谈〉小叙》体现了蠡勺居士较为成熟的小说理念。首先他有着统观古今的文学史观，且对小说的本质特点有着清晰的体认。"小说之起，由来久矣。虞初九百，杂说之权舆；唐代丛书，琐记之滥觞；降及元、明，聿有平话。无稽之语，演之以神奇；浅近之言，出之以情理。于是人竞乐闻，趋之若鹜焉。推原其意，本以取快人之耳目而已，本以存昔日之遗闻琐事，以附于稗官野史，使避世者亦可考见世事而已。"这番话简洁扼要地叙述了中国小说的流变史。但在古代中国，小说一直被视为小道而不能登大雅之堂。这样一种文学样式为什么可以绵延数千年不绝，甚至愈加发展壮大呢？蠡勺居士认为，小说或以神奇曲折的情节引人入胜，或以平实亲切、贴近生活的主题或话语感人至深，它有着娱乐大众的功能，"推原其意，本以取快人之耳目而已"，难怪历代读者都喜闻乐见。小说有着增广见闻的作用，"使避世者亦可考见世事"。但小说的这个功能只是附带提及，不能与其娱乐性，或曰审美性同日而语。

在下文中，蠡勺居士详细论述小说的各种功能，他首论小说的娱乐功能，认为小说之为贵者，在于对读者精神境界的净化和提升。"予则谓小说者，当以怡神悦魄为主，使人之碌碌此世者，咸弃其焦思繁虑，而暂迁其心于恬适之境也。"阅读小说不仅能使读者心情恬适，得到放松与解脱，还可以感发人心，劝善惩恶，使读者培养一种高尚的道德感："又令人之闻义侠之风，则激其慷慨之气；闻忧愁之事，则动其凄宛之情。闻恶则深恶，闻善则深善。斯则又古人启发良心惩创逸志之微旨，且又为明于庶物、察于人伦之大助也。"最后，小说还可以替圣贤传道。传道本是经史之书的职责，但是这些书说教多、形象少，文辞简约而严重脱离生活不能感人，读之令人昏昏欲睡，"闻之而辄思卧，或并不欲闻"。而小说以其优美的语言，引人的情节，鲜明的形象来图解道德理念，这无疑对读者有着巨大的吸引力，而读者在阅读过程中，也能潜移默化地受到高尚道德的感染，提升自己的道德境界。"若夫小说则妆点雕饰、遂成奇观，嬉笑怒骂，无非至文，使人注目视之，倾耳听之，而不觉其津津甚有味，孜孜然而不厌也。则其感人也必易，而其入人也必深矣。"

小说既然有着娱乐大众、增广见闻、题圣贤传道的功能，为什么还要沦为"小道"，被人蔑视呢？于是蠡勺居士发出了"谁谓小说为小道哉？"的呐喊，为小说争取应有的文学地位。这在我国文学史上尚属首次。

然而一部小说欲流行于当代，传之于后世，获得永恒的艺术生命力，就要戒除"导淫""诲盗""纵奸""好乱"等弊病，这样小说就趋于雅正，成为至文了。此论紧承上文，摒除"四弊"是小说获得合法地位的必要之举。或曰蠡勺居士持此论，可见未脱传统小说观的桎梏。但笔者更愿意从小说怎样能顺利通过当局审核，便于发行的角度理解其摒除"四弊"论。

最后，蠡勺居士简要介绍了翻译小说《昕夕闲谈》的特点。他并不强调小说宣扬的道德如何高尚，也不炫耀情节如何曲折新奇，而是着重介绍小说在人物形象塑造方面的成就。"真君子神采如生，伪君子神情毕露。此则所谓铸鼎象物者也，此则所谓照渚然犀者也。"小说在很多地方谈及西方的风俗习惯，这可以广读者之见闻，增加域外知识。只是小说的这一层功能，"犹其浅焉者也"，不是《昕夕闲谈》的主要价值所在。

从《〈昕夕闲谈〉小叙》可以看出，蠡勺居士在坚持本国传统小说理论的基础上，接受了西方小说理念的影响。他可以从文学的功利性和非功利性的角度论述小说的特质。认为娱乐性、审美性是小说作为一种文学样式的主要特征，同时也有着道德价值、社会教化价值。小说要具有永恒的艺术魅力，就要选取具有感发人心的事件为素材，塑造鲜明的人物形象，摒除一些糟粕，创造出令读者怡神悦魄的艺术境界。他能用贯通古今、连通中西的眼光审视小说，更属难能可贵。虽然在当时文学界以诗文为重的历史背景下，他的观念曲高和寡，但随着时代的发展，30多年后，"谁谓小说为小道哉"的呼声终于得到"小说界革命"的回应，小说最终为学界所重。

"西泠吟社"考

杭州作为东南名郡，兼具湖山之美，自古就是人文荟萃之地。流连于此的诗人骚客数不胜数，结社联吟的习气也长兴不衰。从西湖白莲社到西湖八社，[①]从南屏诗社到东轩吟社，文人结社已经成为杭州地区重要的文化现象之一。逮及清朝咸丰间，战乱频仍，杭州文化遭到较大的破坏，诗社不复举行。同治至光绪初年，时局转向平静，文人再次聚集于西湖之畔，诗社亦有重兴之势。西泠吟社就是这一时期较早出现的文人社团。由于吟社成员多为下级官员和不得志的文人，[②]虽然延续时间较长，当时亦称文坛雅事，但其事迹在后世鲜为人知。好在有数种收录西泠吟社社员作品的诗词集传世，即《西泠消寒集》《西泠酬倡集》《西泠酬倡二集》和《西泠酬倡三集》，为探究其起止时间、成员、雅集等具体情况提供了信实的材料。

---

① 《四库全书总目提要·西湖八社诗帖》："明嘉靖壬戌，闽人祝时泰游于杭州，与其友结诗社西湖上，凡会吟者八：曰紫阳社、曰湖心社、曰玉岑社、曰飞来社、曰月岩社、曰南屏社、曰紫云社、曰洞霄社。时泰与光州知州仁和高应冕、承天府知府钱塘方九叙、江西副使钱塘童汉臣、诸生徽州王寅、仁和刘子伯、布衣仁和沈仕等分主之。"（见纪昀总纂：《四库全书总目提要》卷一九二集部四五总集类存目二，河北人民出版社，2000，第5271页。）

② 清代制度，官员不得在本籍任职。西泠吟社中人多是在浙为官者，故非浙产。且大多仕途坎壈，有署补用而候缺杭城者，如梅振宗署候补课税大使、宗山署候补通判、王仰曾署候补知县、凤藻署候补运判等。有以衰颓之龄而宦迹四方者，如钱国珍年近七旬尚在余杭、缙云、永嘉、安吉间奔走，少有闲暇。有身具异才而偃蹇难进者，如江顺诒不唯长于诗词文（尝撰《词学集成》《啬窳子》），而且有理财之能。（据其《自撰年谱》所载，光绪六年浙江筹备海防，宁波设立支应局，江顺诒独任其事情，经手60余万元，毫无舛误）然仅官至候补知县，无所升迁。即使较显达者如秦缃业，也是宦浙近30年，方获候补道台之职。更有终生未获功名，以诸生终老者，如汪芑。

一、社名的演变及吟社小史

有清一代，杭州地区的文学社团多以同人经常集会的活动地点命名，如顺治、康熙年间的蕉园诗社，乾隆年间的南屏诗社，嘉庆年间的潜园吟社、东轩吟社，光绪初年的铁华吟社（"华"亦作"花"）[①]等都是如此，西泠吟社也不例外。然而，西泠吟社不像铁华吟社那样，在成立之初社名就已经确定下来，"西泠吟社"这一名称的形成，是有着一个较为复杂的演变过程的。

西泠吟社开始于同治十年（1871）冬，最初称为"消寒诗会"，乃是一群志趣相近的文人为在岁末闲暇之时联吟酬唱而结成的社团。消寒诗会明显是以文学活动的目的而命名的。诗会成立之初的情形，在江顺诒撰写的《西泠消寒集序》中被介绍得较为详尽：

消寒诗会者，同治辛未，余与梅君鹭臣首倡之。壬申鹭臣远役，白君少溪与余复倡之。癸酉春，余亦远役。少溪遂拟举两年所得之诗汇抄付梓，乃贫病缠绵，迨半载未蒇事。是冬，少溪又邀请李君冰署、钱君子奇复倡是举。未竟，而少溪已床褥沉绵，至甲戌人日，竟不起矣。三月，余来杭，又闻会中王君勉之亦逝。既皆作诗吊之，因求少溪所辑之《消寒集》者。乃寄存钱李二君处。爰索回，亟登诸版，以竟少溪未竟之志。因念人生寒暑代谢，友朋之间，死生离别，原难预定。诚不料十数日间，有如是之速也。悲夫！刻竣，识数语于末。

据此可知，从同治十年（1871）冬至十二年（1873）冬，消寒诗会连续举办三届。第一届消寒会的发起人是江顺诒（秋珊）与梅振宗（鹭臣），第二届消寒会的发起人是江顺诒与白骥良（少溪），第三届消寒会则由白骥良、李肇增（冰叔或冰署）、钱国珍（子奇）共同倡建，由于白骥良病重逝世，诗会转由钱国珍主持。据《西泠消寒集》记载，除上述五人外，消寒会中尚有王仰曾（勉之）等七名成员。然而，随着梅振宗离开杭州，白骥良、王仰曾的先后离世，消寒会的举办似乎显得已经难以为继。事实上，在钱子奇的努力支撑下，消寒会一直延续到光绪元年（1875）冬。此时距江顺诒、梅振宗首倡雅集已经五年时间了。江顺诒曾作长诗一首追忆消寒会，这首诗

[①] 铁华吟社，得名于该吟社发起人吴兆麟的书斋——铁华山馆。有研究者认为铁华吟社是由铁华车命名，说明该社团是关注国家危亡、民族命运的。（见祁高飞：《铁华吟社及其文学创作》，《齐鲁学刊》2012年第5期）

的题目正好说明了诗会中断的原因："消寒吟社举已五年，今冬之任，远者六七人，遂不果举。适钱君子奇以月当头夜怀社中友作见寄，和此志感，即寄李冰叔、杨桂峰温州，杨也村台州，钱子奇湖州，梅鹭臣宁波并省中诸友。"（《西泠酬倡集》卷三）江顺诒提到的五位都是社中同人。当时，这五人包括江氏自己均星散各地，不在杭州，因此消寒会不得不暂告中止。

光绪二年（1876），江顺诒、钱国珍、胡嗣福、韩闻南等消寒诗会旧友重聚集西湖之畔，恢复雅集。据《西泠酬倡集》所载，是年上述诗人均赋有《炙砚》《拥炉》《望雪用尖叉韵》《冬柳》《喜雪用渔洋秋柳韵》等诗作，分题而咏，互为唱酬。从诗题看，诸诗是咏冬日节物。结合这两点，可见光绪二年的雅集与数年前的消寒会别无二致。为何同人们都不再提及"消寒诗会"的名目？个中缘由耐人寻味。首先，《西泠酬倡集》卷五录有钱国珍所作题为"咏雪"的《满江红》词，分咏"闺阁""江湖""园林""关塞"，此词作于光绪二年。江顺诒、韩闻南有同作。可见消寒会旧友不满足于在诗的范围内交流切磋，已经将唱和的体裁扩展到词。那么，用"消寒诗会"来命名这种雅集，就显得范围过窄，不太合适。其次，雅集的组织者们似乎已经不满足于仅仅在冬日举行消寒会。西湖四季景色俱佳，几乎无时无物不可入诗。随着更多社员的加入，闲暇时间的增多，将冬日的雅集扩展为四时皆宜的社团已经成为可能。虽然尚无材料可证明组织者们做过这样的筹划，但次年雅集的盛况确非消寒诗会可比了。

光绪三年（1877），故消寒诗会同人于杭州举行多次雅集，分别称"冶春社""消夏社""延秋社""款冬社"（或仍称"消寒社"），作品留存甚多，涉及诗词曲三种体裁。据江顺诒《窳翁自撰年谱》所载，发起此举者为宗山（小吾、小梧、啸梧）："光绪三年，诗会中宗小梧司马因销寒会有冬而无春夏秋，因倡为月一举行之会。"四社的名称散见于《西泠酬倡二集》《三集》中，初未能确定这些社名是否均于光绪三年出现。检社员汪芑所著《茶磨山人诗钞》卷七，有《春莺曲西泠冶春社第一集》《岳王庙石狮歌消夏社题》《钱武肃王投太湖银简拓本歌延秋社题》；检卷八，有《月当头歌款冬社题》。四题均作于光绪三年，可祛除上述疑问。这种四时皆举会的雅集方式延续了近五年时间，到吟社最终结束前仍是如此。

同消寒诗社一样，冶春、消夏、延秋、款冬四社也是以社团活动的目的来命名的。在此之后，"消寒会"仍是一个较为广泛的称呼，如秦缃业在

《赠家肤雨茂才云》诗的小注中写道："江秋珊有消寒会，君与而余未得与。"(《虹桥老屋遗稿》诗四)江顺诒等社团元老则用"西泠吟社"称呼自己所属的这个文学团体。他在追忆汪昌(子奇)入社的情形时说：

咏之大令初晤于南通州，别十余年，重握手西泠吟社，各鬖鬖有须，几不相识。以文字相结契，交益密。(《西泠酬倡三集》卷四)

又在追悼钱国珍时写道：

君逝后，西泠吟社遂辍。(《西泠酬倡三集》卷四)

这些内容写于吟社结束之后，且都是追忆亡友的严肃文字，含有总结社事的意味。"西泠吟社"这个名称是江顺诒认真考虑后确定的，我们用它来统一"冶春""消夏""延秋""消寒"等社名，应当不会有错。

西泠吟社终结于光绪七年(1881)秋。其标志性的事件是江顺诒为其《花坞夕阳楼雅集第二图》征诗而同人无人应征。江顺诒《自题花坞夕阳楼雅集第二图序》：

辛巳秋，自甬上归，偕宗小梧司马招同人重集于余之花坞夕阳楼。期而至者十人，期而未至者六人。先期而逝者一人(钱子奇大令)。是日拈题分韵，拟请秦君散之绘雅集第二图。越日，秦至自吴，图成而同人诗无一作者。未几皆云散风流。其未他往者，非贫即病，欲再如曩日之狂吟欢醉，岂可得哉？西泠酬倡，遂以是会止。(《西泠消寒三集》附南北曲)

从同治十年(1871)到光绪七年(1881)，西泠吟社延续十一载，虽然光绪元年(1875)中断过一段时间，但很快复振，且盛况胜于往昔。它在光绪七年戛然而止，似乎显得突然，但也是事出有因的。钱国珍的去世是一个重要原因。他和江顺诒同为吟社的领袖，曾发起多次雅集，他的离世使同人有群龙无首之悲，江顺诒生独木难支之感，吟社自然难以为继。更重要的是，除早期成员沈晋蕃(公衍)是钱塘籍外，其他社员均非浙人，更遑论杭籍。他们大多穷愁失志，为生计而奔波。因此虽然流连西湖的美景，但终是过客，不能久留。所谓"风流云散"，正是西泠吟社必然之宿命。

二、有关社集的编辑者与体例问题

西泠吟社的作品多数收录于《西泠消寒集》《西泠酬倡集》《西泠酬倡二集》《西泠酬倡三集》这四部总集中，大体可将它们视为西泠吟社的社集。然而四部总集的编纂者与出版时间尚有待发之覆。根据编纂体例的不同，将《西泠酬倡集》与其他三集区别对待，也是有必要的。

首先讨论四部社集的编辑者与刊行时间。

《西泠消寒集》卷首有秦缃业、白骥良所撰之序言，可窥该集的编辑信息。

白序称：

同治辛未，余由闽改官来浙，岁暮闲暇，与诸同人结吟，迭为宾主，相得甚欢。壬申冬，复联前约……良朋契合，觞咏流连，篇什日多。……于是诸君共议，按各会所作，序齿分年，次第录之，题曰《西泠消寒集》。就正于秦澹如都转，重加删汰，并蒙贲以弁言，遂付手民，以代传写。

秦序称：

今年（癸卯）春，中州白少溪大令以辛未、壬申《西泠销寒集》示余。……少溪复使余抉择之，乃为汰其十之二三，共得若干首。遂几于无篇不工，而去古人不远矣。

可知《西泠消寒集》是由白骥良汇编同人诗作，[①]秦缃业加以遴选而定稿的。然而书稿刚刚誊录完备，尚未付梓，白骥良就因病辞世，诗集的刊行，尚待他人完成。江顺诒《窳翁自传年谱》有载：

同治十三年，白少溪已故。销寒诗稿在钱子奇大令处。余因索回，捐刻，请秦澹如观察序。

《西泠消寒集》的编辑出版情况已经明了：消寒诗会同人作品由白骥良汇集成帙，经秦缃业删汰选定，最后由江顺诒出资刊成。诗集刊成的时间是同治十三年（1874）。

《西泠酬倡》三集的编辑情况，早在民国初年便已不明晰。如周庆云在《历代两浙词人小传》卷十五"秦缃业"条写道："（秦缃业）官浙时有《西泠酬唱集》之刊，坛坫雍容，一时称盛。"其实这种看法并不准确。

上述三集的编者之所以会被误认为秦缃业，一方面是由于秦缃业久在西湖，诗名甚著，《西泠酬倡集》《西泠酬倡三集》中收录其大量诗作，确能给人一种社集由他编成的观感；另一方面则可能是受到方鼎锐所撰《〈西泠酬倡集〉序》的影响所致。方序称：

西泠酬倡，先后多人。有梁溪澹如先生为之提倡，主持坛坫，故能裒然

---

① 序文中没有直接提到白骥良汇编诗作之事，然而编诗之责确实由白氏担荷。李肇增在《哀六君文》中称"少溪编《消寒集》"，已经可以说明问题。（见白骥良辑、秦缃业选《西泠消寒集》附录）

成集，蔚为大观。

澹如先生即秦缃业。这篇序文作于光绪五年（1879），其时《西泠酬倡二集》尚未刊行，可见它只是《初集》的序言，并非三集之总序。秦缃业确曾在西湖发起诗社，主持坛坫，但该诗社为湖舫吟社，非西泠吟社。方鼎锐将此二事混而为一，殊为失察。《二集》《三集》无序无跋，编辑信息更为隐晦。

真正编定《西泠酬倡》三集者，当是江顺诒。不仅因为他是西泠吟社的发起人之一，编辑社集的可能性较大，而且酬倡集的体例隐藏着他作为编辑者的信息。三部总集各四卷，各附一卷。三集之正文所收均为诗歌，都是以人系诗。《初集》《三集》的第四卷，专为已过世的同人而设。在此两集中，江顺诒的诗作均处于第三卷的卷末。《二集》未设辞世同人之专卷，江顺诒的诗作便处于第四卷之末。就附录而言，《初集》全为词作，《二集》《三集》分录词、曲，江顺诒词曲作品亦被置于卷末。江顺诒在西泠吟社中的地位尊崇而其作品处于社集之末席，除江顺诒本人外，他人在编辑社集时，似乎没有理由做这样的处理。如果江顺诒身为社集编辑者，那么此举就可以反映出他的一种审慎而谦恭的态度。

将以上推论与《江秋珊先生事略》《窳翁自撰年谱》结合起来看，可知推测大致不谬。

据江顺诒《窳翁自撰年谱》记载：

光绪三年，五十五岁。诗会中宗小梧司马因销寒会有冬而无春夏秋，因倡为月一举行之会。不数月，积诗得四卷，□为《西泠倡酬集》，是冬开雕。

四年，五十六岁。秋，《西泠倡酬初集》刊成。

五年，五十七岁。是冬又得《西泠酬倡二集》，汇齐开雕。

六年，五十八岁。夏，《二集》刊成。

《江秋珊先生事略》称：

（江顺诒）自同治三年来省，恋西湖山水，未即言旋。纵情诗酒，日驰逐于六桥三竺间。交白少溪，倡消寒诗会。刻《消寒诗》二卷。旋交宗小梧司马、边竹潭醣尹，倡为西泠诗会，春秋佳日，无时不聚。积诗成帙，已刻《西泠倡酬》初集、二三集十二卷。又得地于城西，遍莳种花竹，良朋萃止，饮酒赋诗，兴致勃然，不自知其耄也。壬午六十生辰，谱《自寿曲》一卷，诗人一时云集，亦盛事也。甲申七月，年六十二，卒于省垣。

根据上述材料基本可以断定，《西泠酬倡》三集是由江顺诒编定并付梓的，《初集》刻成于光绪四年（1878）秋，《二集》刻成于光绪六年（1880）夏。《窳翁自撰年谱》终于光绪七年（1881）八月，当时《三集》尚未刊刻，谱中没有记载其刊行情况。据《江秋珊先生事略》的相关内容，至迟在光绪十年（1884）甲申年七月，即江顺诒去世前，《三集》已经刊刻完成。至于《西泠酬倡三集》的具体刊刻时间，尚有待发现新材料以确定之。

其次讨论社集的体例。

《西泠消寒集》卷首有秦缃业、白骥良、江顺诒所撰之序文，卷末附同社哀悼白骥良与王仰曾的诗词。正文分上下卷，分别收录同治十年（1871）、十一年（1872）消寒会同人雅集的诗作。

此集是四部社集中最为规范的一部。从体裁来看，该集只收诗作，与"消寒诗会"的名号甚为切合。从诗作的内容看，所录都是历次雅集同人应社题而赋的作品，非社题之作一律不加收录。从编排方式来看，所收诗作是按照社题分类的，以题系人，同一社题之下录有各社员分赋之作。社员的顺序则是按照年辈的大小排列的。此集完全符合白骥良所确定的"按各会所作，序齿分年，次第录之"（《〈西泠消寒集〉序》）的辑录原则，体例堪称严谨。翻阅此集，同治辛未、癸酉两年消寒诗会的雅集情况即可一目了然。

相比之下，《西泠酬倡》初集、二集、三集的体例则混乱得多。有关此三集的体式，上文已略提及。此三集的编排方式是以人系诗词的，除秦缃业列于诸人之首、[①]钱国珍居于秦缃业之次、[②]江顺诒处于在世同人之末席外，其他社员的排列方式殊无规律可循，无从窥见他们年辈的前后与入社的顺序。不仅体例失序，收录的作品也较为芜杂。虽以吟社社题为多，但也有非同人酬倡的作品入选。比如《初集》竟收录有江顺诒等作于同治辛未之前的作品，这些诗篇的创作都早于消寒诗会的举行。[③]此三集很少注明"某

---

① 秦缃业居首，不仅因为他在社中年辈最长，还因他喜欢提携后进，社中同人甚为推崇之故。

②钱国珍排序靠前，因其年龄略小于秦缃业，而长于其他同人甚多，同人推举他主持坛坫。《西泠酬倡二集》未收秦缃业诗，钱国珍便居首席。《初集》《三集》均居次席。江顺诒如此排序，表现出对钱国珍的尊敬之意。

③如江顺诒《杭州杂作》《五十初度》等诗均作于同治十年（1871）辛未消寒诗会举行之前。

诗为某次雅集之社题"等信息，同人之间随意酬倡的诗词与吟社正式联吟的作品杂糅在一起，欲梳理出各年的集会情况，颇为困难。另外，同治十二年（1873）、十三年（1874），光绪元年（1875）的作品收集过少，难以展现消寒诗社后期的活动情况。而且《西泠酬倡集》《西泠酬倡三集》大量收录秦缃业在湖舫诗社和皋园修禊时的作品，这涉及西泠吟社与湖舫诗社的联系等内容，需要专门进行讨论，暂不在此展开。

三、吟社成员与集会情况

同治十年（1871）、十一年（1872）是西泠吟社的初创时期。由于第一部社集规范而完备，吟社建立、入社成员、消寒雅集等内容大可据此考察。秦缃业《西泠消寒集序》提到：

今年（同治甲戌1874）春，中州白少溪大令以辛未、壬申《西泠消寒集》示余。盖少溪与黄冈严筱南、太仓王勉之、旌德江秋珊、桐城胡杏孙、上元梅鹭臣、江浦韩薰来、随州邓云泉、钱唐沈公衍九子之所作也。在会者尚有数人，不必尽能诗，亦有能诗而不及为者。

吟社成员，秦缃业均已提及，然而只是笼统言之。具体来讲，江顺诒、梅振宗、白骥良是吟社的发起人。除此三人外，同治辛未入社者尚有王仰曾（勉之）、邓之镆（云泉）。此年消寒诗会举行十集，社题分别为：《长至后一日饮江氏梦花草堂即事》，《太虚楼远眺以"晚来天欲雪，能饮一杯无"分韵》，《咏物用渔洋秋柳韵》，《以"书味、画意、诗情、剑气"命题各赋七言律四首》，《分韵咏雪影限五言长律二十韵》，《咏西湖古迹》（西溪访雪、虎跑品泉、岳坟奠酒、天竺礼佛），《咏诸葛铜鼓用昌黎石鼓歌韵为刘拙庵作》，《拟古》（拟李义山烧香曲、拟王仲初镜听词、拟张文昌吴宫怨、拟温飞卿晓仙谣），《苏东坡先生生日用雪斋韵》（同日又杂咏岁事：祭诗、送穷），《赋新春迎神曲》。

1872年，梅振宗离杭远役，新入社者有胡嗣福（杏苏）、沈晋蕃（公衍）、韩闻南（薰来）、严以幹（筱南）等人。是年消寒诗会举行九次雅集，社题为《消寒十子歌仿杜子美饮中八仙歌体》，《雪晴孤山看梅限五言古以"前村深雪里，昨夜一枝开"分韵》，《咏古》（西施石、文君垆、绿珠楼、丽华井），《分韵咏唐花限五言长律二十韵》，《咏古乐府拟杨铁崖李西涯体》（季札剑、伍员箫、祢衡鼓、张良椎），《咏物》（古书、古画、古琴、古剑），《各赋岁暮书怀不拘体韵》，《咏蜡梅》，《题童君画梅》。据白骥良、胡嗣福所赋《消寒十子歌》，社友尚有申祜（锡之）、童叶庚（松君）。申君善绘山泉，性诙谐；童君善绘梅花。两人都不愿作诗，正是秦缃业序中所谓"不必尽能诗，亦有能诗而不及为者"。

从同治十二年（1873）到光绪元年（1875），吟社活动逐渐走向低潮。《西泠酬倡集》所录这段时间的吟社作品数量较少，且编排失序，雅集活动需要参考钱国珍之《峰青馆诗续钞》卷二至卷四进行梳理。癸酉消寒雅集，新入会者为钱国珍、李肇增、宗得福（载之）、杨昌珠（也村）、方观澜（紫庭、芷亭、紫亭）。是年可考之雅集社题为《西泠消寒杂咏》《湖天泛雪》《宋德寿宫苔梅歌》《女儿酒歌》《雪晴用聚星堂韵》。

同治十三年（1874），仅杨馥（桂峰）一人入社。钱国珍有《寒夜招同人小饮即送李冰叔杨桂峰之申江》《月当头夕同人集江秋珊梦花草堂》《甲戌消寒社中同赋岁暮感怀》三诗，可窥当时的雅集情况。可考的社题还有《醉司命神弦歌》《黄棉袄歌》《橄榄》。

光绪元年（1875）未举消寒会，亦未有新入社者。

光绪二年（1876），又有七人参加吟社雅集，分别是汪昌（咏之）、宗山、朱庆镛（友笙）、王家琳（紫函）、徐福辰（星北）、郭钟岳（外峰）、俞德懋。是年雅集，诗词并举。诗题有《海上新乐府》（立和约、五大洲、禁猪仔、新闻纸、乘槎记、领事官、新金山、同文馆、耶稣教、半税车、开铁路、电线报、洋枪队），《冬斋四咏》（炙砚、拥炉、烹茗、焚香），《湖中雁》，《城头乌》，《咏古》（张良辟谷、苏武吞毡、邓禹杖策、林宗折巾、祖生击楫、刘琨舞剑、和靖放鹤、蕲王骑驴），《拟古诗》（拟今日良宴会、拟李都尉送别、拟魏文帝游宴、拟陈思王赠友、拟王侍中从军、拟自君之出矣、拟结客少年场），《寒菜》，《冬笋》，《望雪用尖叉韵》，《冬柳》，《断碑》，《卧钟》，《破研》，《焦琴》，《望湖楼歌》，《林尉墓》，《蒋公祠》，《芦雪》，《禽言》，《喜雪用六一翁禁体韵》，《立春前一日集谢氏园作送腊迎春歌》，《冬闺怨》等。其中《冬斋四咏》《芦雪》《冬闺怨》《岁暮书怀》四题亦有词作。专门之词会社题有《咏雪》（闺阁、江湖、园林、关塞），《韩薰来玉人和月折梅花图》。

光绪三年（1877），吟社从冬季之消寒联吟发展为四季皆举雅集，并制定了一月一集的社规，然而从现有的材料来看，同人雅集显然不止此数。

是年入社者为汪芑（燕庭）、朱鉴章（达夫）、凤藻（二屏）、俞廷瑛（筱甫）、郎庆恩（仁甫）。诗题有《春莺曲》，《苏小小墓》，《蚕词》，《拟苏东坡秧马歌用元韵》，《夏日杂兴用杜工部丈八沟纳凉韵》，《红兰馆听二屏主人弹琴歌》，《岳王庙石狮歌》，《西泠怀古》（龙泓洞怀丁瀚之、竹阁怀白香山、放鹤亭怀林君复、虎跑泉怀苏子瞻、龙井怀秦太虚、参寥泉怀僧道潜、玉照堂怀张功甫、石帚精舍怀姜白石、马塍怀张伯雨、白龟池怀仇山村），《莲花生日同人集三潭印月分韵》，《鹤田券歌》，《秋花杂咏》（茑萝、海棠、燕支、芦花、牵牛、紫茉、僧鞋、豆花、芙蓉、美人、蘋、蓼），《丁丑岁蝗不为灾志幸》，《咏秋》（秋香、秋色、秋影、秋声），《南屏山谒张忠烈公墓》，《拟东坡先生谪居三适》（旦起理发、午窗坐睡、夜卧濯足），《分咏酒中古人》，《分咏消寒之物》，《九里洲梅花》，《咏梅》（忆梅、寻梅、赏梅、惜梅），《雪湖歌》，《一品锅》，《俞筱甫招饮消寒即事》。词题有《湖上春游即送郭外峰之温州》，《夹竹桃》。诗词同题有《消寒会中分题》（洗桐、晒药、种瓜、煮梅），《秦弄玉箫》，《蔡文姬胡笳》，《商妇琵琶》，《梁夫人桴鼓》。

经过上年的繁盛之后，光绪四年（1878）的吟社活动显得较为平淡，然而亦是四季皆举吟会。新入社成员有三人：江澍畇（韵涛）、秦云（肤雨）、邬铨。是年诗题有《买灯词》《花朝日江秋珊招集花坞夕阳楼》《西湖冶春词用渔洋韵》《杨花曲》《严英仲明府琴砖歌》《黄烈女歌》《题铁泪图》《秋海棠》《雪后登吴山大观台旧址望越中诸山》《棉花》《雁字》《盆兰》《十二月十九日消寒第六集梅鹭臣招集为东坡作生日用集中生日次刘景文韵》。词社题为《待燕》《春莺》。诗词同题有《正月十七夜饮宗戴之颐情馆待月》《春寒》《春阴》。另有南北曲四套，分题宗山《顾曲图》（内有宗山自题一套）。

光绪五年（1879），有钱福年（耕伯）一人入社。吟社活动仅消寒会可考，其社题有《拟张船山太史观物诗》（龙、仙、蝶、鬼），《钱菊》，《约梅》，《张忆娘簪花图》，《送汪燕庭归里》，《南华为心友》，《眼镜为明友》，《宝剑为侠友》，《竹榻为梦友》，《明季小乐府》，《消寒分韵》（酿酒、炭墼），《题国初四家诗集》，《拟白太傅大裘》。

光绪六年（1880），徐维城（韵生）、杨葆光（古醞）、边保枢（竺潭）三人入社。是年春，同人正式奉秦缃业为吟社主盟人，同作《上灯节同

人公宴澹如都转于淑园》《方正学先生九子乌歌》《三月五日湖舫宴集次
澹翁韵》等诗。秋，江顺诒赴宁波，同人以《湖上饯秋》《送江秋珊之甬
东》之题送别，诗词并作。其他诗题还有《仿元遗山论诗》，《拟储王田家
诗》，《六一泉访东坡庵故址》，《吴越小乐府》（婆留井、运一篑、握发
殿、待钱来、还乡歌），《题严英仲大令豆棚消夏图》，《西泠秋思用两当
轩都门秋思韵》，《拟左太冲咏史》，《东坡先生生日用小坡斜川集中大人
生日韵》。词题有《佛手》《承露盘》《醉芙蓉》《西湖柳》《西湖月》
《红叶》《隐囊》《宋嫂鱼》《孤雁》。

光绪七年（1881）是吟社活动的最后一年。年初吟社雅集尚为可观，
有《新正七日同人集于颐情馆分韵》《题长洲钱先生竹卿暨德配唐淑人取义
图》《西湖柳枝词》等社题可证。夏，汪昌赴临安、徐维城赴贵州、边保枢
赴京都、杨葆光赴九江，同人为之送别，赠诗皆用苏东坡《石鼓歌》韵。
秋，钱国珍去世，同人有诗追悼。宗山招集十名社员会于江顺诒之花坞夕阳
楼，拈题分韵赋诗。此次集会成为西泠吟社的绝唱。江顺诒作散曲一套，追
忆十年来吟社之盛衰，题为《自题花坞夕阳楼雅集第二图》。

西泠吟社延续11年，前后有社员37人，雅集逾百次，可称兴盛。然而
历次雅集，或聚于江顺诒之花坞夕阳楼，或聚于宗山之窥生铁斋，或集
于皋园、俞楼等私家园林，甚至泛舟湖上，一直没有固定的会址。直到
吟社活动结束的前一年，江顺诒才发动同人捐资建屋，《社启》称：

同人倡和，始于同治辛未消寒。十年以来，吟咏遂多。然无常□，故或
作或辍。今拟在湖上选一胜地，华屋数椽，以为觞咏之地。不拘时候，不拘
人数，得暇即往，皆可击缶而依，刻烛以待，岂非盛事！

同人拟集资建屋，虽所费较多，不应强人以所难，自十元以至百元悉听
人便。刘寄奴一掷千金，非必皆石崇也。

吾辈倡酬仅十数人，而出省者大半。今拟诸秦澹翁为盟主，其馀不计官
阶，惟愿同人声应气求，共襄盛举。

所造之屋，暂名为西泠吟馆，俟落成后改易他名。（见江顺诒《窳翁丛
稿》第三册）

创建社址、推举盟主，实际上是江顺诒等为团结社员、延续吟社生命做
出的一种努力。然而随着吟社活动的消歇，倡建"西泠吟馆"之举也就无果
而终了。

关于吟社成员还有一些问题值得注意。秦缃业久享盛名，又是诗坛前辈，故被同人举为盟主。除他以外，其余36人亦存在主次之别。早在同治十二年（1873），消寒诗会便有名为《消寒十子歌》的社题。同人赋此，有着互相推重、以广声气的意味。光绪六年（1880），江顺诒又作《前西泠十子歌》《后西泠十子歌》，则是较为严肃地为吟社成员定位。前十子以入社先后为次，分别为白骧良、梅振宗、江顺诒、胡嗣福、王仰曾、韩闻南、邓之镂、严以幹、李肇增、钱国珍。后十子略以姓氏相从，分别为杨馥、杨昌珠、方观澜、宗山、宗得福、郭钟岳、汪昌、汪苣、凤藻、俞廷瑛。前十位早在1873年前便已加盟吟社，可称为吟社元老。后十位入社稍晚，但都多次参加吟社雅集。江顺诒从36名成员中选此20人加以表彰，实际上是将他们认定为吟社的核心。其他成员有的入社不久旋即离去，有的不擅长于文辞，均难入"十子"之列。

余论

清咸丰十年（1860）、十一年（1861）年间，太平军曾两度攻入杭州城，与清军展开激战。兵燹之后，不仅湖上风物遭到严重破坏，人文之盛也大不如前。同光年间，政局趋于稳定，历任治杭官吏无不致力于文化事业的恢复，不数年湖上再次成为人文渊薮。名胜古迹的整葺、文澜阁藏书楼的重建、书院讲学的复兴与文学团体的涌现便是这个时代的重要表征。

就同光年间的文学社团而言，目前可知最早的当属湖舫吟社。秦缃业在《〈西泠消寒集〉序》提到：

丁卯春夏间，余偕薛慰农、王苕南、叔彝诸君结湖舫吟社，半月一叙，必有诗。叔彝具以刻资自任。顾不及半载，或远宦，或遥归，甚有化为异物者。而是举遂罢，诗亦不复刻。自后新交无几，旧雨不来。欲望诗社之中兴而不可得，于是益叹盛会之难常，而吾衰之已甚矣！

将以上文字与秦缃业《虹桥老屋遗诗》、薛时雨《藤花馆诗钞》中的有关内容结合起来，就可了解湖舫吟社的基本情况。该社由秦缃业发起，主要成员有薛时雨（慰农）、王荫棠（苕南）、王庆勋（叔彝）、宗源瀚（湘文）、杨叔怿（豫亭）等。湖舫吟社成员无一为浙籍，均为宦游于杭者。其中薛时雨曾任杭州知府，卸任后主讲崇文书院，尤为一时之人望。该社仅于同治六年（1867）活动半年便告终结，共举雅集八次，并无刊刻社集。秦缃业对此甚为抱憾。

西泠吟社于四年后兴起。秦缃业曾是湖舫吟社的发起人，西泠吟社同人将他奉为盟主，欲以秦之诗名壮大吟社之声势。从成员构成来看，虽然湖舫吟社诸同人的官阶、诗名远高于西泠吟社，[1]但两社的核心成员都是外省籍而在浙为官者。从社集来看，湖舫吟社并无社集流传，《西泠酬倡集》却收录了秦缃业参与湖舫酬倡时诗作。这在某种程度上补偿了秦缃业湖舫酬唱之作未曾刊刻的遗憾，也透露出两诗社存在着前后相继之关系的讯息。

同治十三年（1874）上巳，秦缃业招金安清、俞樾、钱国珍、李肇增等湖舫修禊，作诗酒之会。光绪二年（1876）上巳，金安清与秦缃业、王诒寿、应宝时等16人举皋园修禊会，江顺诒、胡嗣福、杨馥亦曾参与。[2]这两次修禊会虽然都以秦缃业为核心，亦有西泠吟社成员参与酬唱，但不能将其视为西泠吟社的集会活动。《西泠酬倡集》将钱国珍、江顺诒等参与这两次修禊会所作的诗歌径行收录，可见其体式之芜。在这两次修禊会的影响下，西泠吟社也开始举行冶春之会，并于光绪六年（1880）上巳后二日，正式延秦缃业入社，此日社题为《三月五日湖舫宴集和澹翁韵》。[3]此后秦缃业与吟社同人尚有酬酢之会，是年重阳节后九月十九日曾集于俞楼，以"展重阳日俞楼小集"八字分韵赋诗。西泠吟社与湖舫吟社、修禊诗会的关系大致如此。

同样作为杭州庚辛之劫后产生的文学社团，铁华吟社的兴起虽然晚于西泠吟社，却未受到西泠吟社的影响。铁华吟社开始于光绪四年（1878）二月朔日，大约于光绪十一年（1885）结束。主要成员有吴兆麟（筱轩）、沈映钤（辅之）、丁丙（松生）、胡月樵（凤丹）、盛元（恺庭）、吴庆坻（子修）等。没有专门刊行社集，作品散见于各同人的别集中。吴兆麟、沈映

---

[1] 王荫棠、王庆勋、杨叔怿官道员。宗源瀚官内阁中书。薛时雨诗词兼善，治杭有政声，主崇文书院时，谭献、施补华等名流俱出其门下。

[2] 此次修禊会之诗作汇为《皋园续禊诗录》，见［清］沈饱山辑《侯鲭新录》第三卷，上海机器印书局，光绪二年至三年铅印本。

[3] 在光绪庚辰三月五日之前，秦缃业与西泠吟社中人虽交往密切，但未以"同人"相称。此日湖舫宴集，秦缃业诗题为《三月五日同人招集湖舫为余补作生辰》（见江顺诒辑《西泠酬倡三集》卷一，清光绪间刻本，第2页）。说明他终于认同了西泠吟社成员的身份。秦缃业又作《三月五日同人招集湖舫，今年三月六日为清明节，钱子奇诸君复有湖舫之约，仍用前韵奉酬》诗（见江顺诒辑《西泠酬倡三集》卷一，清光绪间刻本，第4页），亦可供参考。

钤、胡月樵等为湖上耆宿，久负盛名。盛元为杭州驻防营旗人，亦雅好诗文词。丁丙是著名藏书家，家中有八千卷楼以庋藏群籍，又因钞补文澜阁散佚之图书而为世人推重。吴庆坻年辈虽晚，然而出身名门，祖父吴振棫官至云贵总督。后来庆坻高中进士，供职翰林院。这样的身份与名望，是沉沦下僚的西泠吟社诸子不能企及的。

西泠吟社与铁华吟社在活动时间上有所重叠，又都在西湖之滨结社吟唱，然而据现有材料来看，两吟社未曾有过相应的交流。据《窳翁自撰年谱》，江顺诒曾加盟铁华吟社，然而这已经是西泠吟社结束之后的事了：

嗣又与浙中诸耆旧相往还，入铁华吟社。如吴筠轩、盛恺廷、高白叔、丁松生诸君子皆当时社友也。

丁丙《松梦寮诗稿》有一题与江顺诒有关，凡八首，均为七绝。此诗作于光绪八年（1882），即西泠吟社结束一年之后。诗题为《江秋珊顺诒招赏园桂，登华坞夕阳楼，观敬亭放歌、瓮梦诸图。时秋珊正六十，并示自寿新曲》。第五首云有"西泠酬唱满云霞，吟社新来压铁华"之句，证明了西泠酬唱结束后江顺诒新入铁华吟社的事实。

检秦缃业《虹桥老屋遗诗》卷四，有《铁华吟社四十二集盛恺庭观察招游凤林寺看芍药》绝句四首，可知秦缃业亦曾预铁华吟社之雅集。这四首诗作于光绪九年（1883），距西泠吟社结束已经两年了。

事实上，铁华吟社中人宣称自己的社团是承接东轩吟社的馀绪发展起来的。东轩吟社兴起于清道光间，前后凡十年，社员超过80人，有社集《清尊集》十六卷传世，是清代杭州地区一个重要的文学社团。丁丙在铁华吟社成立之初，便表达了意欲踵武东轩吟社，遥接西湖八社的宏愿："明湖继八社，怡老浮千樽。杂事续南宋，新吟步东轩。"（《二月朔，吴筠轩丈兆麟招同沈辅之观察映钤、胡月樵都转凤丹，吴子修孝廉庆坻为铁华吟社，迟盛恺庭太守元，应敏斋方伯宝时不至，以元人"东风二月禁门莺"之句，分韵得"门"字》）在铁华吟社结束之后，又以"铁华会继清尊集"（《和筠轩丈重游泮水诗韵》）之语总结其历史地位。另一位社员吴庆坻在其所著《蕉廊脞录》中专论杭州诸诗社，认为明清以来杭州各诗社间存在着相承相续的谱系。从登楼社到西湖八社、西泠十子，从孤山五老会、鹭山盟到南屏吟社、湖南吟社，从潜园吟社、东轩吟社到铁华吟社，都是一脉相承，精神相续的。这样便为铁华吟社谋得了正统的地位。

　　吴庆坻提到的各个诗社多为杭籍著名诗人所建,成员或为名宦而退隐者,或为在籍之名士,或为湖上诸寺院之诗僧。西泠吟社自不可与之相比。就文学成就而言,则更不相侔。很显然,西泠吟社难以入此谱系。

　　在厘清西泠吟社与湖舫诗社、修禊诗会、铁华吟社的关系后,有关西泠吟社的基本史事便大致得以明晰的展现。如果说铁华吟社从南屏诗社、东轩吟社发展而来,是继承了杭州地区固有的结社传统,那么湖舫诗社、修禊诗会、西泠吟社这些由外省籍文人组建的社团则创造了另一种结社的范式。它们都是晚清同光间杭州地区文化复振的组成部分,从价值与历史地位来看,是难分轩轾的。

同光体之真本领、真道理、真怀抱

　　近代诗学，应时代之巨变，呈现出极为繁盛的态势，流派众多，作手如林。钱仲联先生说："诗学之盛，极于晚清。"（《近代诗评》）魏晋六朝迄于唐宋，各个时代的诗风都在近代诗坛重新呈现。王闿运、邓辅纶精熟《文选》理，以汉魏六朝为宗；樊增祥、易顺鼎偏爱富丽雄奇，以中晚唐诗为尚；曾广钧、李希圣长于属词比事，继踵李义山；曾国藩、何绍基、郑珍、莫友芝、陈衍、陈三立、沈曾植等倾心清词峻骨，瓣香两宋诗贤。各种风格的重现不是历史的简单循环，各派诗人希冀通过学习前人并有所开辟、有所创新。梁启超、黄遵宪等倡言诗界革命，以新事物、新语言入诗，当时影响甚大，却失之肤廓，不能代表中国古典诗歌的发展方向。相较之下，学宋一派的诗学主张则稳健得多，且成果丰硕，是古典诗歌前行之正途。到19世纪末叶，宋诗派也发生嬗变，在坚持学宋主旨的同时，汲取六朝、三唐诗风之长，以诗人之诗与学人之诗的融合为祈向，求新与求雅并举。在内容上，则要求关注社会现实，抒写真实情意。此时的宋诗派被称为"同光体"。

　　关于同光体的最早记载，见于陈衍所作《冬述四首示子培》（之三）："往余游京华，郑君过我邸。告言子沈子，诗亦'同光体'。"子培是沈曾植的字，郑君即郑孝胥。此诗作于光绪二十五年（1899），是陈衍追述13年前在北京与郑孝胥论诗的文字。入民国后，陈衍作《石遗室诗话》，又重叙此事："丙戌在都门，苏堪告余有嘉兴沈子培者，能为'同光体'。'同光体'者，余与苏堪戏目同、光以来诗人，不专宗盛唐者也。"丙戌是公元1886年。根据陈衍所言，同光体的宗旨在于"不专宗盛唐"。然而此论又甚为宽泛，舍盛唐而外，诗歌风格尚有多种，仅言"不专宗盛唐"，同光体的诗学主张便落不到实处。据钱仲联先生分析，这只是陈衍对本派宗旨的一种反面的提法。确切地讲，"不专宗盛唐"是以宗宋为主而溯源于韩、杜。石遗何以不从正面提出本派宗旨，而是从反面加以旁敲侧击？原因在于同光体内部也存在着不同的支派，各派之宗尚不尽相同，难以一言蔽之。就其派别而言，陈衍从风格上将同光体分为"清苍幽峭"和"生涩奥衍"两派，前者以郑孝胥为魁垒，后者以沈曾植、陈三立为代表。然而，散原和乙庵诗风也自不同，石遗以为："散原奇字，乙庵益以僻典，又少异焉。"（《石遗室诗话》卷三）是皮相之言。散原诗学深闳博大，自能树立，与海藏、乙庵风格迥异。钱仲联先生按照诗学渊源与地域，大体将同光体分为三支：闽派，以陈衍、郑孝胥为代表，溯源韩、孟，于宋人偏重于梅尧臣、王安石、陈师道、陈与义、姜夔；浙派，以沈曾植为代表，学谢灵运、韩愈、孟郊、黄庭坚；江西派，以陈三立为代表，远承宋代江西诗派而来，以黄庭坚为宗祖。（《论"同光体"》）较之陈衍的二分法，钱先生的分类法更为细致合理。

《石遗室诗话》卷八有载："作诗文要有真实怀抱，真实道理，真实本领。"虽然此论是作诗作文的公理，但分而视之，也反映出同光体三派诗学主张之不同的倾向。"真实本领"是指作诗技巧，"真实道理"是指诗歌中蕴含的哲思理趣，"真实怀抱"是指诗歌要寄托诗人的真实情义。

一、"三元说"与诗尊唐宋

陈衍标举"三元"说，主要是从诗歌技巧入手，探索作诗的真实本领。他指出："盖余谓诗莫盛于三元：上元开元、中元元和、下元元祐也。……余言今人强分唐诗、宋诗，宋人皆推本唐人诗法，力破余地耳。庐陵、宛陵、东坡、临川、山谷、后山、放翁、诚斋，岑、高、李、杜、韩、孟、刘、白之变化也；简斋、止斋、沧浪、四灵，王、孟、韦、柳、贾岛、姚合之变化也。故开元、元和者，世所分唐、宋人之枢斡也。若墨守旧说，唐以后之诗不读，有日蹙国百里而已。"（《石遗室诗话》卷一）其要点有二，一是强调宋人对唐人诗法的继承，不主张强分唐宋；二是注目于宋诗在继承唐诗的基础上，产生渐变式的发展。并指出开元、元和是唐代诗风发生转型的关键，开元时唐风已大成，元和时便发生转型，开启宋调。陈衍还对墨守旧说的人提出批评。唐后之诗不读，日蹙百里，是针对明代专宗盛唐，不及其他的学古诗学主张而发；宋人推本唐人诗法，力破余地，则表明石遗的诗学取向也并非局限于学宋，视野较为开阔。

陈衍以发展演进的眼光审视历代诗歌，对晚清诗的渊源与特征也有清晰的认识。这种看法与其三元说一脉相承，有着内在的联系。他在《石遗室诗话》卷三写道：

前清诗学，道光以来一大关捩。略别两派：一派为清苍幽峭。自《古诗十九首》、苏、李、陶、谢、王、孟、韦、柳以下，逮贾岛、姚合，宋之陈师道、陈与义、陈傅良、赵师秀、徐照、徐玑、翁卷、严羽，元之范梈、揭傒斯，明之钟惺、谭元春之伦，洗练而熔铸之，体会渊微，出以精思健笔。蕲水陈太初《简学斋诗存》四卷、《白石山馆手稿》一卷，字皆人人能识之字，句皆人人能造之句，及积字成句，积句成韵，积韵成章，遂无前人已言之意，已写之景；又皆后人欲言之意，欲写之景，当时嗣响，颇乏其人。魏默深（源）之《清夜斋稿》稍足羽翼，而才气所溢，时出入于他派。此一派近日以郑海藏为魁垒，其源合也。而五言佐以东野，七言佐以宛陵、荆公、遗山，斯其异矣。后来之秀，效海藏者，直效海藏，未必效海藏所自出也。其一派生涩奥衍，自《急就章》、《鼓吹词》、《铙歌十八曲》以下，逮韩愈、孟郊、樊宗师、卢仝、李贺、黄庭坚、薛季宣、谢翱、杨维桢、倪元璐、黄道周之伦，皆所取法，语必惊人，字忌习见。郑子尹（珍）之《巢经巢诗钞》为其弁冕，莫子偲足羽翼之。近日沈乙庵、陈散原，实其流派；而散原奇字，乙庵益以僻典，又少异焉，其全诗亦不尽然也。其樊榭、定盦两派，樊榭幽秀，本在太初之前；定庵瑰奇，不落子尹之后。然一则喜用冷僻故实，而出笔不广，近人惟《写经斋》、渐西村舍近焉；一则丽而不质，谐而不涩，才多意广者，人境庐、樊山、琴志诸君，时乐为之。

这就描绘了汉魏以来中国诗学演进的图谱。宋诗是在唐诗极盛的基础上有所突破和发展，晚清诗则是步武唐宋的前提下，自出机杼，超迈元明。学古求变，推陈出新，正是晚清诗人汲汲追求的目标。值得注意的是，陈衍的诗论顺着诗歌演进的历史轨迹展开，更强调继承性。"三元说"作为其诗论的核心，引导晚清同光体的诗人将师法的上限止于开元，似非真正之上下通融。另外，陈衍论诗的侧重点在于艺术性与技巧性，重法而不重意，是就诗论诗的。虽然他也提倡学人之诗与诗人之诗的统一，但其论说之详和倡导之力均不及学者兼诗人沈曾植。

二、"三关说"与诗含理趣

沈曾植对三元说并不持反对意见。他在《寒雨积闷杂书遣怀襞积成篇为石遗居士一笑》诗中表达了与三元说甚为相近的主张："开、天启疆域，元和判州部。奇出日恢今，高攀不输古。韩、白、刘、柳骞，郊、岛、贺、籍仵。

四河道昆极，万派播滇渚。唐余逮宋兴，师说一香炷。勃兴元祐贤，夺嫡西江祖。寻视薪火传，皙如斜上谱。中州苏、黄余，江湖张、贾绪。譬彼鄱阳孙，七世肖王父。中泠一勺泉，味自岷觞取。沿元虞、范唱，涉明李、何数。强欲判唐、宋，坚城捍楼橹。咄兹盛、中、晚，帜自闽严树。氏眜苟、中行，谓句弦偭矩。"又言"画地说三关，撰策筹九府"。可见"三关"初与石遗之"三元"所指相同。乙庵认为："三元皆外国探险家觅新世界殖民政策开埠头本领。"（《石遗室诗话》卷一）强调开元、元和、元祐各个时期诗学都有其创新之处，特点鲜明，所谓"开、天启疆域""元和判州部""勃兴元祐贤，夺嫡江西祖"即是此意，与石遗之三元一脉，继承中求发展的理论有异。而且，乙庵附和石遗提出的三元说，并不代表他对诗学的取法问题没有自己的考虑。他作诗时，更喜从魏晋六朝汲取滋养。石遗对此曾做过委婉的批评："宋唐皆贤劫，胜国空祖祢。当涂逮典午，导江仅至澧。"（《冬述四首示子培》之三）胜国指明朝，当涂是魏的代称，典午隐指两晋。古人认为江水发源于岷山，澧水仅是中游。唐宋诗才辈出，是诗学正统。明朝之诗自不足宗尚，魏晋之诗也不是正源。乙庵取法魏晋，不为石遗所喜，由此可见一斑。

沈曾植于1918年撰《与金潜庐太守论诗书》，正式提出三关说。此论虽然与三元说大异其趣，但并未将三元说彻底革新，而是对其进行了补充和扩展，且对陈衍一些不周遍、不严密的论说进行了修正。另外，以佛理入诗，推尊诗之理趣是沈氏诗论的侧重点，这是对陈石遗提出的作诗要有"真实道理"的回应。

沈曾植与其诗弟子金蓉镜谈诗云："吾尝谓诗有元祐、元和、元嘉三关。公于前二关均已通过，但著意通第三关，自有解脱月在。元嘉关如何通法？但将右军《兰亭诗》与康乐山水诗打并一气读。"三关说与三元说共同主张效法前人，但规模的对象有所不同。三关说越过开元而直接元嘉（南朝宋文帝年号：424—453），将魏晋六朝的诗学也纳入同光体诗人取法的范围。学习的次第顺序也有所不同。三元说是顺沿诗学发展的轨迹，由唐及宋，学习的立足点落在宗宋之上。三关说则是逆时而上，重重过关，以承接汉魏六朝诗风为最高旨趣。通关之说，更强调诗人自身的勤奋修炼。修炼的途径，在于将玄言诗与山水诗并重，即融合魏晋之哲思和南朝之美学观，在清丽的诗篇中蕴含深邃的哲理。"康乐总山水庄老之大成"，是元嘉诗风的典范。在强调以玄学入诗的同时，乙庵还指出学问对诗学进益的重要意义："尤须时时玩味《论语》皇（侃）疏，乃能运用康乐，乃能运用颜光禄。""康乐善用《易》，光禄长于《书》（兼经纬）。经训菑畬，才大者尽容耦获。"魏晋六朝人以经学和玄学入诗，与宋人以理学入诗甚为相似。乙庵认为《论语》皇疏与朱熹所注息息相通，只是时代有异，正从内在精神上指明了六朝诗与宋诗的重叠之处。在他看来，诗和文一样，还承担着见道、载道的职能："韩子见文见道，诗独不可为见道因乎？"将融玄学、经学入诗，因诗见道等主张综合起来，可见沈曾植以学问为诗的理论宗旨。这正反映出诗要有"真实道理"的一个侧面。"真实道理"的另一内涵，则隐藏在诗学与佛学的关系之中。

乙庵的佛学造诣非常精深，以佛理喻诗自可信手拈来。其诗论的核心概念"三关"即出自禅语。禅宗以"初关""重关""牢关"为三关。初关是悟道，重关是修道，牢关是证道。乙庵以此对应元祐、元和、元嘉这三个诗学高峰。佛家三关层层深入，修行难度逐渐加大，诗家三关亦是如此，反映出欲求诗学真谛必须循序渐进，笃实勤恳地修养身心、学问，以此作为登骘诗学至高境界的重要支撑。所谓"解脱月"，正是乙庵追求的诗学至高境界的象征。这个词汇出自《十住经》："是大菩萨众中，有菩萨摩诃萨，名解脱月。"又《大方广佛华严经》云："我唯知此一解脱门，犹如净月，能为众生放福德光。"就诗而言，其解脱月乃是"意、笔、色"三者的有机统一。"山水即是色，庄、老即是意；色即是境，意即是智；色即是事，意即是理；笔则空、假、中三谛之中，亦即遍计、依他、圆成三性之圆成实性也。"这是借用天台宗"空、假、中"三观和慈恩宗"遍计、依他、圆成"三性相互之间的关系来比拟诗中"意、笔、色"之关系。钱仲联分析说："意相当于思想性，色相当于诗篇所反映的现实，而笔则是客观现实、主观情思和艺术性的统一。"《论"同光体"》这里讨论诗歌的现实意义，恰为陈衍诗论所无。

最后乙庵现身说法，自陈诗学取径，即曾致力于李商隐、王安石、黄庭坚、韩愈等诗人，而后积累学养，会通第三关，上溯到谢灵运、颜延之。所谓"鄙诗蚤涉义山、介甫、山谷，以及韩门，终不免流连感怅"，"当寻杜、韩树骨之本，当尽心于康乐、光禄二家"。这与石遗所叙生涩奥衍派的诗学渊源亦自不同。

袁昶与沈曾植同为晚清浙派诗人的代表，诗风也与沈作相近。其《和友人夜至湖堤小桥上望月》云："水南郁森沉，灌木秋气敛。微茫辨远岫，薄烟霏冉冉。挈携清夜游，佳气欲泛剡。潭馨荷盖残，村火松明闪。徘徊略彴上，璧月吐复掩。坼云合鳞皴，凫灯射星点。奔泉注江阁，哗哗穿芦崦。即目娱清景，意行脱拘检。惠能雕万物，庄亦离诸染。何似濠梁语，会心应不减。"

此诗写景抒怀，根底颜谢。秋夜明月微凉，水气郁律。深潭之残荷，远村之灯火，山形之迷茫，流云之卷舒，一一描摹如画。篇末借庄子、惠子濠梁之辩，抒发脱除拘检、随意而行的自乐心境。正是"右军《兰亭诗》和康乐山水诗打并一气"的做法，是有"真实道理"在其中的。

沈曾植《偕石遗渡江》诗云："湍深刚避鹄矶头，望远还迷鹦鹉洲。残腊空舲容二客人，清江晓日写千愁。刚肠志士丹衷在，壮事愚公白发休。只借柏庭收寂照，四更孤月瞰江楼。"

此诗作于1898年冬，戊戌变法失败不久。上半首写景，下半首抒情，景物的迷蒙凶险，情感的深潜隐晦使人难寻诗旨所在。但根据写作背景，可知抒写的是对戊戌政变中死难的维新志士的哀悼和怀念。此诗抒发主观情思，反映客观现实，又有很强的艺术感染力，正是"意、笔、色"三者交融之作。而"柏庭""寂照"语出佛典。表达诗人对现实失去希望，欲返归佛境，收心以避世的情思。

沈曾植论诗以颜、谢为旨归，在创作中糅合佛道，熔铸经典，能为诗作深化意蕴，增添理趣，宗教的作用止于为作品增色。陈三立在追模黄庭坚诗风的同时，更将取法的对象上溯到陶渊明。由学宋而进至师法魏晋，其诗学主张似乎与沈曾植殊途同归，但陈、沈诗学的内核并不相同。陈三立虽鲜作宗教声口，但其作品流露出的是一种悲天悯人的情怀，其终极关怀处，体现一种极深的人道精神，更具宗教色彩。石遗所举之"真实怀抱"，当落在此处。

三、诗关心性与悲悯情怀

陈三立是同光体的领袖人物，他之于同光体，如同黄庭坚之于江西诗派。与陈衍相比，陈三立正面论诗之语很少，其地位是通过其诗歌的卓越艺术成就所获得的。他曾作《漫题豫章四贤像拓本》，歌颂陶渊明、欧阳修、黄庭坚、姜夔等四位江西籍的诗人，这组诗在表达诗人对前贤仰慕之情外，也透露出他的诗学倾向。其中咏陶、黄二首尤为值得注意。《陶渊明》："此士不在世，饮酒竟谁省？想见咏荆轲，了了漉巾影。"《黄山谷》："驼坐虫语窗，私我涪翁诗。镌刻造化手，初不用意为。"散原推崇陶渊明，主要是欣赏他身在乡野，而心系天下的担当意识。在平淡的诗风中，也时现豪放语。散原注目的是陶诗与现实的密切联系，这便与乙庵仅从艺术修养、学问积淀方面诗法魏晋不同。

关怀现实，正是散原诗的风骨所在。他在《梁节庵诗序》亦着重强调了这一点:"梁子志极于天壤,谊关于国故,掬肝沥血,抗言永叹,不屑苟私其躬,用一己之得失进退为忻愠,此则梁子昭昭之孤心,即以极诸天下后世而犹许者也。"诗人应具备忧国忧民、舍身忘我的孤心,有此心才能敏锐地感知纷然杂出的天下之变,才能以噍杀之音反映学术之升降,政法之隆污,君子小人之消长,人心风俗之否泰等现实问题,才能发抒积郁心中的愤悱之情。以怨愤之音表现时世之忧患,是散原对诗歌内容的要求。

在艺术上,他还是主张避俗脱俗、以人工造天巧的。通过千锤百炼的功夫达到平淡而山高水深的诗境。因此,散原致力于黄山谷尤深。其《为濮青士观察丈题山谷老人尺牍卷子》一诗也流露出与此相近的看法:"我诵涪翁诗,奥莹出妩媚。冥搜贯万象,往往天机备。"以冥搜之法求得作诗之天机,正与通过镂刻达到不用意的境界相通。散原诗正是以雕练辞语的做法造于自然浑成的诗境。《园居看微雪》云:"初岁仍微雪,园亭意飒然。高枝噤鹊语,欹石活蜗涎。冻压千街静,愁明万象前。飘窗接梅蕊,零乱不成妍。"以蜗牛爬行留下的痕迹,比喻飞雪落石而化的水痕,真是想落天外。一个"压"字,把严寒转化为负重感,更显寒气的逼人,是通感手法的妙用。零落不堪的梅蕊暗喻着诗人杂乱无章的心境,阒然无声的天地则含而不露地表达出山雨欲来的压迫感。《月夜》诗云:"一片柳梢月,还为居士来。砌虫秋自满,园鹊夜相猜。"用"满""猜"字形容虫声、鸟鸣,可称新创。虽不言愁怨,诗人牢落无聊的情绪也自然地传达出来了。

钱仲联先生指出,散原的《樊山示叠韵论诗二律聊缀所触以报》对自己诗作的思想性和艺术性做了基本的勾勒。胡晓明先生对此二诗进行细读,作《散原论诗诗二首释证》,直探散原之诗心,更为准确地解释出散原诗学的内涵。其中有两点尤为值得注意。第一,散原诗有着深厚的历史文化资源,是承接屈骚传统的:"骚赋而还接古悲。"陈宝箴父子被罢官的经历与屈子遭放逐甚为相似,散原之侘傺抑郁与屈子的心态也有契合之处。将散原诗学之渊源追溯到骚赋是合理的。散原诗心之内核是"忧愤激越的时代感受以及超世绝俗的狷介人格"。这与屈子其人其诗的特征也是相通的。另外,散原融宋明理学心性之功夫于诗,将诗心之本体定位为养气的体证,这是同光体宋诗学最深刻的理论贡献之一:"要抟大块阴阳气,自发孤衾痡瘵思。""元气有根终食果,长歌当哭不逢人。"陈三立的元气论不是哲学理论的说解,而是真实的信仰。这与沈曾植以宗教词汇入诗,以增加诗作的理趣或学人气息不同。《夜舟泊吴城》反映了散原夜间养气的情形:"夜气冥冥白，烟丝窈窈青。"诗人的情怀也与沉吟泽畔的屈子相似："灯火喧渔港，沧桑换独醒。"屈原说："举世皆浊而我独清，众人皆醉而我独醒。"散原也在世人浑浑噩噩的迷梦中，对现实产生了清醒的认识，所谓"忧患潜从外物知"。这种独醒者静观沧桑变幻的孤寂感，正有一种苍凉悲抑的宇宙情怀。《壬寅长至抵崝庐谒墓》是散原在亡父坟前的自白，第三首云："贫是吾家物，宁敢失坠之。江南可怜月，遂为儿所私。"可见诗人兀傲的气骨和安贫乐道的情操。散原养气功夫既深，其诗作自然流出一种悲天悯人的关怀。"初吐林梢浸水隈，看翻鸀鹍一人来。嫦娥犹弄山河影，未辨层层是劫灰。"（《车栈旁隙地步月》）乃是从月中仙子俯视万物的角度，表现诗人对国家命运、现实人生的忧虑。《江行杂感五首》（之三）写道："天有所不覆，地有所不亲。汝不自定命，天地矧不仁。猛虎捽汝头，熊豹縻汝身；蹴裂汝肠胃，咋喉及腭唇。长鲸掉尾来，睒睗齿嶙峋。汝骨为灰埃，汝血波天津。吁嗟汝何有，道在起因循。大哉生人器，千圣挈其真。尽气赴取之，活汝嚬且呻。媛媛而睢睢，永即万鬼邻。踯躅荒江上，泣涕以沾巾。"既是写国家面临瓜分豆剥的危机，也是描绘人民的苦难，真可感泣鬼神。而其救民于水火，挽国于危难的志愿，表现出诗人心中深藏的浓厚的人道主义精神。"道在起因循""大哉生人器"诸语融会天地之精神，暗藏着宗教情感。这样的关怀意识符合"真实怀抱"的题中之义。

散原养气功夫甚深，尤喜在夜晚作寤寐之思，胡晓明先生在《散原论诗诗二首释证》一文中做过详细论述。翻看同光体诗人的作品，仿佛此举在该派中甚为流行。范当世乘舟往江西福安县，路经南康城下，遇大风，小舟有倾覆之虞："雪里乘舟出江渚，维舟忽被南风阻。日日登高望北风，北风夜至狂无主。似挟全湖扑我舟，更吹山石当空舞。微命区区在布衾，浮漂覆压皆由汝。"而诗人竟不为所动，镇定自若地偷闲著书："嗟尔何曾当大险，一风十日天无情。吾有光明十捆烛，瓮有残醵钵有肉。新砚能容一斗墨，兔毫蛮纸堆盈簏。为吾遍塞窗中明，早晚澄清煮麋粥。吾欲偷闲疾著书，谁能更待山中屋？"范伯子能如此处变不惊，可见其涵养功夫之深。同光体巨擘郑孝胥也喜吐纳夜气，作身心修炼之功夫。《夜起庵杂诗》云："吾斋不施灯，幽若在岩壑。夜起定何心，无心亦无着。"有时他竟能吟唱出预示未来的诗句："沉吟送尽西窗月，回首东方白竟天。"（《十六晓月》）其思力不可谓不深。然而，同是作"寤寐思"，同是养夜气，散原与海藏的最后结局竟有天壤之别。个中缘由，确实值得深思。

丘逢甲诗中的"沧海"意象探微

　　丘逢甲是我国近代著名诗人，爱国志士。他生长于宝岛台湾，对海洋有着非比寻常的亲近感，创作了大量歌咏大海的诗篇。在《丘逢甲集》中，"沧海"（含"沧溟"）意象共出现73次，它们或直陈"大海"之本义，或泛言祖国海疆，或喻之故土台湾，或比之宏大博奥之胸襟，或暗指隐居避世之桃源，或以"沧海生尘"寓列强凭陵日盛、振兴海防之意，或称"沧海横流"以抒国势衰颓、政治窳败之愤……这些都是构成"沧海"意象丰赡内蕴的核心因素。而丘逢甲深沉悲壮、勃郁慷慨、激扬厉蹈的情绪和誓复台湾的斗志决心，则成为催发"沧海"意象产生震撼人心的艺术魅力的内在动因。

　　一、直指大海

　　"沧海"的本义即"大海"。董仲舒《春秋繁露·观德》有言："故受命而海内顺之，犹众星之共拱辰，流之宗沧海也。"苏轼《清都谢道士真赞》曰："欲识清都面目，一江春水东流，滔滔直入沧海，大至蓬莱顶头。"均是此义。《丘逢甲集》中的"沧海"意象直接用本义者凡17次，可知"大海"是该意象内涵之一大宗。

　　《至郡城数日即游竹溪寺与诸名士吟咏终日归见览青叔及汝玉汝修兄步七十二峰羁客韵诗依韵奉和》第二首"茫茫沧海槎何在"，《岁暮杂感》第五首"昆仑馀干走沧溟，考异须占极外星"，《题风月琴尊图为菽园作》"何如移尊酌沧海，夜半琴声行大蟹"，《寄怀虞笙孝廉葵阳》"晕碧楼台沧海气，踏青裙屐丽人天"，《丘园八咏为顺德龙山家仲迟驾部诰桐作·浣风台》"沧海不尘天若洗，观星人立最高层"，《寄怀晓沧上杭兼示族人》第三首"沧海波无极，浮云影自闲"，《题刘铭伯制科策后》第一首"书剑南归沧海阔，河山北望战云颓"，《朱梅农以兰史书至叠前韵寄兰史》"何日同纵登高目，笑指沧溟水一杯"，《叠韵答潘兰史送别》第一首"潮气蒙蒙岛屿青，客心南去极沧溟"，《叠韵再题心太平草庐图并答温丹铭》"洪水已注沧溟东，洼者为泽高者峰"诸句中的"沧海"乃是"海"的泛称，我们不知它们具体指涉哪一个海域，但并不妨碍通过诗人的文字感受大海那苍茫浩荡、雄浑深沉的气度。诗人以"沧海不尘天若洗"状海阔天清之景，极尽清新开旷之妙。"何如移尊酌沧海""笑指沧溟水一杯"则以夸张的手法表现诗人博大宽广的胸怀。

　　"沧海"并非全部都是泛称意象，特指某处海域的情况也屡屡出现。《镇海楼》第一首"九州南尽馀沧海，万里秋高作寓公"，《羊城中秋》第一首"大江东去连沧海，且听珠娘发棹讴"，《羊城中秋》第三首"沧海潮生珠有泪，贲隅秋老桂初香"，《潮阳东山张许二公祠为文丞相题沁园春词处旁即丞相祠也秋日过谒敬赋二律》第一首"沧海梦寒天水碧，沁园歌断夕阳红"，《说剑堂集题词为独立山人作》"九龙城隔沧溟青，倚楼想见吟寒星"，《絜斋世丈以西园述怀集苏六十韵诗见示为赋五古四章》第一首"群山走沧海，南戒开越门"诸句中的"沧海"意象是"海"之特称，专指南中国海。《寄家菽园孝廉炜蒌新加坡》第二首"遥寄尺书沧海曲，古来义士岛人多"之"沧海曲"也是特称意象，丘逢甲的友人丘菽园客居新加坡，该意象专指新加坡附近的海域。诗人来自台海，丘菽园隐居海曲，都堪称"岛人"。他以"义士"来赞丘菽园，也是自比，可见其不甘碌碌之志。

　　丘逢甲诗篇中用作"大海"本义的"沧海"意象，有着澄泓浩大、风涛激扬的特征，在某种程度上是诗人胸襟气度的象征，但此类含义投射出的历史感、时代性并不强烈。丘逢甲遭故土沦陷之痛，值国运衰颓之秋，为流言所侮，抱难酬之志，种种不得意之气寓之于诗，又借诗中意象发之。"沧海"作为丘诗的主要意象之一，必能超迈其本义，拥有更为广阔深邃的意蕴。查之丘集，确实如此。

二、暗喻台湾

　　台湾岛四面环海，丘逢甲生于斯长于斯，对海洋有着深厚的感情。水光浩渺的大海，几乎成为他诗歌灵感的不竭之源泉。早年在台时，丘逢甲就写有很多咏唱大海的诗篇。台湾物产丰饶，战略位置重要，海上列强对台湾觊觎已久，荷兰侵略在前，美、法骚扰于后，日本更有侵吞整个台岛的野心。中日甲午战争爆发，海氛骤起，清廷战败，割台与日本。丘逢甲组织义军抗击日军不果，饮恨内渡大陆。他痛台岛之陆沉，常登高东向，望沧海森森，而不见台山，伤祖国贫弱，而恢复无期。"沧海"意象屡出于诗人笔端，在很多情况下成为暗喻台湾的符号，有歌哭台湾、思念故土、立志恢复之意。就这一内涵而言，2003年，台湾辅英科技大学丁旭辉先生撰《由"沧海"及相关意象看丘逢甲内渡后的心境与梦想》一文进行了深入探讨。笔者赞同他从意象入手进行文本分析的方法，但对其结论持有一定的疑义。

丁旭辉先生对《岭云海日楼诗钞》中的"沧海"及其相关意象进行了统计，据其《沧海（沧溟）意象出现状况表》可知，"沧海"意象出现69次（含7个"沧溟"意象）。就其内涵而言，他认为"'沧海'其实是'台湾'的暗喻"，又言"每当诗中出现'沧海'的意象时，往往便成为'台湾'的暗喻或暗指台湾，而多少沧桑旧事，也隐藏其中，透出深刻而复杂的情绪与深沉开阔、风云悲壮的心境。"

丁先生主"沧海"意象全部暗指台湾之论，笔者不敢苟同。经笔者统计，"沧海"意象在《丘逢甲集》中凡73见，其中仅有22次有指涉台湾之意，不到所有"沧海"意象的三分之一。而这22个意象也并非都能直喻台湾，大多需要与其他意象组合起来，结合相应的语境，才能表现诗人的故土之思、对敌之恨和客居之愁。例如《客愁》"客愁无遣处，沧海尚扬尘"，《题东山杨子仙庙》第二首"要乞仙人飞渡术，眼前沧海正横流"，《极目》"伊凉入破愁闻笛，沧海扬尘话种桑"，《东山感春诗次己亥感秋韵》第一首"沧海尘生锦瑟年，明珠泪尽月当天"句之沧海意象，或与"尘"意象组合，为台湾起战尘之意，或有"横流"之状，为台湾动荡不安之喻，都是暗指日本殖民者对台的侵略活动；《潮州喜晤温慕柳同年别后却寄》第三首"沧海使方出，绿林兵未消"，《潮州东门城楼寄怀梁仲遂》第一首"独怜沧海客，不得广州书"，《对月同王户部》"独怜沧海客，同向越台看"诸句中，"沧海客""沧海使"均是诗人自况，在台湾失陷，内渡大陆后，他客居岭东，总以收复故土为念，客居内地的身份是他对自己的心理定位；《说潮》第十二首"至今沧海上，日夜生夷风"，《寄怀谢四颂臣台湾》第一首"相思隔沧海，极目叹扬尘"则是夷氛海上来之意，诗人胸怀祖国海疆，非独忆台之语；"沧海"意象可直接等同于台湾的情况，仅见于《山村》"眼中精卫无沧海，劫外鹓鹣有小园"，《天涯》"没蕃亲故沦沧海，归汉郎官遁故山"，《秋怀次覃孝方韵》第八首"沧海桑沉栽后影，钧天乐断梦时声"，《晴皋诗来兼惠黄精次韵答之》"入目皆桑田，沧海已成昨"诸诗句中，而《见雁》之"剧怜沧海阔，独傍故山飞"中，"沧海"与"故山"对举，也是实指诗人的故乡台湾；《钟霭歌赠钟生》"超伦轶群有霭在，令我神往沧溟东"，《重送颂臣》"翘首沧海东，苍波渺无极"，《送何孝廉朝章北上何故门下土且尝佐予军今亦回籍于潮感昔勉今辄有斯作》第一首"故部凄凉沧海碧，上林消息杏花红"，《说潮》第十二首"登山旷四瞩，遥接沧海东"，《对月书感》第一首"明月出沧海，我家沧海东"，《赠马总戎》第二首"战气不可极，黯然沧海东"，《以摄影法成澹定村心太平草庐图张六士为题长句次其韵》"坐令玉山竟落五百年后此一劫，有愧东渡沧海朱家龙"，这些诗句中的"沧海""沧溟"意象明显是指台湾海峡，并无其他含混之意，只有加上方位词"东"之后，它们才能确指台湾。

丁旭辉先生为证明自己的观点，引用大量丘逢甲之诗句，然而难脱上述各诗之范围，偶有溢出之句，其中的"沧海"意象实与台湾或台海无关，这也是其纰漏之一。如他引用《四用前韵奉答》第一首"沧海蒙尘镜殿光"句，认为这个"沧海"意象既指天下，也暗喻他记挂的台湾。然此诗作于1900年，是丘逢甲与黄遵宪的唱和之作。时值八国联军攻入北京，慈禧、光绪两宫西狩，丘逢甲感于列强侵凌日盛，国运衰颓，而有斯作。"沧海蒙尘"当指八国列强自海上侵入事，下句言"公卿同哭牝朝亡"，"牝朝"谓慈禧当政之清王朝，虽有抨击慈禧之意，但终难掩哀国之思。"沧海蒙尘"指中国蒙难是正确的，但能由此看出丘逢甲追思台湾之意，却是丁先生个人解读的结果了。另外，《潮阳东山张许二公祠为文丞相题沁园春词处旁即丞相祠也秋日过谒敬赋二律》第一首言："沧海梦寒天水碧，沁园歌断夕阳红。"这里的"沧海"，当指文天祥登莲花峰望宋帝舟游弋之南中国海，迥非台海或台湾。"梦寒"也是丘逢甲忖度文天祥难挽狂澜之的无奈心情之语，丁先生却以"沧海梦寒"谓丘逢甲败走失台之痛，失之主观，有阐释过当之嫌。

或许他也意识到自己的观点偏于绝对化，故又称："丘逢甲诗中的'沧海'意象，除了暗喻'台湾'之外，有很多时候也指'大海'的本义。"可惜他并未展开论述。而事实上，丘逢甲诗中"沧海"意象指涉又岂限于"台湾""大海"两层含义？它们固然是丘诗"沧海"意象的重要内涵，但藏有关心国运、寄述时变、状写愁怨、发抒豪情等内蕴的"沧海"意象占到"沧海"总意象的一半以上。认真关注而不是忽略它们，才是学术研究的客观态度。

三、神州海疆

在丘逢甲内渡前的诗作中，"沧海"意象出现4次，一次指大海的本义，一次以大海比喻自己的心胸气度。余下的两次则指陈祖国海疆的危机。《立春前一日与吕大瑜玉游部子山用前冬游韵》第三首有句云："沧海横流居未安。""沧海横流"典出东晋范宁《春秋穀梁传序》："孔子睹沧海之横流。"唐代杨士勋疏曰，"旧解引杨雄《剧秦篇》曰：'当秦之世，海水群飞。''海水'喻万民，'群飞'言散乱。又引《孟子》云：'当尧之世，洪水横流。'言不复故道，喻百姓散乱，似水之横流。"又据《晋书·王尼传》记载，西晋季世，匈奴、鲜卑、羯、氐、羌等少数民族在中原混战，西晋政府濒于崩溃，中原百姓为避战乱，背井离乡，纷纷南迁。洛阳人王尼在家乡失陷后也逃亡江夏，在饱受流离之苦后，王尼感叹说："沧海横流，处处不安也。"后以"沧海横流"喻时局动荡，人民流离，国运维艰。从1840年鸦片战争起，列强对中国的侵略均自海上而起，丘逢甲言"沧海横流"自有其现实的意义。沧海则指代中国的完整海域，青年诗人虽身处台湾，却不仅仅注目台湾一岛、台海一域的安危，而是注目祖国海防，表达自己的忧虑。诗人意欲荡平海氛，为国效力，此志在他早年诗作中也有表现。《走笔》云："谁识茫茫沧海上，日看弧矢射天狼。"天狼，即天狼星，属于大犬星座，古人以为主劫掠。弧矢，即天弧星，属于南方七宿中的井宿，古人以为主弭兵盗。《晋书·天文志》云："狼一星，在东井东南。狼为野将，主侵掠。……弧九星在狼东南，天弓也，主备盗贼，常向于狼。""天狼"喻侵入我国海域的东西洋列强，"弧矢射天狼"则是表现诗人驱除敌寇、廓清海域之壮志。

然而，由于统治者奉行消极作战的政策，在甲午海战中，北洋水师全军覆没。1898年，列强掀起了瓜分中国的狂潮，沿海各优良港口如威海、大连等均被外国强行租占，中国海权丧失殆尽……这些对丘逢甲有着很深的触动。他本人因参加抗日保台运动，经受过血与火的洗礼，内渡大陆后对祖国的感情愈深，对海权沦失的哀痛愈烈，对大海的感情已不再是青年时代意欲射天狼、驱强敌的浪漫情怀，而是饱含着深郁的忧伤思绪。他内渡后诗作中的沧海，不再是个人建立功业、实现抱负的舞台，而成为艰难国运的象征、民族苦难的隐喻。

　　"沧海"意象如同杜宇喙边的鲜血，精卫哀怨的啼声，寄托着诗人无尽的愤懑与哀愁。《说潮》第十二首 "至今沧海上，日夜生夷风"，《说潮》第十四首 "沧海今扬尘，边警喧鼓角"，《次韵答叶生》第一首 "泰山虚望崇朝雨，沧海离忧竟夕潮"，《叠前韵》（"前韵"即《次易实甫观察即席韵》）二首 "沧海潮流沉大陆，中天星象动钩陈"诸句写来自海上的侵略无日无之，风雨飘摇中的清政府海患不止。在这样的多事之秋，像诗人一样的爱国之士怎能藏身于自我平安的小天地，隐忍不发呢？《古诗》第四首 "沧海方横流，志士无安居"，《叠前韵答联仙衡观察》第一首 "莫怪安巢无处所，眼前沧海正横流"，《次韵和兰史论诗》第二首 "泰山在望吾终仰，沧海横流孰与安"，《陈伯潜学士以路事来粤相晤感赋》第一首 "横流沧海无安处，故国青山有梦思"，《忆上杭旧游》第十五首 "如此溪山归未得，眼前沧海正横流"诸句即是此意。统治者浑浑噩噩，对夷氛四起、海患难靖、国运衰颓的现实视而不见，致使有识之士虽怀破敌强国、振兴民族之良策，但无路请缨，妙计难施，诗人不禁吁衡扼腕，发出无奈的叹息："应笑太平空献策，漫愁沧海正横流。"（《次韵答陶生》）即便如此，蛰居岭东的丘逢甲报国之心依然不死，他把外国侵略者比作贪婪凶残的"鸮"，直欲挽长弓而射杀之。《杀鸮行》曰："安得枉矢挂阴弓，风毛雨血沧溟东。"这正是对诗人少年时代"弧矢射天狼"之理想的有力回响。

　　概言之，上文所引诗句，不管是丘逢甲早期之作，还是内渡以后之句，其中的"沧海"意象毫无疑问是泛指中国海域的，饱含着诗人对列强侵略中国领海、妄图瓜分中国的痛恨与担忧之情，表现出诗人力主廓清海氛、张我海权的宏图大志，读来感人至深。

　　四、风云变幻

　　如果以一个字来概括近代中国的时代特征，那就是"变"。西方列强以其坚船利炮打开了古老中国的大门，展现在中国人面前的是一个从未接触过的全新的世界。面对这个复杂而强势的异质文明，中国显然没有做好应对的准备。在这种情况下，排斥外来文明成为统治者和多数中国人近乎本能的选择，然而在与西方列强的较量中，中国屡战屡败，被迫割地赔款，允许列强在中国土地上开埠通商、传教，中国日渐滑向半殖民地半封建社会的深渊，真乃数千年来未有之巨变。来自西方的异质文明开始渗入并逐渐浸透到中国古老肌体的方方面面。经历屈辱和阵痛之后，先进的中国人开始向西方学习，师夷长技，以求振兴民族、富强祖国、洗雪前辱。学制军械、学格致之术、学政治制度、学思想文化……五六十年间，种种思潮纷至沓来，你未唱罢，我即登场，中国固有的文化逐渐被迫之一隅，蜷局难伸。在政治领域，洋务运动、维新变法、民主革命代兴，为挽救国家危亡，中国民众做出了种种努力与尝试，这确是一个风云突变的时代。

当时的中国诗人虽大多不抱残守缺，较能接受来自异域的文明，但他们深受传统文化的熏陶，在面对新变不止、光怪陆离的时代潮流时，也不禁惊愕万端。中国文人传统的生活方式逐渐崩坏，全新的生存模式尚未形成，他们心中多少存在着无可归依的荒原意识，便用手中之笔描绘这个时代沧桑巨变的风貌。

丘逢甲作为他们当中的一员，自然能敏感地感受到时代风云的变幻。而他的特殊经历，又使这一情愫得以不断增强。丘逢甲身历台湾沦陷之巨变，内渡大陆，遥望台山，既不能见亦不能归，怎能没有沧桑之感？他本负维新之志，对光绪帝抱有幻想，后受进步青年的影响，倾向资产阶级民主革命，其思想立场的变化亦可称巨。时代的变幻、生平遭际的坎壈、思想立场的进步投射在其诗中，使得"沧桑"意象频繁出现。[①]而丘逢甲笔下的"沧海"意象作为"沧海桑田"省称，同样表现了诗人对时事变迁的敏锐感悟。《侍香集题词为孝女许曼仪作》第七首"莫向麻姑问沧海，蓬莱清浅近栽桑"，《王汉卿农部宗海出都抵潮小住将归武平赋别》第一首"眼看沧海蓬莱浅，梦入诸天列宿寒"，《王绂溪山渔隐图长卷高宗南巡时赐惠山竹炉山房僧者也乱后图失展转为裴伯谦明府所得时方重筑山房将以归之因出相示谨次卷中诸臣恭和韵》"空庵松影逃兵外，沧海桑痕入卷端"，《饶平杂诗》第十五首"休问麻姑买沧海，桑田变后战争多"，《寄怀黄公度遵宪》第一首"醉倾沧海麻姑酒，劫入商山橘叟棋"，《送谢四东归》"七年不见今再见，沧海桑田事万变"，《酒田》"不向麻姑买沧海，但买酒田耕夕阳"，《枚伯以长句题罗浮游草次韵答之》"长爪麻姑定识我，共话沧海成桑田"，《波罗谒南海神庙》"安知古沧海，今化田畛畛"诸句中的"沧海"一词正包含着世事变幻的意蕴，也暗示出诗人静观时局的卓然姿态。

---

① 翻检《丘逢甲集》，"沧桑"意象共出现15次。

　　总而言之，丘逢甲诗中的"沧海"意象有着多重含义，它既直接指涉苍茫浩渺的大海，又暗喻沦于敌手的台湾；既象征夷氛四起、危机重重的中国海疆，又托寓光怪陆离、变幻不定的时代风云，而统摄这些含义的是丘逢甲那颗思台爱国、抗争不息、风云悲壮的诗心。

　　以上四点，仅是举"沧海"意象内蕴的荦荦大端，实际上其含义并不局限于这几方面。丘逢甲在青年时代就有着大海一样的胸襟气度，发之于诗，则云："气仍沧海壮，名已白云埋。"（《宿北斗街晤熊瑞卿》）内渡之后，他把沧海当作隐遁之所，寄寓抱负难申的无奈心情。《送朱古微学使乞病旋里》第二首云"惆怅闲鸥沧海上，也随桃李惜春还"，朱古微即近代词坛巨擘朱祖谋。丘逢甲自比"闲鸥"，以"春"喻朱祖谋，"桃李"则指朱氏在粤的门人弟子。朱祖谋清末曾任广东学政，后辞官归浙江故里，诗人与其弟子一起送行，作此诗以寄惜别之情。丘逢甲以闲居沧海之曲的海鸥自喻，所谓"海阔凭鱼跃，天高任鸟飞"，鸥鸟翱翔于沧海之上，真有几分遗世独立、悠闲自得的自在情态。句中"沧海"也与陶渊明笔下"羁鸟"之"旧林"、"池鱼"之"故渊"相类，成为隐居避世的所在。句首冠"惆怅"二字，固然是有惜别朱古微之意，但也是诗人自陈心中垒块，兜出无奈心情的老底。沧海虽大，鸥鸟却只能闲居。近代中国社会是多么广阔的舞台，诗人却只能赋闲岭南，碌碌终老。壮志难酬、英雄无用武之地的怅触充塞句中。"闲鸥""沧海"意象连用，显得极具张力。而台湾沦陷之痛、神州衰亡之忧、列强侵凌之辱、无路请缨之慨、壮志难酬之感……如此种种，郁积诗人心中，均化为诗句而倾吐之。如《说剑堂集题词为独立山人作》："只怜说剑无人解，老泪如潮溢沧海。"《寄怀萧伯瑶布衣》"牢愁满沧海，文字困英雄。"愁之广大如沧海之无垠，愁之深沉如沧海之难测，南唐后主李煜之"问君能有几多愁，恰似一江春水向东流"也是不能与之比肩的。以海喻愁，也成为丘诗"沧海"意象的内涵之一。

论丘逢甲诗中沧海意象与其他意象的组合关系

　　意象是诗歌艺术的基本符号，单一的意象只有与其他意象组合在一起才能表现出较为完整的诗境。唐代诗人温庭筠《商山早行》之名句"鸡声茅店月，人迹板桥霜"就是意象组合的佳例。"鸡声""茅店""月""人迹""板桥""霜"诸意象并置，营造出一幅旅人踏月早行的凄清画面，行旅之苦生于言外。然而如果这些意象脱离组合关系单独出现，那就只是一个个孤立的语词，难以引起读者情感的荡漾和审美的遐想。历代能圆熟地运用这种艺术手法的诗人不胜枚举，丘逢甲就是其中特出的一位。

　　丘逢甲是我国近代著名诗人，爱国志士。他生长于台湾，对海洋有着非比寻常的亲近感，早年便创作了很多歌咏大海的诗篇。甲午战争后，台湾被清廷割给日本，丘逢甲组织义军抗日保台，战之不胜，退归大陆。他把保台失败的愤恨和收复故土、统一祖国的愿望都寄托于诗篇之中。在他诗中频现的"沧海"意象，更被赋予了深广的内涵。它既直接指涉苍茫浩渺的大海，又暗喻沦于敌手的台湾；既象征夷氛四起、危机重重的中国海疆，又托寓光怪陆离、变幻不定的时代风云。而这种种内蕴的全面呈现，正得力于"沧海"与战争、隐逸、天象、山岳、桑田等意象的巧妙并置。意象组合的具体情形，下文试分析之。

一、"沧海"与战争意象的组合

　　《丘逢甲集》中与"沧海"意象相组的战争意象有"尘""绿林兵""弧矢""天狼""夷风""战气""战云""鼓角""弓""矢""风毛雨血"等。

"沧海"与"尘"组合源自"沧海扬尘"的典故。东晋葛洪《神仙传》有言，"麻姑自说云：'接侍以来，已见东海三为桑田，向到蓬莱，水又浅于往者，会时略半也，岂将复还为陵陆乎？'方平笑曰：'圣人皆言海中复扬尘也。'"在这里，"扬尘"与"沧桑"对举，都是世事变迁之意。然而在《丘逢甲集》中，"客愁无遣处，沧海尚扬尘"（《客愁》），"蟠桃花发天为春，安知沧海方扬尘"（《早春有怀兰史用高常侍人日寄杜拾遗韵》），"相思隔沧海，极目叹扬尘"（《寄怀谢四颂臣台湾》第一首），"沧海尘蒙镜殿光，公卿同哭牝朝亡"（《四用韵奉答》），"沧海尘生锦瑟年，明珠泪尽月当天"（《东山感春诗次己亥感秋韵》第一首）各句之"沧海"与"尘"的组合，明显不是在感叹时事的变化。《说潮》第十四首"沧海今扬尘，边警喧鼓角"句道出了"尘"的真实含义：海上飞扬之"尘"与警报边患之"鼓角"均是征战的象征。考之典籍，"扬尘"一词还暗喻战事。《北史·高允传》云，"帝（魏庄帝）亲送（高干）于河桥上，举酒指水曰：'卿兄弟冀部豪杰，能令士卒致死。京城倘有变，可为朕河上一扬尘。'"丘诗中屡现的"尘"意象，与"至今沧海上，日夜生夷风"（《说潮》第十二首），"战气不可极，黯然沧海东"（《赠马总戎》第二首），"书剑南归沧海阔，河山北望战云颓"（《题刘铭伯制科策后》第一首）诸句中的"夷风""战气""战云"相类，当是战尘之意。由此可知，"沧海"与"尘"意象（"夷风""战气""战云""鼓角"）的组合，在丘诗中往往是侵略者从海上而来，中国海疆有警的隐曲表达。

"沧海扬尘"有海氛骤起之意，它在"蟠桃花发天为春，安知沧海方扬尘"（《早春有怀兰史用高常侍人日寄杜拾遗韵》）句中与"蟠桃""花"等意象的组合就显得极具谴责意味。这两句诗中，诗人以密集的意象骤然将读者拉回那个令国人耻辱痛心的甲午年。"蟠桃"乃长寿之征，"天"借喻清廷的最高统治者慈禧太后。光绪二十年（1894）岁次甲午，慈禧皇太后欣逢她的花甲昌期，乐何如之，哪里知道黄海、东海之上日军疯狂的侵略呢！诗人另有"故部凄凉沧海碧，上林消息杏花红"（《送何孝廉朝章北上何故门下士且尝佐予军今亦回籍于潮感昔勉今辄有斯作》第一首）一联与此句相类。"故部"指台湾抗日之义师。丘逢甲在台时任义军大将军，各路义军均受其节制，故称义军为"故部"。"上林"是汉代皇家宫苑，借指清廷。在台抗击日本殖民者的义军将士死者魂归大海，生者处境凄凉，而最高统治者正在游春苑、赏杏花！怎能不令人愤慨！"沧海"与"上林""杏花"形成逆接的意象组合，其震撼人心的艺术效果与高适笔下的"战士军前半死生，美人帐下犹歌舞"难分轩轾。以上两例均以海疆战事之紧，反衬统治者的不思进取、贪图享乐、醉生梦死，表现了诗人对清廷强烈的抗议精神。

另外，"沧海使方出，绿林兵未消"（《潮州喜晤温慕柳同年别后却寄》第三首）句中，"沧海使"与"绿林兵"对举。"沧海使"是诗人自谓；"绿林兵"原是新莽末年王匡、王凤领导农民起义军，此指台湾抗日义军。其时诗人已经离开台湾内渡，但对台湾义军坚持抗敌的情况还非常关切，希望他们像颠覆王莽暴政的绿林军一样驱除日本殖民者。此句即反映丘逢甲的这种心态。此外，"弧矢""天狼""弓""矢""风毛雨血"等战争意象也与"沧海"进行组合，表现诗人驱除敌寇、廓清海域的壮志。

二、"沧海"与隐逸意象的组合

大海苍茫广阔，渺无涯漈。在古人的眼中，海洋的世界是神秘新奇的，或有避世隐居之所在，蓬莱、瀛洲、方丈、岱屿、员峤等仙山即漂浮于海上。古人在四种情况下，有避居海上之志。一为功成身退，隐于海外。据《史记·鲁仲连邹阳列传》载，鲁仲连在齐国收复被燕国占领的土地时立有战功，齐王欲给予鲁连爵位，他便逃到海上。唐代大诗人李白以鲁连为榜样，亦有此志，他在《古风》第十首中写道："齐有倜傥生，鲁连特高妙。……吾亦澹荡人，拂衣可同调。"一为"道不行，乘桴浮于海"。在中夏不能实现自己的理想抱负，孔子欲行舟海上以遁世。一为"避时难，乘桴越海"。三国时代的管宁隐居辽东三十余年，东汉梁鸿携妻匿身海曲即为此例。谪居黄州的苏轼也有言曰："小舟从此逝，江海寄余生。"一为心念胜国，不愿为异族之奴而渡海远遁。明遗民朱舜水东渡日本，讲学东瀛，就显示出与清政府不合作的态度。

青年时代的丘逢甲就不喜功名，无意仕途，中进士后即告假归台湾，功成身退似鲁仲连。甲午战后，清廷割让台湾予日，日军旋侵入台湾，丘逢甲联络台湾绅民上书清廷，乞收回成命不果，遂奋起而抗日，战败而内渡。抗日之志不售，无奈跨海出奔，如孔子"道不行"。日军缉捕甚严，被迫逃遁，如管宁"避时难"。不愿为日本臣民，抗争又沦于失败，只好西返祖国，忠义如朱舜水。丘逢甲初无用世之志，却不得不有保台之举，虽有保台之举，却难逃弃台内渡之命，虽有复台之志，却不为清廷所重，只能回到原籍潮州，以诗人终老。从主动归隐到被迫隐逸，丘逢甲遁迹海湄的行迹几乎是造化弄人，而他笔下的"沧海"意象又包含多少失落故土的辛酸与苦痛。

"丘""壑""归舟""渔樵""白云""王尼车""南阳庐""商山""闲鸥""溪山"等意象与"沧海"意象组合在一起，生成丘逢甲诗中一种独特的隐逸诗境。

在丘逢甲早年的篇什中，"沧海"是与"丘""壑"意象相组，以显诗人隐逸之志的。光绪十八年（1892）正月，他在《立春前一日与吕大瑜玉游部子山用前冬游韵》第三首中写道："沧海横流居未安，一丘一壑此心宽。"其时诗人告假归里已经三年，正隐居于台中顶八庄大埔厝之柏庄。"丘壑"本有隐逸之意，谢灵运《斋中读书》诗云："昔余游京华，未尝废丘壑。"丘诗中的"一丘一壑"即脱胎于此。诗人虽拈出"沧海横流"以言时局动荡，为全诗定下哀时忧国的基调，但我们还是能通过"一丘一壑此心宽"的抒写，清晰地感受到诗人隐居柏庄时悠闲的心境。当时的台湾政局尚属稳定，诗人又于前一年在台中衡文书院、台南罗山书院谋得主讲席位，且喜得贵子，娶得美姜，心境颇为称意。他虽然敏锐地感觉到时局动荡有如山雨欲来风满楼，发出"沧海横流"的慨叹，但在同一首诗中又吟出"他年雪夜如相访，请作山阴道士看"这样具有魏晋气息的句子。在柏庄生活的那段岁月确是丘逢甲一生中难得的闲适时光。

赋闲中的诗人有时耐不住寂寞，作"气仍沧海壮，名已白云埋"（《宿北斗街晤熊瑞卿》）之叹。"白云"暗喻归隐，西晋左思《招隐诗》之一"白云停阴冈，丹葩曜阳林"即此意。丘逢甲虽有沧海一样的气魄（"气仍沧海壮"），但久耽隐逸之名（"名已白云埋"），仿佛心中有所不甘。然而，当他内渡以后，想求真正的清闲飘逸的隐居生活，却不可得了。

丘逢甲内渡后仍以"才人从古不宜官""一官便具奴才性"（《重送王晓沧次前韵》）申明旧志，但其诗作中的隐逸意象却往往透露出一种"伪闲适"的情怀。他游历之处虽有出世之景，拔俗之境，但往往被思念台湾、关怀国事的炽烈愿望拉回现实当中，正如屈原《离骚》所言："仆夫悲余马怀兮，蜷局顾而不行。"不能做到真正的脱俗。诗人笔下的"沧海"意象就充当弭节之仆，怀乡之马，牵制着诗人走向隐逸的欲念。例如《题东山杨子仙庙》第二首："秋风天末送归舟，闲共渔樵话钓游。要乞仙人飞渡术，眼前沧海正横流。""归舟""渔樵"俱是象征隐逸的意象，"乞仙人飞渡术"

也表现诗人超尘脱俗的思想，但一句"眼前沧海正横流"，就把诗人的遐想打碎，将他推到残酷的现实面前。正值沧海横流、国运维艰之际，七尺男儿怎能消极避世！《忆上杭旧游》第十五首"如此溪山归未得，眼前沧海正横流"中"溪山"与"沧海"的矛盾关系也反映出诗人在抉择归隐溪山或投身社会时的心理冲突。

丘逢甲选择了直面现实，意欲履行收复台湾的誓言，但并不曾寻到实现抱负的机会，其心态转向低迷，又产生田园之志了。《古诗五首》第四首微妙地反映了诗人的心理变化："沧海方横流，志士无安居。皇皇太自苦，路处王尼车。车亦不得息，志亦不得舒。摧车抑其志，自火用世书。不合固其常，何不慎所如。躬耕可苟全，且觅南阳庐。"反映出诗人在乱世中寻找心灵净土的艰难历程。本诗采用了点缀式的意象组合方式，在丘逢甲诗作中较为罕见。整首诗以"沧海""王尼车""南阳庐"三个意象为核心营造意境。"沧海方横流"呈现出纷乱动荡的末世景象，像诗人一样的志士遑遑自苦，居无定所，有如西晋末年的王尼一般。王尼遭五胡乱华之祸，避乱江夏，无处安身，只有一辆牛车，暮则宿车上，后冻饿而死。事出《晋书·王尼传》。诗人的遭际偃蹇已极，又不得发抒其志，心情抑郁而转向消极，想苟全性命于乱世，寻觅"南阳庐"，像青年时代的诸葛亮一样隐于田园。然而时代已不同于往昔，环顾四野，普天之下哪有安居之处？诗人对此有着深刻的认识，遂在《寄怀黄公度遵宪》第一首中写道："劫入商山橘叟棋"，商山在今陕西商县东，是秦末东园公、绮里季、夏黄公、甪里先生隐居之处，同桃源一样，是隐逸的代名词。本句表面上是谈"棋劫"，内里却言"劫入商山"，桃源亦非安处，到处都是末世的洪流，出世之境、隐逸之所，已经无处可寻了。

丘逢甲心里有一个隐逸之志。在台湾柏庄，他的生活是闲适惬意的。内渡大陆后，他却不得不就隐退与否艰难地做着抉择。不能否认，丘逢甲不甘沉沦，在近代教育界与近代诗坛都有赫赫伟绩，但他的诗却能隐约地显现出他那颗隐逸之心，尽管它在现实的撞击下已经变得残缺破碎了。

三、"沧海"与"星""月"意象的组合

西晋张华《博物志》卷十载有这样一个故事："天河与海通。近世有人居海渚者，年年八月有浮槎去来，不失期。"丘逢甲"茫茫沧海槎何在，夜冷星河一带银"（《至郡城数日即游竹溪寺与诸名士吟咏终日归见览青叔及汝玉汝修兄步七十二峰羁客韵诗依韵奉和》其二）句就用此典。"沧海""槎""星河"三个意象共组一处，表现了诗人欲由沧海而上溯银河的奇幻之思，可惜无槎可乘，透露出丝丝怅惘。"星河"可以理解为诗人理想的象征，"槎"指实现理想的途径。作此诗时，诗人年仅18岁，正是意气风发、欲在人生舞台上一试身手的年龄。虽觅槎不得，但诗句中洋溢的浪漫情怀却不曾稍减。待到诗人屡经世变、遁迹岭东后，心态发生很大变化。《叠韵答潘兰史送别》第一首 "潮气蒙蒙岛屿青，客心南去极沧溟。……无穷万里乘槎意，不为来看海上星。"诗人的身份是"客"，目的地是万里之外的"沧溟"之"极"，舟槎在茫茫的沧海之上不知要驶向何处，星辰虽在，却显得非常辽远，诗人无心去看了。虽然也是用乘槎之典，虽然也用"沧溟""槎""星"的意象，但中年的身世之感掩却了少年时的浪漫之思，诗思深邃，颇发沧桑之慨。

丘逢甲诗中不乏身世之叹，但更多的是国家之思。《岁暮杂感》第五首 "昆仑馀干走沧溟，考异须占极外星"句中"昆仑""沧溟""星辰"意象构建了一幅横阔天地的画面。昆仑山与沧溟象征幅员辽阔的中华大地，但这片神圣的国土出现了灾变，让诗人忧心。祸根在何处？恐怕要从外国列强那里寻找原因了。"极外星"暗指外国、异域。灾异来自极外，祸患起于海上，这确是中国几千年来未有之劫。作于1908年春的《叠前韵》（"前韵"即《次易实甫观察即席韵》）第二首则将此劫形容为"沧海潮流沉大陆"，"大陆"指代中国，"沧海"又成为帝国主义列强的代名词，竟有祸患渊薮之意。"沧海潮流沉大陆"与"中天星象动钩陈"组成对句，暗指中国内忧外患的危局。"钩陈"本是星官名，为紫微宫外营陈星，后指代后宫，东汉班固《西都赋》云："周以钩陈之位，卫以严更之署。"唐代李善引《乐叶图》注曰："钩陈，后宫也。""动钩陈"之说乃指宫禁之内慈禧太后与光绪皇帝的矛盾。诗人是同情光绪帝的，将国家振兴的希望寄托于他，对他的大权旁落深表痛惜，曾以"天鸡不能雄，牝鸡代为鸣"（《杂诗》第三首）讽之。大敌当前，慈禧太后却独霸朝纲，不归政于光绪帝，甚至加以迫害，这岂是国家之福！在此诗中，"沧海"与"钩陈"的组合成为中国灾难的隐喻，同时表达了诗人对国家命运的忧虑。

另外，诗人也喜描绘临海观星的画面，借海之荒渺，星之高远，表现自己独立苍茫，一星如月看多时的孤寂之感。"沧海不尘天若洗，观星人立最高层"(《丘园八咏为顺德龙山家仲迟驾部诰桐作·浣风台》),"九龙城隔沧溟青,倚楼想见吟寒星"(《说剑堂集题词为独立山人作》)中的"海""星"意象组合,均有此意。

在我国传统文化中,明月是思念的表征。张九龄的"海上生明月"、李白的"长安一片月"、杜甫的"今夜鄜州月"等无不饱含着浓浓的思念之情。丘逢甲诗作中的"明月"意象也往往寄托着怀乡念友之思。前文提到指涉台湾是丘诗"沧海"意象的重要内涵,"沧海"与"明月"相组合,深切地表现了诗人对故乡的眷念,对在台亲友的挂牵,而诗人将有家难归的苦痛渗入诗中,读来倍感哀婉。《对月书感》第一首"明月出沧海,我家沧海东。独怜今夜见,犹与故乡同",《对月同王户部》"一片长安月,随人万里寒。独怜沧海客,同向越台看",《以摄影法成澹定村心太平草庐图张六士为题长句次其韵》"梦中忽见海上故亲友,落月黑塞林青枫"等诗句俱是如此。

丘逢甲"沧海尘生锦瑟年,明珠泪尽月当天"(《东山感春诗次己亥感秋韵》)化用李商隐名句"沧海月明珠有泪",将"沧海"与"珠""泪""月"等意象进行组合,表现诗人深沉的愁怨。李商隐将怅触藏于句中,后人难以解得,丘逢甲那失台之恸、故土之思虽人尽能道,但沧海"泪已尽",义山尚"有泪",中心之苦痛,丘逢甲似更深一层。

四、"沧海"与山岳意象的组合

丘逢甲诗中的"沧海""山岳"意象即指台湾的美丽山水,也喻整个中华大地的壮丽山川。这两个意象在丘逢甲的驾驭之下可以产生震撼人心的艺术魅力,很好地表现出诗人卓越的意象组合能力。

"雁与人同去,雁归人未归。剧怜沧海阔,独傍故山飞。"(《见雁》)其中"故山"指台湾的山岭,"沧海"与"故山"对举比喻诗人返回故土之难。大雁可以飞回故山,人却只能隔海遥望,竟是人不如雁!通过这样的对比,凸显了诗人的思乡之切。"横流沧海无安处,故国青山有梦思"(《陈伯潜学士以路事来粤相晤感赋》第一首)句中,"沧海横流"喻国家动荡的局势,"故国青山"指台湾的山峦。一联之内,思乡、爱国之情兼备。而"坐令玉山竟落五百年后此一劫,有愧东渡沧海朱家龙"(《以摄影法成澹定村心太平草庐图张六士为题长句次其韵》)句内的"玉山""沧海"组合,则表现了诗人护台失败的深深悔意。"玉山"指代全台,"朱家龙"指郑成功。郑成功东渡沧海，击败荷兰殖民者，收复台湾，成为人人敬仰的民族英雄；诗人却抗敌失利，弃台西归，致使玉山失落。通过这一成一败的对比，诗人的引咎自责是显而易见的。

《天涯》诗有"没蕃亲故沦沧海，归汉郎官遁故山"句，其中"沧海"是指台湾，"故山"指诗人的祖籍广东蕉岭，与上文"故山"的含义不同。"沧海眼看桑树长，故山心恋药苗肥。"（《李伯质太守士彬屡牍乞退归志决矣相处四稔不能无言》第二首）该句不主故常，将意象错落而置，形成生新的艺术效果。"故山"乃是指潮州知府李士彬的故里大别山，沧桑巨变之际，归隐故里才是明智之举。这两句既表达了丘逢甲对李士彬辞官的理解与支持，也是他的夫子自道。

"群山走沧海，南戒开越门"（《絜斋世丈以西园述怀集苏六十韵诗见示为赋五古四章》第一首）取法杜甫名句"千山万壑赴荆门"，私意以为这是丘逢甲诗中"山""海"意象组合较好的范例。孔子曰："智者乐水，仁者乐山；智者动，仁者静；智者乐，仁者寿。"山有静穆之性，水有流动之征，沧海之噌吰澎湃尤具动感。丘逢甲却反其性而用之，群山可动，能赴沧海，沧海虚怀而待，可接群山。山、海本来就是极为雄阔的意象，经诗人妙笔点化，更显壮美。"昆仑余干走沧溟"（《岁暮杂感》第五首）亦用这样的意象组合法。昆仑绵亘于我国西北，是新疆、西藏之间的大山脉，沧溟泛指我国海疆，地处东南。昆仑山的余脉绵延至东南大海，好似电影中的大远景画面，又像从高空俯瞰神州大地。这一句诗便能引领读者神游祖国山川，显现出诗人高超的意象组合技巧。

众所周知，"山""海"并举是古诗里最常用不过的对仗方法。它们在丘逢甲诗中也是频繁出现的意象组合。据梁文宁《近代诗歌意象与近代文人心态》一文统计，《岭云海日楼诗钞》中"海"与"山"的意象组合在170处以上，她还认为这一意象组合"流露的是近代文人的开放意识和守成观念……寄寓在'山'意象中的是诗人的中原情结，也就是对中华传统文化的血缘继承，而寄寓在'海'意象中的则是近代海洋意识，也就是体现了中国近代先进知识分子突破封闭自锁、夜郎自大的藩篱，一步步走向世界的思想觉醒。"她还拈出"大海从新开世界，群山依旧拱中华"（《将之南洋留别亲友》第七首）一句作为上述观点的佐证。梁女士从大处着眼，赋予丘逢甲笔下的"山""海"意象以文化学的意义，其看法固别具只眼，但丘逢甲身处沧海横流的时代，身负光复故土、振兴中华之大志，他的诗乃是其强烈感情的自然喷涌，恐怕主观思绪中并没有这样的理性考虑。

　　总之，"沧海"与其他意象的组合是丘逢甲抒情言志、构筑诗歌意境的重要手段。"沧海"与"战尘"等战争意象相组表现诗人对国运安危的关注；"沧海"与"溪山"等隐逸意象相组抒发诗人隐居海湄的忧乐；"沧海"与"星月"等天体意象相组，表现诗人的浪漫情怀、忧患意识和思乡之感；"沧海"与"昆仑""故山"等山岳意象相组，是诗人摹写神州山河、寄托乡土之思和归隐之志的独特方式。此外，"沧海"与"桑田"的意象组合表现丘逢甲对时局变化的感喟；"沧海"与"精卫""朱鸟"相组合，表现诗人不惜势孤力微，锲而不舍，力图收复失地的战斗精神。"潮""沧波""洪水"等意象与"沧海"形成叠指的关系，展现大海的雄奇广阔，在某种意义上也喻诗人的心胸。而"沧海"与"楼台"意象并置在一起，以登楼观海可纵千里目为喻，突显诗人开阔眼界、开展胸臆的畅快情怀。

┃论丘逢甲诗中的英雄意象

中国台湾籍爱国志士丘逢甲是晚清著名诗人。他保台抗日，诗中洋溢着满腔山河一统的爱国热情，感人至深。但台湾岛内却有人曲解其诗中的英雄意象，如认为"虬髯""尉佗""仓海君""郑延平"等，是寄托着丘逢甲"建立台湾成为独立岛国的理想"。①这是一个大是大非的问题，必须予以澄清，以此悼念这位生长于台湾，曾追随孙中山进行民主革命的中华儿女，以俾长眠地下的英灵得以安宁。

一、丘逢甲首倡"台湾自主"的性质

1895年，清政府割让台湾，丘逢甲为了抗日曾倡导"台湾自主"，成立"台湾民主国"。有人据此大作文章，但这究竟能否说明丘逢甲有"台湾独立"之志？答案是否定的。台湾割让日本之初，丘逢甲及其他台湾志士曾上书朝廷，乞收回成命，但抗争无效。在这种情况下他才首倡"台湾自主"以御敌寇。他在《致总理各国事务衙门电》中把祖国与台湾比作父母与孩子的关系，台湾惨遭割弃，则如"赤子之失父母"，表达包括自己在内的全体台湾绅民对祖国的眷恋之情。该电申明了台湾"自主"的原因："台湾属倭，万姓不服，而事难挽回……伏查台湾已为清廷弃地，百姓无依，唯有死守，据为岛国，遥戴皇灵，为南洋屏蔽。"并也暗示了"自主"之台湾的最终归宿："台民此举，无非恋戴皇清，图固守以待转机。"所谓"转机"，自然是抗日成功，台湾重隶清朝版图之机。1895年5月25日，"台湾民主国"成立于台北，这是丘逢甲等提倡"台湾自主"、抗敌保乡取得的重要成果。

---

① 丁旭辉：《由"沧海"及相关意象看丘逢甲内渡后的心境与梦想》，《汉学研究》2003年第1期。本文所引其观点，均出自此文。

台湾民众以"台湾士民，义不臣倭，愿为岛国，永戴圣清"（吴德功《让台记》）十六字电告清廷，表达对祖国的忠诚。有人只见"岛国"，而无视"永戴圣清"，这是故意断章取义。就"台湾民主国"的性质而言，它是台湾人民自主保台的抗日政权，其宗旨是维护祖国统一和领土完整，而不是分裂国家。在严峻纷杂的形势下起到了维系人心、支撑局面、组织抗战的重要作用，虽最终归于失败，但也给予日本殖民者沉重打击，表现了台湾人民血战到底，不甘臣服的民族情怀。

台湾丁旭辉先生对此并无异见，称"此次建国（即建立'台湾民主国'）目的乃在抵抗日本，以免沦于倭人之手而已，非实质独立"。但随后又言"丘逢甲失台内渡后，从诗作中，我们可以得知，丘逢甲心中建立台湾成为独立岛国的理想，不但没有消失，反而更清楚地隐藏在虬髯、尉佗、仓海君、郑延平等四个'沧海'的相关意象中"。仿佛丘逢甲早有台湾独立之志，内渡后此志亦未消沉，只是隐于诗中。这是前后矛盾的。丁先生既然承认丘逢甲倡建的"台湾民主国"旨在抗日，不是独立于中国之外的政权，那何以见得丘逢甲在内渡前有独立之志？其论述着实令人费解。为了进一步厘清真相，有必要对虬髯、尉佗、仓海君、郑延平等英雄意象做出实事求是的分析解读。

二、"仓海君""尉佗""虬髯客"意象寄托着丘逢甲的恢复之志

那么丘逢甲内渡后会不会产生从日本手中夺回台湾，建立独立岛国的念头呢？光复台湾是他寤寐所想，但他断然不会主张台湾独立。台湾的真正归宿就是回到祖国的怀抱，这也是他的一贯立场。丁旭辉却认为丘逢甲在诗中"称台湾为'故国'或'神州'，都有视台湾为独立国家之意"。这是不能让人信服的。"故国"本就可指故乡、家乡。如唐代诗人曹松《送郑谷归宜春》诗："无成归故国，上马亦高歌。"我们且看丁先生所引用的丘逢甲诗句："故国莽怀人"（《客愁》）、"衣冠故国楚庭空"（《镇海楼》第一首）、"故国青山有梦思"（《陈伯潜学士以路事来粤相晤感赋》第一首）、"毗耶故国不能守"（《以摄影法成澹定村心太平草庐图张六士为题长句次其韵》），都是表达诗人对故乡故人的思念，并隐含着家乡沦落之痛。其中的"故国"当然是指沦陷敌手的故乡台湾，所谓"独立国家"之意何由见得？至于以"神州"喻台湾，更是无中生有。丁先生录"神州苍莽欲何之？"（《梅州喜晤梁辑五光禄国瑞话旧》第三首），"沧海波全定，神

州日再中"（《戊戌元旦试笔》），"神州陆沉剧堪虑"（《早春有怀兰史用高常侍人日寄杜拾遗韵》），其中"神州"是"赤县神州"的省称，指代的是包含台湾在内的整个华夏大地。这几句诗都表现了丘逢甲对祖国形势的忧虑，也显现出他对中国的振兴充满信心，句中丝毫没有"独立台湾"的意思。由此可见，用含"神州""故国"二词的诗句证明丘逢甲有"建立台湾为独立岛国"的理想是根本不成立的。丘逢甲的思乡之情与忧国之心竟被曲解为"独立台湾"之意，他若地下有知，不知该作何感想？

同时，我们也不能因为丘逢甲笔下出现了仓海君、尉佗、虬髯客、郑成功这四个曾经雄踞一方的古代人物而质疑他统一祖国的理想。那么诗人作品中的仓海君、尉佗、虬髯客、郑成功到底有没有分裂中国的异志？他们都寄寓着诗人怎样的理想情怀？仓海君、尉佗、虬髯客三者与郑成功的情况又不尽相同，需要分别讨论。

（一）仓海君

丘逢甲自号"仓海"，辛亥革命后以此号为名。可见丘逢甲对仓海君的推崇敬仰。仓海君何许人也？《史记·留侯世家》载："（张）良尝学礼淮阳。东见仓海君。得力士，为铁椎重百二十斤。秦始皇东游，良与客狙击秦皇帝博浪沙中，误中副车。"仓海君是助张良刺杀秦始皇的传奇人物，但其身份尚不明确。南朝宋裴骃《史记集解》引如淳曰："秦郡县无仓海，或曰为东夷君长。"唐代司马贞《史记索引》云："姚察以武帝时东夷秽君降，为仓海郡，或因以为名，盖得其近耳。"唐代张守节《史记正义》，"《汉书·武帝纪》云：'（元朔）元年，东夷秽君南闾等降，为仓海郡，今貊秽国。'得之。太史公修史时已降为郡，自书之。《括地志》云：'貊秽在高丽南，新罗北，东至大海西。'"据《史记》三家注可知，秦汉时代朝鲜半岛有貊秽国，汉武帝元朔元年归附，西汉政府设立仓海郡以统其地。司马迁笔下的仓海君，即貊秽国君长。

仓海君这个东夷酋长之所以受到丘逢甲的尊敬，不是由于他曾割据一方，而在于他帮助张良诛暴秦的义举。丘逢甲有诗云："世无仓海君，谁发诛秦意？"（《答敬南见赠次原韵》）"秦"指代日本在台的殖民政权。日本殖民者奴役着台湾人民，其暴行罄竹难书，"诛秦"之意正是诗人驱除日军，克复台湾的壮志。他渴望得到仓海君一样的英雄人物的帮助以实现自己的理想，又因理想的失落而发出"欲呼力士携锥出，人间谁是仓海君"（《雨宿新步次韵答子华》第二首），"平生空慕仓海君，无力能褫虎狼魄"（《将之岭东劝学沈涛园廉访以长句见送次韵奉答兼柬岑云阶张坚白》）的喟叹。从史实来看，貃秽国虽是东夷部落，但早在汉武帝时已被纳入中央政权的管辖，名为仓海郡，久为中国领土。因丘逢甲崇敬仓海君就得出他有独立异志的结论，是没有说服力的。

（二）尉佗

尉佗即赵佗，秦末天下大乱，他占领南海、桂林、象郡，割据岭南，称南越武王。公元前196年，高祖刘邦遣陆贾至番禺，封尉佗为南越王。吕后时，汉朝中央政权与南越交恶，尉佗遂自立为南越武帝。汉文帝元年，又使陆贾使南越，尉佗自削帝号，仍称南越王。汉初施行郡县、封国并存的制度，赵佗与楚王韩信、九江王英布、长沙王吴芮等同为汉朝诸侯，其封地南越国是归汉朝中央政府节制的地方政权。

丁先生不明就里，称赵佗是"独立于中原之外的一世雄主"。这已经与史实不符了，他还抓住《咏史四绝句和晓沧·赵佗》一诗大做文章。诗云："终筑朝汉台，未预诛秦会。吕雉不能臣，伟哉南武帝。"他认为这首诗"隐藏了深刻的象征意义"，把南越国与台湾进行比附，又说"伟哉南武帝"有弦外之音，即谓丘逢甲借对赵佗的赞叹表现其"独立台湾"之志。实则丘逢甲之所以赞美尉佗，是因为他有"吕雉不能臣"的骨气和"终筑朝汉台"的行为。诗人借古讽今，以"吕雉"代慈禧太后，尉佗不向吕后称臣是诗人不满慈禧统治的隐晦表述。朝汉台是尉佗向汉朝行朝拜之礼的所在。《嘉庆续修一统志》："（朝汉台）在番禺县东北。《水经注》：'尉佗因冈作台，北面朝汉。圆基千步，直峭百丈。顶上三亩，复道回环，逶迤曲折。朔望升拜，名曰朝台。……'《元和志》：'在县东北二十里尉佗初遇陆贾处。'"尉佗朝汉是他对中央政府的臣服的象征。"终筑朝汉台"也是诗人自陈心曲，表达他忠于祖国的拳拳之心。这两句是该诗的重心所在，丁先生对它们的论述却轻描淡写，令人纳罕。

"尉佗""尉佗台""越台"等意象在丘逢甲诗中频现，内涵是较复杂的。《羊城中秋》第三首"西风梧叶下空冈，歌舞承平霸业荒。……万家愁喜圆今月，一尉东南忆故王"与《珠江重有感叠前韵》第一首"璧月秋江歌舞新，满船花气荡香尘。赵佗死后无英物，收拾江山付美人"，言在国家危难的当口，人们却追求享乐，丧尽英雄之气。诗人借怀念尉佗来批判日渐颓废的世风，这是他对救世英雄的呼唤。

"漠漠连天海气昏，越王台上望中原"（《广州晤刘葆贞编修可毅》），"一发青山残照里，尉佗台上望中原"（《赠秦人毛生》），"尉佗台上西风急，来写登高送远情"（《秋怀次覃孝方韵》第八首）等句是诗人心存魏阙的表白，尉佗筑台朝汉，诗人登台北望，中间虽有两千年的时间间隔，但心向中原的忠诚情感是一致的。

"长啸天南念远游，尉佗台畔作中秋"（《羊城中秋》第一首），"一片长安月，随人万里寒。独怜沧海客，同向越台看"（《对月同王户部》），"萧瑟秋心付五羊，尉佗台上作重阳"（《重阳日傍晚登粤秀山》），"莫言词客例能哀，潦倒秋心唱越台"（《五叠前韵》第七首），"秦戍哀云，越台吊月，愁听秋虫诉"（《百字令》），诸句蕴含着浓浓的思乡之情。诗人于中秋、重阳登上越台东望台湾，两千年前的尉佗曾在此北望故土（尉佗本赵人），两种乡思穿越时空，交织在越台这个古老遗迹之上，为去国怀乡的感情平添许多历史韵味。

"独上层楼唱越风，尉佗城郭夕阳中。……倚栏欲写兴亡感，依旧江山霸气雄"（《镇海楼》第一首），"漠漠南云倦眼开，十年三度此登台。……木石尚留仙佛气，江山不称霸王才"（《越台书感》），"南武城边暮角哀，蛮夷大长剩孤台"（《题粤中遗迹画·越王台》）等诗句饱含着沧桑气息，江山如故，孤台兀立，城郭依旧，那个雄峙南海之滨的南越国早已成为历史长河中的沙粒，那个叱咤风云的蛮夷大长尉佗早已化为五羊城下的一抔黄土，兴亡变幻的历史感和英雄无觅的惆怅在诗句中叠现，形成丘逢甲怀古诗的沧桑基调。

由此可见，诗人咏赞尉佗的诗篇虽多，但其内涵不仅不是"独立台湾"的暗喻，反而却是彰显了诗人歌颂英雄、批判世风、戴恋魏阙、思念故土、感喟沧桑藩篱的爱国情感。丁先生的论调出自主观臆测，没有事实的根据。

（三）虬髯客

虬髯客是唐人杜光庭传奇小说《虬髯客传》的主人公。隋末天下大乱，虬髯客怀逐鹿中原之志，尝与李靖、红拂结为兄妹。往太原，见李世民有天子气，虬髯自认不逮，遂将财产赠予李靖夫妇而遁去。后在海上起事，略定扶馀国，自立为国主。

虬髯客是一个豪迈卓异的传奇人物，也是丘逢甲笔下一个重要的"沧海英雄"意象，"扶馀"往往是台湾的代称。诗人借虬髯客攻占扶馀来抒发自己光复台湾的志向，但丝毫没有表现出裂土自立的愿望。"世间倘有虬髯客，未必扶馀别属人"（《有书时事者为赘其卷端》第二首），"世间不见虬髯公，扶馀坐失无英雄"（《钟髯歌赠钟生》）等，表达因无豪杰之士在台湾主持抗日大局而导致台湾沦陷于日本的惋惜之情。诗人不承认日本对台的统治，"扶馀何处有真王？"（《答王贡南同年》第四首）日本殖民者怎么能成为台湾的真正主人！"东风吹冷英雄泪，海外扶馀局未终"（《书事叠前韵》第十首）则言虽然眼下台湾沦为日本的殖民地，但这不是她的最终结局。

诗人强烈希望出现虬髯客式的英雄，以摧枯拉朽之势击败日军，恢复故土。虬髯客甚至是诗人的自我期许："平生愿做虬髯客"（《题红拂图》），"君家仲坚昔吾慕，偶然游戏海上思作虬髯公"（《以摄影法成澹定村心太平草庐图张六士为题长句次其韵》），诗人要像虬髯客占领扶馀一样，亲提劲旅克复台湾，这方是快意之事。丘逢甲还将当年随自己抗日的表兄谢道隆、胞弟丘树甲誉为虬髯公、扶馀王："海外戈船忆异军，虬髯消息断知闻"（《调颂丞》第四首），"春风吹客忽出海，岂复再觅扶馀王"（《题崧甫弟遗像》），这是对他们保台壮举的高度评价。

丘逢甲并没有在自己的诗篇中表现对虬髯客海外建国，自行政令的称许，他所褒扬的仅仅是虬髯客率"海船千艘、甲兵十万"攻占扶馀的军事行为。"虬髯""扶馀"等意象虽在丘诗中频频出现，但并不能成为丘逢甲有"独立台湾"异志的佐证。

三、"郑成功"意象是丘逢甲复台情结与统一理想的象征

仓海君、尉佗、虬髯客都是依托海洋建立功业的英豪，但他们的事迹与台湾没有直接的关系。郑成功就不同了，他是击败荷兰殖民者收复台湾的民族英雄，是对抗清朝、维系明室一脉的明朝忠臣。丘逢甲在台时曾为台南郑成功庙撰联，其词曰："由秀才封王，主持半壁旧江山，为天下读书人别开生面；驱外夷出境，开辟千秋新世界，愿中国有志者再鼓雄风。"此联高度评价了郑成功的丰功伟绩，丘逢甲对郑成功的崇敬膜拜之情溢于言表。

郑成功一生都忠于朱明王朝，他驱逐荷兰殖民者，占据台湾，是为了依托台湾完成反清复明的宏愿，而非图谋立国海外，做独立岛国的君长。1662年6月1日，永历帝朱由榔被吴三桂弒于昆明。消息传至台湾，文武官员欲拥

戴郑成功继承大统，改元称制，成功不许。未几，成功病重，"强起冠带，出明太祖之祖训。礼毕，命左右进酒，绎一帙，饮一杯焉。至三帙，成功叹曰：'吾何面目见先帝于地下乎！'以两手覆其面而薨。"（匪石著《郑成功传》）可见郑延平对明王朝的忠心。成功有妾名瑜，作《哭延平诗》云："赤手曾扶明日月，丹心犹照汉乾坤。"清初刘献廷赞延平曰："赐姓提一旅之师，伸大义于天下，取台湾，存有明正朔于海外者，将四十年。事虽不成，近古以来未曾有也。"（《广阳杂记》）民国初年，许浩基在《郑延平年谱自序》中写道："延平以恢复明室为职志，……然大厦已倾，非一木所能支。事虽不济，而其浩然之气，固长存宇宙，照耀史册也。"连横也称："延平郡王辟东都，保持明朔，忠义之气，万古长存。"这些赞论都是对郑成功忠于明室、力图恢复的肯定。

郑成功乃儒将，会作诗。其《出师讨满夷自瓜州至金陵》云："缟素临江誓灭胡，雄师十万气吞吴。试看天堑投鞭断，不信中原不姓朱。"表现了他扫灭清朝、恢复中原的誓愿和信心。《复台》诗："开辟荆榛逐荷夷，十年始克复先基。田横尚有三千客，茹苦间关不忍离。"以田横自喻，饱含着心向故明的忠贞之情。成功殁后，子郑经、孙郑克塽先后主台湾之政。他们承延平遗志，一直奉永历正朔，直到1684年清朝占领台湾。

郑成功对明王朝的忠诚之心，为世人所共知。若言郑成功经营台湾是独立建国，纯为无的放矢之论。

丘逢甲20岁时作《台湾竹枝词》，其中有多首诗作与郑延平有关。第34首写道："黑海惊涛大小洋，草鸡亲手辟洪荒。一重苦雾一重瘴，人在腥风蜃雨乡。"极言郑成功收复台湾、创立基业之难。"草鸡"即郑成功。①而"东宁西畔树降旂"（第二首）、"印收监国剧堪哀"（第三首）、"监国不

---

① 王士禛《池北偶谈》卷二十二《厦门砖刻》："明季崇祯庚辰岁，有闽僧贯一者，居鹭门，即今厦门。夜坐，见篱外坡陀有光，连三夕。怪之，因掘地得古砖，背印两圆花突起，面刻古隶四行，其文曰'草鸡夜鸣，长耳大尾。干头衔鼠，拍水而起。杀人如麻，血成海水。起年灭年，六甲更始。庚小熙皞，太平千纪'。凡四十字。闽县陈衍盘生明末著《槎上老舌》一书，备记其语，至今癸亥四十四年矣。识者曰：鸡酉字也，加草头大尾长耳，郑字也，干头甲字，鼠子字也。谓郑芝龙以天启甲子起海中为群盗也。明年甲子，距前甲子六十年矣。庚小熙皞，寓年号也。前年万正色克复金门、厦门，今年施琅克澎湖，郑克爽上表乞降，台湾悉平。六十年海氛一朝荡涤，此固国家灵长之福，而天数已预定矣，异哉！"

亡国岂沦"（第四首）、"如此江山偏舍去"（第六首）、"话到兴亡同坠泪"（第七首）等句言明郑基业因策略失误而沦亡，表现了诗人的惋惜之情。

1895年，割台事起，丘逢甲为保台而奔走呼号。内渡后，有人将他比作郑延平。邹鲁说："与台湾相始终者，吾得两人焉。其一郑成功，其一吾师丘仓海先生。两人者，所处之时与地不同，而其为英雄则一也。"（《岭云海日楼诗钞序》）就连日本人平山周也持此论。丘逢甲却说："保台之举，日人平山氏比予为郑成功，可愧也。"（《林鼒云郎中鹤年寄题蠔墩忠迹诗册追忆旧事次韵遥答》第四首小注）一个"愧"字，道出了丘逢甲对郑延平的复杂感情。他对抗日受挫，失台内渡是非常愧疚的，觉得对不住郑成功这位驱赶荷夷、收复台湾的民族英雄。丘逢丝毫不掩饰这种情愫："英雄愧说郑延平，目断残山一角青。"（《林鼒云郎中鹤年寄题蠔墩忠迹诗册追忆旧事次韵遥答》第四首），"我生延平同甲子，坠地心妄怀愚忠。毗耶故国不能守，脱身兵火烧天红。坐令玉山竟落五百年后此一劫，有愧东渡沧海朱家龙。"（《以摄影法成澹定村心太平草庐图张六士为题长句次其韵》）与愧疚之意相随的是对郑成功的真诚赞美。丘逢甲尝言："夫当台之初辟也，郑氏以区区岛国，支先明残局，迹其志事，宁非英雄！"（《谢颂臣科山生圹诗集序》）这是对郑延平忠于明室的肯定。而"谁能赤手斩长鲸？不愧英雄传里名。撑起东南天半壁，人间还有郑延平"（《有感书赠义军旧书记》第四首）的诗句，既是对郑延平的歌颂，也是诗人自励，表现了他矢志恢复的决心。

丘逢甲因郑延平的复台伟业和忠诚之心而对他推崇有加，丁旭辉先生却认为丘逢甲赞美郑延平的诗句别有深意，表现的是对郑氏"独立建国"的称许和艳羡之情。如《有感书赠义军旧书记》第二首有"啼鹃唤起东都梦，沉郁风云已五年"句，丁先生这样解释："郑成功入台后建号东都，而'杜鹃'典故中的蜀主望帝也是东周时独立于七国之外的一世雄主，所以因杜鹃啼叫而'唤起东都梦'，便同时隶栝了蜀帝与郑成功二个独立一方的帝王事迹，如此一来，便颇具象征意义了。"郑成功收复台湾后，将赤嵌城更名东都。在诗句中，"东都"意象代指整个台湾岛。"啼鹃"不是指让帝位化杜鹃的蜀王望帝，而是指杜鹃那"不如归去"的啼叫声。是杜鹃声唤起了诗人对故乡的思念，是杜鹃声让诗人梦回台湾。这已经说尽了"啼鹃唤起东都梦"的蕴意，丁先生的解释有穿凿之嫌。

丘逢甲借"郑延平"意象来自陈失台之悔，激励复台之志，他用饱含景仰之情的笔触赞美郑成功的丰功伟绩与忠贞之心。郑成功没有背叛明室、自立为王之心，丘逢甲更无独立台湾、分裂祖国之志。

仓海君、尉佗、虬髯客、郑成功这四人都未曾有过分裂中国的行为，丁先生选用他们作为丘逢甲有独立之志的佐证，不能使人信服。退一步讲，假如丘逢甲有"台独"异志，为何他又满怀激情地歌颂祖逖、刘琨、张巡、许远、郭子仪、岳飞、辛弃疾、文天祥、张世杰、陆秀夫、俞大猷等爱国英雄？丘逢甲曾在公开场合以"吾中国""我中国"来称呼祖国，"中国人"是他明确的身份定位。避开丘逢甲昭昭的爱国之心，却大谈无中生有的"建立台湾为独立岛国"的理想，不是很荒谬吗？考察丘逢甲内渡后的行迹，他从未有任何试图策动台湾独立的行为。在事实面前，丘逢甲有"建立台湾为独立岛国"之志的臆测不攻自破。丁旭辉先生不能自圆其说，就以"建立台湾为独立岛国"是丘逢甲的一个"乌托邦式的梦想"来搪塞。这样的辩解是不能让学界有识者餍服的。

▌从胜国故君之思到文化飘零之痛
——政治遗民与文化遗民"落花之咏"的差异

　　陈寅恪先生在《王观堂先生挽词》序言中分析王国维自沉之原因，称："凡一种文化值衰落之时，为此文化所化之人，必感苦痛，其表现此文化之程量愈宏，则其所受苦痛亦愈甚；迨既达极深之度，殆非出于自杀无以求一己心安而义尽也。"可见静安先生之死有着身殉文化的意味。王静安先生自沉前，尝题七律四首于门人谢刚主之扇，其中两首为陈弢庵所作之《前落花诗》。此诗可明先生殉身之志，其中寄寓着中国文化花果飘零的意蕴。然而推原听水老人作诗的本意，他所沉思与感慨的恐怕主要是江山陵替之原因与故国难复之无奈，对文化衰残的喟叹尚在其次。

　　早在1895年，陈弢庵便作《感春》四首，表达对甲午战争失败的愤慨和国家命运的忧虑。作于1919年的《次韵逊敏斋主人落花四首》（即《前落花诗》）和作于1924年至1925年间的《落花续作》四首与《感春》诗气脉贯通，旨意相类，同属一个系统。陈绛在《〈落花〉诗所见陈宝琛的晚年心迹》中提到："陈宝琛的《落花》诗和《感春》诗一样，也是伤时忧世之作。"诗人正是以花事喻国事的。从对慈禧太后以海军经费用诸享乐之事的讽刺（"阿母欢娱众女狂，十年养就满庭芳"）到对袁世凯等臣工为贪图权力而导致清室覆亡的抨击（"冶蜂痴蝶太猖狂，不替灵修惜众芳"），诗人痛恨权奸误国之情始终如一。从甲午战败后对国家命运的忧虑（"一春无日可开眉，未及飞红已暗悲"）到身入民国后对前清王室尤其是溥仪境遇的痛惜（"生灭元知色是空，可堪倾国付东风""蓦地风来似虎狂，荃兰曾不改芬芳""含笑蜜脾从汝割，将离蕊尾有谁觞""几树棠梨差可馆，旧时花萼岂无楼"），诗人感事伤时、悯君忧主的心态始终如一。从对甲午惨败的反思（"雨甚犹思吹笛验，风来始悔树幡迟"）到对复辟无成的自省（"油幕彩幡竟何用，空枝斜日百回肠""纵横满地谁能扫，高下随风那自由！"），诗人忠恋清朝，试图使其恢复、中兴的理想始终如一。甲午战后，台湾被割弃，诗人就主张清廷应该珍护国本，再莫损失疆土（"故林好在烦珍护，莫再飘摇断送休"）。孰料清朝的统治每况愈下，竟连江山社稷都保不住。诗人只能将希望寄托在溥仪身上，盼他羽翼渐成后能有所作为（"庇根枝叶从来重，长夏阴成且小休"）。然而，他自己也深知这个愿望最终是没有着落的（"本意阴晴容养艳，那知风雨趣收场"）。冯玉祥逼宫后，溥仪流寓天津之张园、静园，处境大不如前，听水老人在无可奈何之余，唯愿溥仪那仅有的逊帝之尊严得以保存（"阑残有分依行幄，飘泊何心恋禁沟？犹剩绿阴须护惜，年来数遍过江流"《次韵仁先春尽日赋落花》）。弢庵之忠苦甚为可悯，但在当时新变迭出的时代潮流中，又有几人能谅此心呢！

余英时先生在探讨陈寅恪的学术精神时提出"政治遗民"和"文化遗民"之说（《陈寅恪的学术精神与晚年心境》，见余英时著《陈寅恪晚年诗文释证》），总的来看，陈弢庵属于前者。正如陈绛所言："民主共和的时代潮流不可阻挡地向前推进，复辟封建帝制完全成为背逆历史前进的反动，而诗人却始终无法抛弃他的一片孤忠，实现他的堂·吉诃德式的幻想。"（《〈落花〉诗所见陈宝琛的晚年心迹》）他执着地眷恋着清室，保持着名节，"冒入情丝奈网虫""心恋空林敢即休"等诗句标识了他的人生取向。无独有偶，另一位遗民陈曾寿也以"落花"飘零托寓胜国难复之慨。《苍虬阁诗集》中所收第一首《落花》诗作于1908年，有"客去花飞终有极，眼穿肠断可无人"句，可见诗人对清朝之前途已不抱乐观之希望。第二组《落花诗》作于1914年，其时清朝已亡而民国政局未定，诗人虽自诩"负手栏杆独立人"，但对逊帝溥仪的眷恋是难以排遣的（"万里阴浓愁未暮，三山事息忆成痴"）。在此组诗中，落花也喻无主之江山："沟水参差西复东，谁怜无主浅深红。"诗人的愿望在于落花归于旧主。据其年谱所载，1912年至1917年间，诗人在上海与沈曾植、胡嗣瑗等参与张勋复辟帝制的筹划活动。（陈邦炎《陈曾寿年谱简编》）所谓"负手独立"，恐是自掩行迹之词。虽然参与复辟计划，但诗人对此深有顾虑："日夕怀人人未归，难凭孤注送残菲。"他敏锐地觉察到张勋的辫子军是甚难依凭的。1917年，张勋率兵入京，扶持溥仪复辟，而此闹剧仅上演十二天便匆匆收场。次年，诗人再赋《落花》诗，开篇即叙复辟无效、时局依然之状（"微袅春衣寸角风，依然三界落花中"），并抒发无以侍奉溥仪的失落惆怅（"身来旧院玄都改，名署仙班碧落空"）。诗人以耻从朱温的韩偓、不仕刘宋的陶潜自比（"韩偓有身酬雨露，陶潜何病止醇醪"），表达对溥仪的忠贞之心。他对因维护前朝而遭受挫折无怨无悔（"一往清狂曾不悔"），并发出了"天回地转愁飘泊，犹傍残阳片影红"的誓言，表达不管在何种情况下，都会追随溥仪，不离不弃的决心。[①]遗民的心志如此忠贞，流于诗篇的感情亦非常真挚。他们创作的《落花》诗在主观上抒发的是对胜国故主之思，但在更为深广的层面上看，这些诗作未尝不可被看作是中国传统文化走向衰残的挽歌。正是基于这种原因，王静安身殉文化之前，以陈弢庵的《前落花诗》自挽。正是拥有悲悯文化的意味，这些诗作才能在固守中国文化的知识群体中获得共鸣，而这也是"落花"主题在后世文学中得以延续的重要条件。

如果说陈宝琛等政治遗民的《落花》诗仅从客观上反映中国文化之陵替，那么陈寅恪、吴宓等文化遗民则自觉地以"落花之咏"呈现中国传统文化在近现代所面临的困境。陈寅恪的《王观堂先生挽词》序言指出了当时中国文化之困的具体内容，并认为身受传统文化熏染的中国知识分子应当拥有与传统文化同进退、共命运的觉悟："近数十年来，自道光之季，迄乎今日，社会经济之制度，以外族之侵迫，致剧疾之变迁；纲纪之说，无所凭依，不待外来学说之掊击，已而消沉沦丧于不知觉之间；虽有人焉，强聒而力持，亦终归于不可救疗之局。盖今日之赤县神州值数千年未有之巨劫奇变，劫尽变穷，则此文化精神所凝聚之人，安得不与之共命而同尽"云云。这也正是陈寅恪等服膺传统文化的知识分子通过撰写落花诗来托寓中国文化花果飘零之悲慨的时代与文化背景。然而，陈寅恪、吴宓等并不是抱残守缺的"国粹主义者"，而是学贯中西，以中学为本位的知识分子。正如吴宓所言："予所为《落花诗》虽系旧体，然实表示现代人之心理，即所谓过渡时

---

① 1924年，溥仪被冯玉祥驱逐，出奔天津，陈曾寿急赴津问安。1931年九一八事变后，溥仪去往东北，在日本的扶持下主持伪满洲国，陈又往长春追随溥仪，不计成败，亦无避嫌之念。陈曾寿对溥仪之忠诚，令溥仪甚为感动，甚至溥仪对他说出"患难君臣犹兄弟也"的动情之言。（见《苍虬阁诗集》前言）

代之病候。而在曾受旧式（中西）文学教育而接承过去之价值之人为尤显著者是也。惟予诗除现代全世界知识阶级之痛苦外，兼表示此危乱贫弱文物凋残之中国之人所特具之感情。"（《吴宓诗话》）所谓"过渡时代之病候"，正是指近代以来中西文化交融与碰撞中，中国知识分子面对中学衰微，西学渐盛之局面时无所适从的心态。即使面对此种局面，陈寅恪等仍遵守咸丰、同治以来，曾国藩、张之洞等揭橥的"中学为体、西学为用"的主张。"他们一方面承认西方文化确有胜于中国传统而为中国所必须吸收之处，但另一方面则认为中国文化自有其特性，外来思想也要经过改变然后始能适合中国环境而发生作用。"（《陈寅恪的学术精神和晚年心境》）此种中体西用的信念在当时以效法西方为尚的时代风气中显得极为不合时宜而曲高和寡，陈、吴之"落花诗"呈现出某种失落的情绪也就不足为奇了。

吴宓之《落花诗》八首作于1927年，是由王国维临终题扇诗所感发的。其情愫大略有如下四端：在时衰俗变的背景之下，传统文化走向衰落的痛惜感（"江流世变心难转，衣染尘香素易缁""飘茵堕溷寻常事，痛惜灵光委逝尘"）；在中西文明的对比中，发现中国文化之优长的自豪感（"曾到瑶池侍宴游，千年圣果付灵修"）；在浮躁的社会风气中，高洁的心灵无所安顿的漂泊感（"渺渺香魂安所止，拼将玉骨委黄沙"）；在传统文化日渐凋零的情况下，固守道义，勉力奋斗的责任感（"根性岂无磐石固，蕊香不假浪蜂媒。辛勤自了吾生事，瞑目浊尘遍九垓"）。除此之外，诗人对方兴未艾的新文化运动颇有不满之词："浪蝶游蜂自在狂，春光羡汝为情忙。未容浼涊污真色，耻效风流斗艳妆。"表达的仍是固守传统文化的坚韧品质。1944年7月，雨僧作《后落花诗》，发抒的是无花可咏的牢落："酒边传盏难成醉，楼上空枝自展衾。"可知此时传统文化面临的危机已极为深重。1949年，诗人作《将入蜀先寄蜀中诸知友步陈寅恪兄己丑元旦诗韵》，有"野烧难存先圣泽，落花早惜故园春"句，言先圣相传的中国文化已毁于兵火之中，诗人的痛悼之情是胜于惋惜之意的。

与吴宓的《落花诗》相比，陈寅恪先生的咏花之诗不仅惋惜文化之殇，而且关怀现实之事，其意蕴更为耐人寻味。在陈先生的诗作中，《吴氏园海棠二首》的地位非比寻常。这不仅表现在陈先生后来所作的咏花诗经常袭用此二诗的词句，而且还因为此二诗寄托着陈寅恪先生感伤香魂飘散，立志殷勤护花的情愫，而这些情愫正成为陈先生后续咏花诗的情感基调。从现实意义的层面看，《吴氏园海棠二首》是指涉中国共产主义运动的。据胡文辉之解释，"蜀道移根销绛颊，吴妆流昳伴黄昏"两句暗喻红军在国民党军队的追击之下，进行战略转移的情形。（《陈寅恪诗笺释》）诗中有"照眼西园更断魂""望海难温往梦痕""无风无雨送残春"之句，"魂""梦痕""残春"等意象均指向一种意义内核，即"义宁陈氏三代所护持的民族文化的旧理想，同时也代表了陈寅恪自己从西方多年留学所学来的西方学术文化的新传统，如现代理性、自由精神等"。（《陈三立、陈寅恪海棠诗笺证》，见胡晓明著《诗与文化心灵》）这些文化理想与精神在战乱频仍的中国已经到了危亡销散的边缘，即便如此，关切之人仍是寥寥（"欲折繁枝倍惆怅，天涯心赏几人存"）。在此关头，诗人便以看花人与护花人自任，"读史早知今日事，看花犹是去年人"一句可见诗人对文化境遇的关注之久。胡晓明先生对此句作如是分析："在这样分裂、战争的年代，难以逃脱的命运是越发切近真实了。然而即使是知道这样的命运，依然还坚持看花犹是去年人，而且后来还再三写，'读史早知今日事，看花还忆去年人'（《残春》），这就只能用亚里士多德的必然性来解释什么是悲剧了。"（《陈三立、陈寅恪海棠诗笺证》）这样体察陈寅恪惜花、护花的夙愿，诚为不刊之论。

陈先生对文化理想与文化精神日渐消损的惋惜之情还反映在以下诗句中："雨里苦愁花事尽""繁枝虽好近残春""最是芳时弹指尽""可怜无地送残春""招魂难返楚兰芳""繁枝转眼一时空"等。随着时间的推移，惋惜之情渐成绝望之感。而"小园短梦亦成陈，谁问神州尚有神"的追问更可见诗人在其复兴民族文化的理想最终破灭后的愤慨和无奈。对于惜花、护花（即维护文化尊严，弘扬文化精神之责任），诗人本来希望后继有人的，尽管他曾发出"世上欲枯流泪眼，天涯宁有惜花人"的喟叹，但更期盼着民族文化可以薪火相传。（"寻梦难忘前度事，种花留与后来人"）然而在人人趋新的时代潮流中，竟没有人愿意继承陈先生的理想，这确然是对民族文化守护者的辜负。（"吃菜共归新教主，种花真负旧时人"）从"谁问神州尚有神"可见中国传统文化之中断，从"种花真负旧时人"可知民族文化之复兴毫无希望。如果说既知文化衰残之势不可逆转仍执着于文化复兴之理想是陈寅恪、吴宓等文化遗民的悲剧，那么因追随包括共产主义在内的西方文明而放弃民族固有文化则是整个中华民族的悲剧。就像陈宝琛的《前落花诗》可显王静安殉身之志一样，陈寅恪、吴宓的咏花之作也可被视为传统文化花果飘零的挽歌。

陈宝琛等政治遗民创作《落花》诗，主要是表达对胜国故主的忠爱之情的。其诗作所包含的文化意味，并非诗人的创作本意所在，乃是需要受众探究和解读的。陈寅恪等文化遗民创作的咏花之诗，是通过对现实事件的反思和批判来表现文化兴亡的主题的。这些诗作往往包含古典、今典和文化指向等多重意蕴。从反映现实的角度看，这些诗作堪称诗史；从隐喻文化的角度看，它们又可揭示诗人的内心世界。毋庸置疑，《落花》诗另立了一种全新的诗学范式，有着为诗学世界开拓领域的意义。

主要参考文献

原典文献（略依四部分类法排列）

［1］［清］阮元.十三经注疏［M］.南昌：江西南昌府学刻本，1815.

［2］［汉］毛亨.毛诗正义［M］.［汉］郑玄笺.［唐］孔颖达疏.北京：北京大学出版社，1999.

［3］［宋］朱熹.四书章句集注［M］.北京：中华书局，1983.

［4］钱穆.论语新解［M］.北京：三联书店，2002.

［5］［清］焦循.孟子正义［M］.沈文倬点校.北京：中华书局，1987.

［6］［汉］司马迁.史记［M］.北京：中华书局，1959.

［7］［南朝宋］范晔.后汉书［M］.［唐］李贤，等注.北京：中华书局，1965.

［8］［晋］陈寿.三国志［M］.［南朝宋］裴松之注.北京：中华书局，1959.

［9］［唐］房玄龄.晋书［M］.北京：中华书局，1974.

［10］［清］张廷玉.明史［M］.北京：中华书局，1997.

［11］"国史馆"校注.清史稿校注［M］.台北：商务印书馆，1999.

［12］钱海岳.南明史［M］.北京：中华书局，2006.

［13］［清］仲廷机，仲虎腾.盛湖志、盛湖志补［M］.民国十三年（1924）刻本.

［14］佚名.牧斋遗事［M］//清代野史：第3卷.成都：巴蜀书社，1998.

［15］匪石.郑成功传［M］//台湾文献史料丛刊：第114册.台北：大通

书局，1987.

　　［16］许浩基. 郑延平年谱［M］//明代名人年谱：第12册. 北京：北京图书馆出版社，2006.

　　［17］［清］黄宗羲. 赐姓始末［M］//台湾文献史料丛刊：第114册. 台北：大通书局，1987.

　　［18］周庆云. 历代两浙词人小传［M］. 方田点校，杭州：浙江古籍出版社，2012.

　　［19］［清］屈大均. 广东新语［M］. 北京：中华书局，1985.

　　［20］［清］顾公燮. 丹午笔记［M］. 甘兰经，等点校. 南京：江苏古籍出版社，1999.

　　［21］［清］余怀. 板桥杂记［M］. 李金堂校注. 南京：上海古籍出版社，2000.

　　［22］［清］赵翼. 檐曝杂记［M］. 李解民点校. 北京：中华书局，1982.

　　［23］［清］吴庆坻. 蕉廊脞录［M］. 张文其，刘德麟点校. 北京：中华书局，1990.

　　［24］［清］吴德功. 让台记［M］//戚其章主编. 中日战争：第12册. 北京：中华书局，1996.

　　［25］［清］纪昀. 四库全书总目提要［M］. 石家庄：河北人民出版社，2000.

　　［26］刘笑敢. 老子古今［M］. 北京：中国社会科学出版社，2006.

　　［27］陈鼓应. 庄子今注今译［M］. 北京：中华书局，1983.

　　［28］［南朝宋］刘义庆. 世说新语笺疏（修订本）［M］. ［梁］刘孝标 注. 余嘉锡 笺疏. 上海：上海古籍出版社，1993.

　　［29］［清］吴敬梓. 儒林外史［M］. 北京：人民文学出版社，1958.

　　［30］［明］凌濛初. 拍案惊奇［M］. 上海：上海古籍出版社，1983.

　　［31］徐珂. 清稗类钞［M］. 北京：中华书局，1986.

　　［32］游国恩. 离骚纂义［M］. 北京：中华书局，1980.

〔33〕〔梁〕萧统编.文选〔M〕.〔唐〕李善注.上海：上海古籍出版社，1986.

〔34〕〔清〕彭定球编.全唐诗〔M〕.北京：中华书局，1983.

〔35〕唐圭璋编.全宋词〔M〕.北京：中华书局，2009.

〔36〕陈衍点评.宋诗精华录〔M〕.曹中孚校注.成都：巴蜀书社，1992.

〔37〕〔唐〕李白.李太白全集〔M〕.〔清〕王琦注.北京：中华书局，1977.

〔38〕〔唐〕杜甫.杜诗镜铨〔M〕.〔清〕杨伦注.上海：上海古籍出版社，1981.

〔39〕〔唐〕杜甫.杜诗详注〔M〕.〔清〕仇兆鳌注.北京：中华书局，1979.

〔40〕〔宋〕王安石.王荆公诗注补笺〔M〕.〔宋〕李壁注.李之亮补笺.成都：巴蜀书社，2002.

〔41〕〔明〕李贽.李贽文集〔M〕.北京：社会科学文献出版社，2005.

〔42〕〔明〕陈子龙.陈子龙全集〔M〕.王英志点校.北京：人民文学出版社，2011.

〔43〕〔清〕吴伟业.吴梅村全集〔M〕.李学颖集评标校.上海：上海古籍出版社，1990.

〔44〕〔清〕柳如是.柳如是集〔M〕.范景中辑.杭州：中国美术学院出版社，2002.

〔45〕〔清〕龚自珍.龚自珍诗集编年校注〔M〕.刘逸生，周锡校注.上海：上海古籍出版社，2013.

〔46〕〔清〕白骧良，秦缃业辑.西泠消寒集〔M〕.清同治十二年（1873）刻本.

〔47〕〔清〕江顺诒.西泠酬倡集〔M〕.清光绪四年（1878）刻本.

〔48〕〔清〕江顺诒.西泠酬倡二集〔M〕.清光绪六年（1880）刻本.

〔49〕〔清〕江顺诒.西泠酬倡三集〔M〕.清光绪间刻本.

〔50〕〔清〕江顺诒. 窳翁丛稿〔M〕. 上海图书馆藏稿本.

〔51〕〔清〕宗山. 窥生铁斋诗存〔M〕. 光绪十六年（1890）刻本.

〔52〕〔清〕胡嗣福. 自怡悦轩诗草〔M〕. 光绪二十年（1894）刻本.

〔53〕〔清〕丁丙. 松梦寮诗稿〔M〕//续修四库全书：第1559册. 上海：上海古籍出版社，2002.

〔54〕〔清〕吴兆麟. 铁华山馆诗稿〔M〕//清代诗文集汇编：第625册. 上海：上海古籍出版社，2009.

〔55〕〔清〕秦缃业. 虹桥老屋遗稿〔M〕//清代诗文集汇编：第653册. 上海：上海古籍出版社，2009.

〔56〕〔清〕钱国珍. 峰青馆诗续钞〔M〕//清代诗文集汇编：第654册. 上海：上海古籍出版社，2009.

〔57〕沈曾植. 沈曾植集校注〔M〕. 钱仲联校注. 北京：中华书局，2001.

〔58〕陈三立. 散原精舍诗文集〔M〕. 李开军校点. 上海：上海古籍出版社，2003.

〔59〕丘逢甲. 岭云海日楼诗钞〔M〕. 上海：上海古籍出版社，1982.

〔60〕广东丘逢甲研究会编. 丘逢甲集〔M〕. 长沙：岳麓书社，2001.

〔61〕陈曾寿. 苍虬阁诗集〔M〕. 张寅彭，王培军点校. 上海：上海古籍出版社，2009.

〔62〕吴宓. 吴宓诗集〔M〕. 吴学昭整理. 北京：商务印书馆，2004.

〔63〕〔宋〕严羽. 沧浪诗话校释〔M〕. 郭绍虞校释. 北京：人民文学出版社，1961.

〔64〕〔清〕林昌彝. 射鹰楼诗话〔M〕. 王镇远，林虞生标点. 上海：上海古籍出版社，1988.

〔65〕陈衍. 石遗室诗话〔M〕. 郑朝宗，石文英校点. 北京：人民文学出版社，2004.

〔66〕吴宓. 吴宓诗话〔M〕. 吴学昭整理. 北京：商务印书馆，2005.

〔67〕钱仲联编. 清诗纪事〔M〕. 南京：江苏古籍出版社，1987.

［68］阿英编.晚清文学丛钞（小说戏曲研究卷）［M］.北京：中华书局，1960.

［69］郭绍虞编.中国历代文论选（四卷本）［M］.上海：上海古籍出版社，2001.

［70］邬国平，黄霖编.中国文论选（近代卷）［M］.南京：江苏文艺出版社，1996.

［71］黄霖，韩同文选注.中国历代小说论著选［M］.南昌：江西人民出版社，1985.

专著、文集

［1］王国维.观堂集林［M］.北京：中华书局，1959.

［2］钱穆.中国学术思想史论丛［M］.台北：东大图书公司（台北），1977.

［3］钱穆.国史大纲（修订本）［M］.北京：商务印书馆，1996.

［4］钱穆.孔子传［M］.北京：三联书店，2002.

［5］陈寅恪.金明馆丛稿初编［M］.上海：上海古籍出版社，1980.

［6］陈寅恪.柳如是别传［M］.上海：上海古籍出版社，1980.

［7］鲁迅.中国小说史略［M］.上海：上海古籍出版社，2004.

［8］胡适，等.大家说儒［M］.汕头：汕头大学出版社，2008.

［9］闻一多.闻一多全集［M］.北京：三联书店，1982.

［10］闻一多.唐诗杂论［M］.上海：上海古籍出版社，2006.

［11］胡小石.胡小石论文集［N］.上海：上海古籍出版社，1982.

［12］朱自清.朱自清说诗［M］.上海：上海古籍出版社，1998.

［13］缪钺.诗词散论［M］.上海：上海古籍出版社，1982.

［14］李长之.李白传［M］.天津：百花文艺出版社，2004.

［15］钱锺书.谈艺录［M］.北京：三联书店，2001.

［16］徐复观.中国文学精神［M］.上海：上海书店出版社，2004.

［17］余英时.陈寅恪晚年诗文释证［M］，台北：东大图书股份有限

公司，1998.

　　［18］程千帆.古诗考索［M］.武汉：武汉大学出版社，2008.

　　［19］曹慕樊.杜诗杂说全编［M］.北京：三联书店，2009.

　　［20］周采泉.柳如是杂论［M］.南京：江苏古籍出版社，1986.

　　［21］林庚.唐诗综论［M］.北京：人民文学出版社，1987.

　　［22］林庚.中国文学史［M］.北京：清华大学出版社，2009.

　　［23］罗宗强.玄学与魏晋士人心态［M］.天津：天津教育出版社，
2005.

　　［24］周勋初.周勋初文集［M］.南京：江苏古籍出版社，2003.

　　［25］郭延礼.龚自珍年谱［M］.济南：齐鲁书社，1987.

　　［26］陈美林.吴敬梓评传［M］.南京：南京大学出版社，1990.

　　［27］王镇远.剑气箫心——细说龚自珍的诗［M］.南京：江苏古籍出
版社，1991.

　　［28］颜廷亮.晚清小说理论［M］.北京：中华书局，1996.

　　［29］邓小军.诗史释证［M］.北京：中华书局，2004.

　　［30］胡晓明选编.楚辞二十讲［M］.北京：华夏出版社，2009.

　　［31］胡晓明选编.魏晋风度二十讲［M］.北京：华夏出版社，2009.

　　［32］胡晓明选编.唐诗二十讲［M］.北京：华夏出版社，2009.

　　［33］胡晓明.诗与文化心灵［M］.北京：中华书局，2006.

　　［34］胡晓明.文化江南札记［M］.上海：华东师范大学出版社，2007.

　　［35］胡文辉.陈寅恪诗笺释［M］.广州：广东人民出版社，2008.

　　［36］南开大学中文系编.文学研究年刊：1985年·近代小说理论评议
［M］.天津：南开大学出版社，1986.

　　［37］中国古代文学理论学会编.古代文学理论研究丛刊：第12辑
［M］.上海：上海古籍出版社，1987.

　　［38］［日］吉川幸次郎.宋元明诗概说［M］.李庆，等译.郑州：中
州古籍出版社，1987.

　　［39］刘俊文主编.日本学者研究中国史论著选译（第七卷思想宗教）

［M］.许洋主，等译.北京：中华书局，1993.

期刊

［1］钱仲联.学衡［J］.近代诗评，1926（52）.

［2］李泽厚.孔子再评价［J］.中国社会科学，1980（2）.

［3］钱仲联.论"同光体"［J］.文学评论丛刊（第九辑古代文学专号），中国社会科学出版社，1981.

［4］霍松林，邓小军.论宋诗［J］.文史哲，1989（2）.

［5］汤炳正.从包山楚简看《离骚》的艺术构思与意象表现［J］.文学遗产，1994（2）.

［6］邓广铭.为王安石的《明妃曲》辩诬［J］.文学遗产，1996（3）.

［7］余英时.轴心突破与礼乐传统［J］.二十一世纪（香港），2000（58）.

［8］胡晓明.散原论诗诗二首释证［J］.华东师范大学学报（哲学社会科学版），2000（6）.

［9］邓美华.钱肇鳌和他的《质直谈耳》［J］.福建教育学院学报，2001（2）.

［10］梁文宁.近代诗歌意象与近代文人心态［J］.学术论坛，2002（3）.

［11］陈美林.试论"思想家的小说"的作者吴敬梓的思想［J］.东南大学学报（哲学社会科学版），2002（6）.

［12］陈绛.《落花》诗所见陈宝琛的晚年心迹［J］// 近代中国：第12辑.上海：上海社会科学出版社，2002.

［13］刘德隆.1872年——晚清小说的开端［J］.东疆学刊，2003（1）.

［14］丁旭辉.由"沧海"及其相关意象看丘逢甲内渡后的心境与梦想［J］.汉学研究（台北），2003（1）.

［15］梁文宁."山海"意象和弦———台湾诗人丘逢甲的中原情结和海洋意识［J］.广东教育学院学报，2003（1）.

［16］何满子.论吴敬梓的平民情结［J］.东南大学学报（哲学社会科学版），2004（9）.

［17］谈蓓芳.龚自珍与20世纪的文学革命［J］.复旦学报（社会科学版），2005（3）.

［18］李越深.论《幽兰草》的创作、结集时间以及价值定位［J］.浙江大学学报（人文社会科学版），2005（3）.

［19］李越深.《江蓠槛》词与陈子龙、柳如是恋情［J］.浙江大学学报（人文社会科学版），2007（1）.

［20］祁高飞.铁华吟社及其文学创作［J］.齐鲁学刊，2012（5）.

［21］朱则杰."西陵十子"系列考辨［J］.浙江树人大学学报，2015（3）.

学位论文

［1］徐肇诚.丘逢甲《岭云海日楼诗钞》研究［D］.台湾成功大学历史语言研究所硕士论文，1993.

［2］王惠铃.丘逢甲、"诗界革命"及其与日治时期台湾传统诗界的关系［D］.台湾东海大学博士学位论文，2006.

［3］文娟.申报馆与中国近代小说发展之关系研究［D］.华东师范大学博士学位论文，2006.

［4］魏振东.陈子龙年谱［D］.广西师范大学硕士学位论文，2007.

［5］李月影.柳如是诗文研究［D］.杭州师范大学硕士学位论文，2011.

HOU 后·记 JI

"识小录"之名出自《论语·子张》。卫国大夫公孙朝询问孔子学问的渊源。孔子高足子贡回答说，天地间有至道存焉，人虽多不识，但并未失传消亡。对于道的追求，"贤者识其大者，不贤者识其小者。"孔子乃是大贤，何须专门求学，俯仰之间，无处不见大道。

后世以"识小"命名著作者多矣，远者如明清之际的徐树丕、晚清的姚莹都著有《识小录》，近者如邓云乡撰《红楼识小录》、李力夫撰《民国杂书识小录》等，皆能有所树立，表达专见，惠饷学林。前辈学人的"识小"乃是自谦之辞，而我将这本小书冠以"识小"之名，却是直接采用子贡的本意。中国文学堂庑极其广大，内里虽遍地珠玉，然而采撷谈何容易。我自忖未能及门登堂，那么这个小册子里的篇章只能算在门前阶下拾取的坠米遗穗，自是"小"者，不足挂齿。尽管这本小书的内容是粗浅的，甚至有些观点经不起推敲，不值方家一哂，但由于某些材料的搜寻颇费了些力气，每个篇章的撰写也投注了不少精神，未曾轻率待之，因此难免会抱有敝帚自珍的心态。于是经过一番修葺整理后，将之付梓了。

本书的内容并非成于一时。讨论吴敬梓平民意识的篇章撰写最早，当时还在读本科，看了几种明清小说，便有评价论说、彰明己见的冲动。现在看来，论点虽不至太过误谬，笔致未免幼稚很多。后来负笈江南，得遇名师指点，虽自惭鲁钝，但眼界开阔不少，对中国文学有了更准确的体认。于是注目于传统诗学，试图沿着自己导师开辟的道路，深入探究时代变革时期诗学的流变与文化心灵的意涵。在翻阅整理当时所写的文章札记时，往事如遇目前。先生的谆谆教诲自不必言，净友的砥砺协助亦不敢或忘。记得在姑苏时，为提高研阅原典的能力，我尝以笺注古诗的方法进行学术训练，几乎每日都待在图书馆古籍部。这样的工作比较枯燥，幸有几位同学的陪伴，埋首书海的时光就变得温馨许多。现在想来，读书之余和他们一起徜徉独墅湖畔，吹晚风、看夕阳，是我求学生涯中最为快乐的一段记忆。本书中有关丘仓海诗歌意象与近代小说理论的篇章便作于此时。在沪上求学的最初阶段，导师要求每周提交一篇有关中国文化诗学的读书报告，要参阅的书籍亦复不少。学习比较辛苦，思路打不开，报告写不好，时时会陷入迷惘困惑之中。同门时润民亦承担同样的学习任务，不过他是诗人，有古典诗词创作的经验，基础要好得多，人又极为聪敏，学识广博，视域开阔。我最喜与他交谈，他睿智的只言片语往往成为打开我思维困境的钥匙。本书中的有关文化心灵的不少观点便受到了他的启发。他的热心扶持亦成为我在学术道路上前行的重要助力。

述往思来，以小窥大。工作以来，虽然诸事烦冗，但我对中国文学特别是古典诗歌的研究兴趣未曾衰减，并希望自己能在诗歌研究的道路上走得更远。我企慕着清操若冰雪的古代诗人，自我坚守着初衷希望不致沉沦。这本小书便承担着这样的使命。因此我珍视它，尽管它谈不上谨严深密。

本书的多数篇章受到胡晓明教授、马亚中教授、彭国忠教授、张瑞君教授的悉心指导。部分内容曾在一些刊物上发表，如《中国文学研究》《古代文学理论研究》《太原师范学院学报》《太原学院学报》等，这些刊物的编辑老师对我亦有帮助。本书的出版得到张代会老师、薛晓蓉老师和李勇老师的鼎力相助。在以市场为导向的大环境下，山西经济出版社热肠古道，愿意刊行这种文学研究类的冷门书籍，着实令人动容。责编李春梅老师认真细致，帮我解决了出版过程中的诸多问题。在此一并致谢！

吾道不孤，自当砥砺前行。